拜德雅
Paideia
赫柏文丛

沉默与死亡
布朗肖思想速写

尉光吉 著

上海文艺出版社
Shanghai Literature & Art Publishing House

施展，《布朗肖速写》，布面炭笔，2023 年

白即:
无面容的存在
死亡的死亡。

——贝尔纳·诺埃尔,《遗忘之书》

目　录

导言　布朗肖速写　/　1

上篇　文学的沉默　/　25
沉默之必需　/　27
诗人的沉默　/　31
语言哲学　/　36
双语制的钟摆　/　44
花的诗学　/　56
双重沉默　/　70
语言的本源　/　78
写作的伦理　/　87
沉默的声音　/　95
文学的未来　/　107

中心点　/　121

下篇　死亡的记述 / 127

　火焰与死亡 / 129

　死亡的遗忘 / 133

　死亡的蜕变 / 141

　不可能性 / 154

　自杀的败局 / 160

　无限之死 / 168

　死亡与记述 / 178

　复活与幸存 / 187

　记述的漩涡 / 206

　死亡的时间 / 223

结语　黑夜的诗学 / 241

参考文献 / 267

导言
布朗肖速写

导言 布朗肖速写

让我们开始速写，写。

为了再现一个思者的形象，我们需要一种描绘，需要一幅肖像。然而，布朗肖这个名字——它是一个名字（nom）吗？抑或是一个非（non），一个非名字（non-nom）？——要求一种速写。速写绝不仅仅意味着简单的勾勒，草率的描绘，它甚至不能由制作的速度和构成的简繁程度来规定，速度和简繁的程度暗示了一个最终的成品，但速写本质地包含了某种超出再现对象之可完成性的东西，它是无止尽的，永远未完成的。这不是说速写的工作总被打断或被无情地抛弃，事实上，速写从不停止它走向完成或终结之可能性的脚步。但它始终是一个草稿，一个未成形的图像。

因为从根本上，布朗肖反对给出一个清晰的图像，不论是他本人的肖像，还是其思想的形象。布朗肖的图像（image de Blanchot）：一个白色的图像（image blanche）。或者，不是没有图像，而是只有一个绝对晦暗的图像，一个属于黑夜的，来自外部的图像。这就是本源的图像。它要求自身在消失中出现，在抹除中得以铭写。它注定要在经过无数次涂抹擦除的、支离破碎的画面上留下一个模糊不清的轮廓，一个不是人影的人影，一张没有面孔的面孔，一个没有形象的形象，就如同贾科梅蒂的那些飘浮着魅影气息的画作。那么，只能速写了。面对时间的遗忘，我们只能在涂抹中保存原初的不可能之印象，只能以破碎的笔画，在那同样为书写而敞开的纸上，尝试一次没有止境的勾勒，勾勒那深藏在历史之目光深处，躲避思想之光亮的无形的思者——Blanchot l'obscur：晦暗者布朗肖。

晦暗是他的名字，他的签名，他的标签。"托马"（Thomas）曾是他的化身。1941年的《晦暗托马》（*Thomas l'obscur*）是他第一部正式出版的小说，从那时起，晦暗就笼罩并伴随了他。这里的晦暗具有多重意味：首先，它在字面上意指"隐晦"和"黑暗"。正如《晦暗托马》的英译者指出，如此的"隐晦"首先属于古希腊哲人，隐晦者赫拉克利特。[1]但它同样属于布朗肖，属于布朗肖的小说从一开始就展现的谜样的文字，哪怕它的用词是如此清澈！清澈的隐晦，白日的暗光？布朗肖虚构作品中的隐晦无论如何属于一种真正的思，而绝不是一种纯粹的技艺游戏或故弄玄虚。在这个意义上，隐晦不属于作为小说家的布朗肖，而是属于作为和赫拉克利特一样的哲学家的布朗肖。布朗肖，作为哲学家的小说家？或许，他让我们想到了萨特，同一时期的萨特也将他的存在主义哲学注入了他的小

---

[1] Maurice Blanchot, *Thomas the Obscure*, trans. Robert Lamberton, New York: Station Hill Press, 1973, p. 122.

说文本，而早期布朗肖又受到了《恶心》（La Nausée）的多少影响？如此的对比总是可能的和必要的，但布朗肖的思更为隐晦，至少给人留下了这样的印象，以至于被指责为一种神秘主义。正如列维纳斯在《从实存到实存者》（De l'existence à l'existant）里所说，《晦暗托马》呈现了"il y a"（有）的本源经验。[1] Il y a：不管这种可能的解释是否绝对准确地呈现了小说想要传达的东西，这几个字无论如何如谜语或咒语一般贯穿着布朗肖的思想，或许是他的整个思想。如何去思甚至去说这纯粹的有，这先于一切思想和语言的"il y a"？面向不可思者的思，针对不可言者的言，总已经是艰难，甚至艰涩的了。

这只是一个方面。布朗肖同样是黑暗的。黑暗意味着不可见，意味着逃避众人的视线，历史的目光。就像《晦暗托马》将"il y a"描述为一个黑夜或黑夜之中的黑夜，布朗肖自己也把他的名字，把他的书写，隐藏于时代的黑夜，生命的黑夜。这很可能是他的自述："我将徒劳地向我自己再现那个我所不是的人，他虽不情愿，却开始了书写[……]这发生于'黑夜'。"[2] 布朗肖的书写是黑夜的书写，不仅是因为书写的行动发生在与白昼相对的黑夜，不仅是因为白昼的时间被其他非书写的日常活动所占据，以至于布朗肖只能在夜间秘密地书写；书写是黑夜的，更是因为

---

[1] Emmanuel Levinas, *De l'existence à l'existant*, Paris: Vrin, 2013, p. 89.
[2] Maurice Blanchot, *Le Pas au-delà*, Paris: Gallimard, 1973, p. 9.

书写承担着"il y a"意义上的绝对黑夜的特质,那就是进入一个根本缺席的空间——文学的空间,死亡的空间——在那里,作者作为一个主体首先缺席了。如此的缺席要求一种无名,而布朗肖始终在无名中书写他的名:他在遗忘中被人记忆,他在缺无之处到场。他将自己的形象彻彻底底地交付黑夜,拒绝在公众面前暴露自己的模样。"我总试着,或多或少有理由地,尽可能少地露面,不是为了抬高我的著作,而是为了避免一个宣称拥有自身之存在的作者的在场。"[1]因此,他几乎没有向世人公开的照片——在这一点上,速写是不可能的。

但谁也不能否认布朗肖对二十世纪法国思想的影响。至少是从诞生《晦暗托马》的1940年代以来,布朗肖的名字就一直像黑夜里窸窣作响的呢喃一样,在法国哲学和文学的思潮周围,萦绕不去。当形象于黑夜中泯灭之际,还有一个低语的声音,从另一边传来,召唤一场无尽的谈话。不是面对面的交谈,而是反思和批评。他,严格地讲,既不是哲学家,也不是小说家。他当然没有写过一部纯粹的哲学著作,而小说?他曾经写过小说,1941年的《晦暗托马》就被列在"小说"(roman)的名下,但1950年再版的时候,"小说"的字眼已从封面上去除了,可见他自己并不认同这种对其作品的定义。他或许首先是一个文学批评家。

---

[1] Maurice Blanchot, *La Condition critique. Articles, 1945-1998*, éd. Christophe Bident, Paris: Gallimard, 2010, p. 425.

1950年代，他正是凭借一系列的文学批评，在法国思想界确立了自己的声名。但就像他自己创作的那些所谓"记述"（récit）的虚构作品，他的文学批评从来不是纯粹地文学的，文学总是和哲学密不可分地交缠在一起，甚至在某些地方，哲学的成分要远远地大于文学。所以，他处在文学和哲学之间，处在两者的边缘，这使得他在难以被归类和界定的同时，可以用一个真正"中性"（neutre）的姿态，通过文学的批评来推动哲学的思索，反之亦然。在1940年代围绕科耶夫的黑格尔、现象学和存在主义所展开的文学讨论中，在结构主义和后结构主义的思想谱系里，在萨特、巴塔耶、列维纳斯、福柯、德里达、南希等思想家的名字旁，布朗肖总已经化为一道并不显眼，却留下了深深印迹的影子——他就是以这样的方式在场。他总是沉默地在场，总是一个无形的伙伴，以至于一个人不禁要问：是他吗？但他已经在那里了。

在那里，在文学和哲学的边缘。这个边缘给出速写的基本轮廓，也为到来的形象划界。然后，如何去勾勒呢？或者，用什么样的线来勾勒？如果速写的线首先是其生命的轨迹，那么，就这样一个晦暗的思者而言，当他把自己撤入无名的书写，不断地抹除其生命的踪迹时，记忆的叙述也会被刻意地掩埋起来，所以，不再有一条完整、连贯的生命之线了。但破碎的线上还残留着点。有一个起点：

1907年9月22日，出生于法国索恩－卢瓦尔省的图恩村。有一个终点：2003年2月20日，逝世于法国伊夫林省的梅斯尼－圣－丹尼。在这两个点之间的漫长间距里，还有作品构成的点，事件构成的点，甚至是一条生命线与另一条生命线交会的点，那是友谊的点，相遇的点。相遇构成了他自己写的一份短小的传记：

> 对我而言，重要的是相遇，在那些时刻，偶然成了必然。同人的相遇，同地点的相遇。
> 同列维纳斯相遇（1925年，斯特拉斯堡）。胡塞尔，海德格尔，对犹太教的亲近。
> 同乔治·巴塔耶和勒内·夏尔相遇（1940年）。对违纪的召唤。极限经验。反对占领者和维希政权。地下活动。
> 埃兹村（1947—1957年）。十年孤独的书写。
> 同罗贝尔·安泰尔姆及其朋友们相遇（1958年）。阿尔及利亚战争，121宣言，尝试一份《国际杂志》。
> 和一样的人，和每一个人
> 五月风暴[1]

生命的线索就这样被吐露了。在如此的交会和相遇里，速写将成为一幅群像，而布朗肖的一生注定要呈现出多重的维度，它是哲学的，文学的，也是政治的，并且，哲学、

---

[1] Maurice Blanchot, *La Condition critique. Articles, 1945-1998*, op. cit., p. 417.

文学和政治始终紧密地相互关联在一起。

它首先是哲学的。1924年，中学会考后，经过一年的因病休养，布朗肖来到了斯特拉斯堡大学。他学习哲学和德语。1925年，他遇到了一生的挚友，列维纳斯。他们一起阅读德国现象学、普鲁斯特和瓦莱里。在晚年的书信回忆中，布朗肖不时地提及这段同列维纳斯一起学习的时光，并感激列维纳斯带领他走向海德格尔，尤其是带领他理解当时刚刚面世的巨著《存在与时间》（*Sein und Zeit*）。他在晚年的回忆里说："感谢伊曼纽尔·列维纳斯，没有他，我不可能早在1927或1928年就开始理解《存在与时间》。"[1] 就这样，海德格尔和列维纳斯开始以各自不同的方式在布朗肖的一生的思想轨迹中留下深深的印记，并且，伴随着这些印记的，是布朗肖自己发出的反思的回音。（作为一个批评者，他不总是一个回音吗？）在一种思的追溯中，布朗肖总要回到这里，回到这个给出了法国文学、德国现象学和犹太教思想之入口的起源，它不仅孕育着布朗肖后来思想的秘密，也造就了一段非凡的友谊；正如德里达所说，布朗肖与列维纳斯之间"绝对的忠诚，典型的思想友谊，乃是一种恩典，它作为我们时代的一种赐福而长存"[2]。

布朗肖的写作在1930年代开始。那是布朗肖生命中一

---

[1] Maurice Blanchot, *Écrits politiques. 1953-1993*, éd. Eric Hoppenot, Paris: Gallimard, 2008, pp. 230-231.
[2] Jacques Derrida, *Adieu à Emmanuel Levinas*, Paris: Galilée, 1997, p. 20.

段沉默的历史,一段秘密的历史,它隐藏了布朗肖被卷入政治的不愉快的往事。1931年,布朗肖成为记者,并开始为一些极右主义的报纸和杂志撰稿。他加入了蒂埃里·莫尼埃(Thierry Maulnier)领导的"法兰西行动"的年轻的持异见者群体。1932年,他加入《围墙》(*Le Rempart*)日报;1933年,他加入《倾听》(*Aux écoutes*)周刊;1936年,他开始在《战斗》(*Combat*)月刊和《起义者》(*L'Insurgé*)周刊上开设专栏。这些极右主义刊物的基本立场是反资本主义、反议会制、反共产主义、反德意志主义和反希特勒主义。它们和布朗肖当时的政治心态不谋而合。在布朗肖看来,法兰西第三共和国正处在一个危急的时刻,法国政府的软弱无能,加上希特勒掌权后德国野心勃勃的崛起,都让法兰西民族的利益受到了巨大的威胁,因此,只有一场国内的暴力革命,才能为民族的未来找到一条出路。青年布朗肖的这种激进的立场在当时的政治形势下是可以理解的,但问题在于,他所属的右翼民族主义不时地发出了反犹的噪声,一些带有反犹主义论调的文章就出现在布朗肖所加盟的刊物上。这一事实在1970年代被披露后,很快让布朗肖陷入了一种指责,就连托多罗夫也认为"战前,布朗肖曾经是某种犹太主义的代言人"[1]。但事实上,布朗肖对反犹主义持有一种批判的态度。1933年,他就谴责"对

---

[1] Tzvetan Todorov, *Critique de la critique. Un roman d'apprentissage*, Paris: Seuil, 1984, p. 73.

犹太人的野蛮迫害"。而 1937 年后，他逐渐脱离右翼政治写作（不再发表署名文章）的一个重要原因也和他本人对刊物上愈演愈烈的反犹主义倾向的不满有关。

这或许是布朗肖的一个污点，但不同于海德格尔的绝对沉默，布朗肖在后来给好友莫里斯·纳多（Maurice Nadeau）的公开信中承认了事实："我不应捍卫我当时认为适合发表的文章，"并肯定地声称，"我无疑已经改变[……]我在书写的影响下（我当时在写《晦暗托马》和《亚米拿达》），通过我对事件的了解，而改变了。"[1] 因此，书写是改变的可能性，是布朗肖从政治转向文学的秘密通道，一条黑夜的通道。

布朗肖早就在秘密地挖掘这条通道了。《晦暗托马》的写作始于 1932 年，随后，就像他自己说的，为了试着让这本"正被写下的书发生短路，以便克服那种无尽性"[2]，他分别在 1935 年和 1936 年完成了另两部短篇小说《最后之词》（*Le Dernier Mot*）和《牧歌》（*L'Idylle*）。它们没有在那个时代如期出版，而是直到 1951 年才在《永恒轮回》（*Le Ressassement éternel*）一书中重新面世。时过境迁，这两本带有末世论情怀和反乌托邦色彩的小说竟然一语成谶，或者，正如书名暗示的，不是因为预言，而是因为历史总

---

[1] Maurice Blanchot, « Deux lettres de Maurice Blanchot (avril 1977) », dans *La Quinzaine littéraire*, n° 741, 16–30 juin 1998, p. 5.
[2] Maurice Blanchot, *Après coup*, Paris: Minuit, 1983, p. 93.

在重复。

1940年，法国沦陷后，布朗肖放弃了他自1931年开始担任的《论争报》（*Journal des Débats*）的编辑职位。他加入了国家赞助的文化机构"青年法兰西"，指导文学的研究小组，并和其他人一起计划"用维希反对维希"。同年12月，他在巴黎迎来人生中第二次重要的相遇，即同乔治·巴塔耶（Georges Bataille）的相遇。正如巴塔耶在其"自传笔记"（Notice autobiographique）里说的，他"很快便通过欣赏和赞同与之建立了联系"。[1] 这一友谊的第一个产物或许是巴塔耶于1943年出版的著作《内在体验》（*L'Expérience intérieure*）。巴塔耶坦承它是同众多友人讨论后的结果，而布朗肖无疑参与了这样的讨论：巴塔耶甚至在书中直接引用了1941年的《晦暗托马》的段落，并几次唯独地点出了布朗肖的名字。布朗肖同年还遇到了诗人勒内·夏尔（René Char）。诗歌的吸引是一个方面，但考虑到夏尔是法国抵抗运动的重要一员（游击队的领导者），布朗肖同他的友谊很可能包含了一种违纪的"极限经验"，虽然布朗肖自己从未并且不愿谈论这一地下的活动。

1941年，布朗肖在《论争报》上开设了一个名为"智识生活"的文学专栏（Chronique de la vie intellectuelle），自此正式开始了文学批评的写作。同年，受列维纳斯所托，

---

[1] Georges Bataille, *Œuvres complètes*, tome VII, Paris: Gallimard, 1976, p. 462.

布朗肖把列维纳斯的妻女安顿在奥尔良附近的一家修道院内，使她们免受迫害。1942年，布朗肖的第二部小说出版，他给这部小说取名为"亚米拿达"（Aminadab），那正是列维纳斯最年幼的弟弟的名字——他不久前在立陶宛丧命于纳粹的魔爪下。

1943年，布朗肖为《论争报》撰写的54篇专栏文章由伽利玛出版社结集出版，题为《失足》（Faux Pas）。事实上，在1941—1944年那段写作的高产期内，布朗肖一共为《论争报》写了171篇评论文章，其余的文章在他死后（2007年）才由伽利玛整理出版。《失足》不仅呈现了布朗肖对各个时代、各种类型的文学甚至哲学文本的广泛阅读（从克尔凯郭尔到加缪，从歌德到兰波，从巴尔扎克到纪德），而且记录了布朗肖自己对文学和语言本身的理论思考，这里既有萨特的存在主义的痕迹，也有对让·波朗（Jean Paulhan）的《塔布之花》（Les Fleurs de Tarbes）的回应。它试图在政治介入的语境下回答"文学是什么？"以及"它如何可能？"的问题。

1944年，布朗肖在老家的房子里险遭纳粹枪决。当时，可能就像《白日的疯狂》（La Folie du jour）描述的，布朗肖"被迫像其他许多人一样靠墙站着"，但"枪口没有开火"，[1] 因为纳粹行刑队其实是苏联人（瓦拉索夫的叛军），

---

1 Maurice Blanchot, *La Folie du jour*, Paris: Gallimard, 2002, p. 11.

在游击队转移了德国副官注意力的时候,他们趁机放了布朗肖。这次命悬一线的经历给布朗肖留下了一种挥之不去的恐怖感——他在致纳多的信里提到"恐怖的感受从未离开过我"[1]——以至于他晚年写了一篇极其短小的记述,《我死亡的瞬间》(*L'Instant de ma mort*)。与恐怖相伴的,是一种深深的不安,因为另几个无辜的年轻人被杀害了,而他却"被死亡本身——或许还有不公的谬误——阻止了死"[2]。如此的不安是他转变的一部分吗?这是另一次相遇吗:一次与死亡的相遇,因为"此后一种秘密的友谊把他和死亡结合在了一起"[3]?也许死亡就是从这里像幽灵一样萦绕着布朗肖的书写?

1946年,布朗肖离开巴黎,前往地中海沿岸的埃兹村定居。"十年孤独的书写"开始了。

首先是虚构作品。1948年出版的《至高者》(*Le Très-haut*)通常被视为布朗肖的最后一部小说。之后,布朗肖转向了"记述"(récit):同年的《死亡判决》(*L'Arrêt de mort*),1950年的新版《晦暗托马》,1951年的《在恰当的时刻》(*Au moment voulu*),1953年的《那没有伴着我的一个》(*Celui qui ne m'accompagnait pas*),以及1957年的《最后之人》(*Le Dernier Homme*)。在这些作品中,晦

---

[1] Maurice Blanchot, « Deux lettres de Maurice Blanchot (avril 1977) », op. cit., p. 5.
[2] Maurice Blanchot, *L'Instant de ma mort*, Paris: Gallimard, 2002, p. 9.
[3] Maurice Blanchot, *L'Instant de ma mort*, op. cit., p. 11.

暗的根本经验继续摧毁着一切传统的叙事，直至摧毁记述本身的可能。

然后是文学评论。战争结束后，布朗肖在几份颇具影响力的刊物上发表评论文章，这些刊物包括他曾短暂地担任过编辑的《拱门》（*L'Arche*）杂志，萨特的《现代》（*Les Temps modernes*），波朗的《七星诗社手册》（*Cahiers de la Pléiade*），以及巴塔耶的《批评》（*Critique*）。在延续批评风格的同时，布朗肖展现了一种与众不同的阅读经验：他不仅阅读波德莱尔以来经由象征主义（马拉美）一路发展至超现实主义（布勒东）和夏尔的法国现代诗歌，还分析洛特雷阿蒙和萨德这类"僭越"文学的形象，甚至借助海德格尔的语言来阅读荷尔德林。他对卡夫卡的迷恋也在这时显露。战后四年的写作最终成为1949年的两部文集：《火部》（*La Part du feu*）和《洛特雷阿蒙与萨德》（*Lautréamont et Sade*）。

1953年，《新法兰西杂志》（*Nouvelle Revue française*）在波朗的主持下复刊，布朗肖开始为它撰稿。《新法兰西杂志》可以说成了布朗肖的主阵地，直到1968年波朗逝世为止，布朗肖以几乎每月一篇的频率向这份刊物供稿。1955年，《文学空间》（*L'Espace littéraire*）出版。虽然它是四年来在《批判》和《新法兰西杂志》上发表的文章经过修改后结集而成的，但它不再是纯粹的批评集，而是一部理论的著作，甚至可被视为布朗肖文学理论成熟的一个标志。如果说 1948 年的长篇大论《文学与死亡的权利》(La littérature et le droit à la mort) 还保留着黑格尔"否定性"思想的痕迹，那么，1950 年代的《文学空间》已经透露出海德格尔哲学对于文学乃至一般艺术的可能之运用。《文学空间》的现象学语言不断地唤起海德格尔 1930 年代的《艺术作品的本源》所涉及的主题。但这不是从海德格尔的存在论到文学体验的简单转化和挪用，布朗肖在吸收列维纳斯早期思想的同时，也颠倒了海德格尔哲学的一些关键点。其中最引人注目的就是把海德格尔的"死亡"(Tode) 变成了他自己的"死"(mourir)，也就是，正如他自己后来说的，"把不可能性的可能性反转为一切可能性的不可能性"[1]。

1958 年，布朗肖返回巴黎。这一次返回也是其政治生命的回归。他向他的好友，《七月十四日》(Le 14 juillet) 杂志的创建者迪奥尼·马斯科罗 (Dionys Mascolo) 写信，表达了自己和马斯科罗一样反对戴高乐政府的决心，并说："我既不接受过去，也不接受当下。"[2] 这种自战争结束以来几乎从未说过的政治性的言词，这个拒绝的姿态，或许已经说明布朗肖在政治立场上的彻底转变：他不再是曾经

---

[1] Maurice Blanchot, *L'Écriture du désastre*, Paris: Gallimard, 1980, pp. 114-115.
[2] Kevin Hart, "The Friendship of the No", in Maurice Blanchot, *Political Writings, 1953-1993*, trans. Zakir Paul, New York: Fordham University Press, 2010, p. xvii.

的极右分子了。这场反对戴高乐的共同斗争也让布朗肖和作家罗贝尔·安泰尔姆（Robert Antelme）以及玛格丽特·杜拉斯（Marguerite Duras）、路易-勒内·德福雷（Louis-René des Forêts）、莫里斯·纳多、埃利奥·维托里尼（Elio Vittorini）相遇。正是这些朋友们陪伴着布朗肖走过了后来政治的十年。对布朗肖而言，安泰尔姆还具有一个特别的意义，因为安泰尔姆作为集中营的幸存者，将亲身经历写成了小说《人类》（L'Espèce humaine），从而真正地把"灾异"带到了他的面前，迫使他倾听集中营里数百万无名者发出的无言之召唤。《人类》所再现的灭绝的虚无，它所提出的书写在灾异面前如何可能的问题，它所唤起的思在黑夜当中需要保持的警醒，或许激发了布朗肖晚期的思索。

1959年，《未来之书》（Le Livre à venir）出版。它连同1969年的《无尽的谈话》（L'Entretien infini）和1971年的《友谊》（L'Amitié），再一次收集了布朗肖从1950年代起为《新法兰西杂志》所写的文章，但它们无疑带有更加浓烈的时代气息。布朗肖不只是阅读经典作家和可能被遗忘的作家，还同那个时代最令人振奋的思潮展开了对话。诚然，当时的法国思想界正被结构主义的飓风所席卷：列维-斯特劳斯的结构主义人类学，罗兰·巴特的"作者之死"和大众"神话学"，拉康的精神分析，无不冲击着传统的理论话语。此外，以萨缪尔·贝克特（Samuel Beckett）、阿兰·罗伯-格里耶（Alain Robbe-Grillet）、玛格丽特·杜拉斯为代表的新小说派也在改写文学的定义。在《新法兰西杂志》上，布朗肖已经敏锐地触及所有这些新的现象，并以他不辍的笔耕继续思考着文学乃至思想的未来与可能。

1960 年，布朗肖和马斯科罗、让·舒斯特（Jean Schuster）一起参与起草了著名的《121 宣言》并在上面签名，支持阿尔及利亚独立斗争。同年，布朗肖计划创立一份以"总体批评"为目标的国际杂志，它将包含文学、政治和科学的讨论，从而促进各个国家之间不同思想的交流。虽然这个计划得到了法国、德国和意大利的不少作家和学者的支持，但无奈四年后这份杂志还是宣告停办了。

1962 年的断片体虚构《等待 遗忘》（*L'Attente l'oubli*）是布朗肖创作的一个节点，在那之后，正如布朗肖的《白日的疯狂》结尾所言，"没有记述（récit），绝不再有了"[1]（1994 年发表的《我死亡的瞬间》或许是一个例外）。与记述的"绝不再有"相随的，是一种新的写作风格，也就是断片的到来。同时，一种更加严肃的哲学思考，也越来越频繁地流露于布朗肖的笔端。到了《无尽的谈话》，我们已经可以清楚地看到，布朗肖如何回应列维纳斯自《总体与无限》（*Totalité et infini*）以来提出的他者的伦理学。这是一种真正的哲学之友谊的延续。这一次，布朗肖成了

---

[1] Maurice Blanchot, *La Folie du jour*, op. cit., p. 30.

导言　布朗肖速写

列维纳斯在哲学上的他者。《无尽的谈话》或许不是一部严格意义上的哲学著作，这既是因为它同时包含了各种文学的声音，形成了一种复调，也是因为整个的文本不时地被一种虚构的谈话打断，从而使它的文类难以界定。就这一点来说，它难道不是一部真正处在边缘的书，一部在哲学和文学边缘的无尽谈话中漫无边际地生长的书吗？但它在某些时刻以一种相当哲学的方式探讨了西方哲学的问题，有语言的问题，有存在的问题，还有他者的问题。然而，不同于列维纳斯把至高的他者归于绝对的上帝，布朗肖提出了"中性"（le Neutre）这个他认为不是概念的概念，来命名那无人称的外部（le Dehors）。自此，中性一方面延伸向了他者的伦理领域，另一方面又和布朗肖文学思考中的"缺席"与"无作"（désœuvrement）等重要的词语联系起来。这既是对列维纳斯的回应，某种程度上也是对列维纳斯的超越。

1968 年，"五月风暴"来临之时，布朗肖毫不犹豫地加入了学生和工人的游行。"和一样的人，和每一个人"：还是和那些朋友们（马斯科罗、杜拉斯、安泰尔姆等等），并且，是和无数无名的人。布朗肖成为"学生 – 作家行动委员会"的一员，并在一份半公开的杂志《委员会》（*Comité*）上发表了大量（根据马斯科罗的说法，一半以上）未署名的文章。这些慷慨激昂的文章是他年轻时革命欲望的重燃吗？不是。一个明显的区别在于，布朗肖此时转向了左翼：他谈论共产主义及其紧迫，谈论对马克思的阅读，谈论卡斯特罗的古巴革命。但布朗肖的目的不是证明"五月风暴"这样的运动最终能够实现什么，而是强调革命行动应该像小册子或海报的书写一样在一种自身的抹除中在场："它们出现了，它们消失了。它们不说任何东西，却毁灭了一切；它们外在于一切。"[1] 这外在于一切的书写，这不留痕迹的笔触（trait sans trace），将布朗肖的文学和政治紧密结合了起来，并就此走向了他后来的共通体：文学的共通体，没有共通性的共通体（communauté sans communauté）。

1970 年代是断片写作的时代。中性作为布朗肖晚期思想的一个标记，在他随后的两部断片集中继续闪现。而这两本书，可以说，分别体现了中性的两个维度：书写与他者。1973 年的《诡步》（Le Pas au-delà）分析了书写和中性的关系。特别是在皮埃尔·克罗索夫斯基（Pierre Klossowski）的《尼采与恶性循环》（Nietzsche et le cercle vicieux）的启发下，布朗肖还讨论了尼采的"相同者的永恒轮回"的时间性问题，并对断片这一写作形式本身进行了更彻底的反思。这些夹杂着严肃沉思和个人呓语的零零散散的断片，以其庞杂的主题（书写，死，语言，时间，僭越，疯狂，恐惧，友谊，距离，思想，沉默，认知……）证实了

---

[1] Maurice Blanchot, *Écrits politiques. 1953-1993*. Paris: Gallimard, 2008, p. 158.

一种无尽的书写，仿佛"死"透过这"太过冗长的言语"，在纸上发出了喘息，仿佛沉思和书写已经成为死本身。但继续死着，继续思着，1980年的《灾异的书写》（*L'Écriture du désastre*）将中性的笔端对准了他者的面容，走向了奥斯维辛的黑夜。在这同样繁复的断片中，或许只有"灾异"（désastre）一个词，它如那无法记忆又不可遗忘的历史之黑夜，笼罩了"他者"、"中性"和"外部"。随着列维纳斯晚期最重要的作品《他异于存在或超逾本质化》（*Autrement qu'être ou au-delà de l'essence*）的面世，随着学界对海德格尔哲学，尤其是其"本有事件"（Ereignis）概念的进一步发掘，布朗肖同列维纳斯还有海德格尔的谈话再一次深入地返回，并且带着一种伦理之追问的急迫。这样的急迫围绕着对"灾异"之意义的思索，甚至渗透到书写当中，让曾经与死同行的书写变成了一种创伤的铭写，哀悼的工作。

事实上，从《无尽的谈话》到《灾异的书写》，布朗肖对奥斯维辛的反思从来没有停止。这既是出于一种知识分子的责任——他在《审视知识分子》（Les intellectuels en question）里指出，"正是反犹主义最强有力地向知识分子揭示了他自己"[1]——当然也受到了布朗肖所亲近的犹太思想家的影响。虽然不是和列维纳斯一样的犹太人，但布朗

---

[1] Maurice Blanchot, *La Condition critique. Articles, 1945-1998*, op. cit., p. 413.

肖晚期明显地流露出一种对犹太人之命运的专注：他关心以色列和犹太复国主义的问题，甚至在六八年运动的后期，当极左派支持巴勒斯坦、反对以色列的时候，他怀着一种对反犹主义的警觉，主动地退出；他写下《最后的言者》（Le dernier à parler）作为对已经逝世的德国犹太诗人保罗·策兰（Paul Celan）的纪念；他还向埃德蒙·雅贝斯（Edmond Jabès），另一位出生在埃及的犹太诗人，多次表达敬意——"书"的概念不正源自雅贝斯吗？

1980年代后，布朗肖的写作已经不再那么疯狂。生命末年的书写除了一些向友谊致敬的文章，如献给德福雷的《序曲》（Anacrouse），《我所想象的米歇尔·福柯》（Michel Foucault tel que je l'imagine），《感谢（归给）雅克·德里达》（Grâce [soit rendue] à Jacques Derrida）外，基本上是书信、政治评论，以及对访谈或调查的书面回答。在晚期书写的这些迟缓的步伐中，1983年的《不可言明的共通体》（La Communauté inavouable）或许闪耀着一种异样的思想光芒。它由两部分构成："否定的共通体"和"情人的共通体"。前者是对让-吕克·南希（Jean-Luc Nancy）的《无作的共通体》（La Communauté désœuvrée）的回应，后者是对杜拉斯的小说《死亡的疾病》（La Maladie de la mort）的评述。这看似同时代的谈话其实蕴含了布朗肖同巴塔耶的那场更为久远的友谊，也暗示了布朗肖自己参与六八年事件的亲身经历。共通体成了"共通"的问题。但不论是巴塔耶在"二战"前创立的"社会学学院"（Collège de sociologie）和"无头者"（Acéphale）团体，还是1968年走上街头的无名的人群，在布朗肖看来，一个共通体的在场始终以它的缺席为前提。共通体的最极端的不可能性恰恰是它本身的可能性。至此，最极端的不可能性，作为布朗肖所说的"死"，作为外部，作为他者，作为灾异，融入了这"不可言明的共通体"，融入了哲学、文学和政治彼此交汇的最后之点。就像布朗肖说"不可言明"绝不意味着沉默，不意味着一种神秘化一样，这里的缺席也不是虚无，不是无意义，相反，缺席作为一种空缺，恰恰是承诺和希望的敞开，也就是，未来（à venir）。

未来：布朗肖总是未来的，他总是尚未到来。在他不可挽回地死亡之后，在汉语的陌异语境当中，这样的"未来"变得更为彻底，更为绝对了。如此的尚未到来，如此令人绝望的未来，却是速写的必要条件和阅读的根本可能。当速写不再有一个固定的对象，当阅读失去了一个现成的文本时，要被速写，要被阅读的布朗肖才迈着他的诡步，一个作为"不"（pas）的"步子"（pas），越过"尚未"（à）与"到来"（venir）之间的不可逾越的间距，到来了。

他来了。但他是谁？"布朗肖是谁？"这个问题，在他之后，已经不可回答。"布朗肖"，这个主语，这个主体，已经没入了无名的黑夜，只剩一个不可回答的回答："谁？"让我们试着用这个无名的"谁"，用"这种不知名的、滑动的存在，一个不确定的'谁'"，与他保持一种不是关系的关系："我们应当弃绝认识那些由某种本质之物与我们联系起来的人［……］我们应当以一种同未知者的关系迎接他们，而他们也以那样的方式迎接我们，我们遥遥相望。"[1] 这就是友谊的关系。没有朋友的友谊，献给未知者，献给未来的他，或中性的"它"（Il）。

让我们继续速写，写。

---

[1] Maurice Blanchot, *L'Amitié*, Paris: Gallimard, 1971, p. 328.

上篇
文学的沉默

沉默之必需

在 1990 年 2 月发表于《环球》(*Globe*) 杂志的一封极为简短的手写书信里，布朗肖传达了这个几乎陪伴他整个写作生涯的诫命一般的要求：沉默。他用不可置否的肯定语气说："是的，沉默是写作的必需"(Oui, le silence est nécessaire à l'écriture)。[1] 并且，他迅速给出了解释：

> 和维特根斯坦（至少是人们肤浅地理解的那样）相反，我会说，无法言说的东西，恰恰是写作从中找到其来源和必要性的所在。由此，身为一个大写之我 (Je) 的作者，也应尽最大的可能撇开自身。他不必幸存，如果他活着，原则上也没有人知道，或许就连他自己也不知道。[2]

一个相当奇怪的要求。确切地说，是两个。这里存在着两种沉默。一方面，是写作或言说不得不面对的沉默，即作为写作之"来源和必要性"的"必需的沉默"。由此，我们似乎再次听到了《火部》所引用的美国作家威廉·萨洛扬 (William Saroyan) 的告诫："不要用词语来写作，

---
[1] Maurice Blanchot, *Écrits politiques. 1953-1993*, op. cit., p. 247.
[2] Maurice Blanchot, *Écrits politiques. 1953-1993*, op. cit., p. 247.

要用无词来写作,用沉默来写作。"[1] 不再遵从维特根斯坦在《逻辑哲学论》(*Tractatus logico-philosophicus*)中提出的最终教诲,"对于不可说的东西,必须保持沉默"(Wovon man nicht sprechen kann, darüber muß man schweigen)[2]了,而是转向对这一"不可说"本身的言说,在沉默的保持中艰难地张开一张言说的嘴巴。另一方面,则是"撤开自身"的闭口不谈,是"作者之死"留下的无尽的沉默。它要求言者从所言之物中撤出,抹去其作为言者的在场。由此,写作者的名字从他所写的纸页中消失了。作者抛弃了他的作品,或不如说,作品抛弃了他。

创造者与其造物之间的这一分离,留下了一片沉寂,一阵孤独。或许,恰恰在这一阵孤独的处境里,当写作者再次动笔之时,两种沉默就暗暗地相遇了。此刻,写作成为对沉默的默默准备。写作就是沉默的决心。写作者持有一种言语,但那是沉默的言语。他持守一种言说,但那是对沉默的言说。于是,沉默的言语言说沉默。写作者知道,他会用笔尖划破空白纸页的沉寂,如夜空中闪过的流星,但他终将黯然消逝在这夜的深处,沉没于言词之外的绝对寂静。那么,沉默是他的宿命,是至死跟随他的影子。他由此承担了一个责任,一个无法推脱的义务。他奋力言说,

---

[1] Maurice Blanchot, *La Part du feu*, Paris: Gallimard, 1949, p. 66.
[2] Ludwig Wittgenstein, *Tractatus logico-philosophicus. Logisch-philosophische Abhandlung*, Frankfurt am Main: Suhrkamp, 1969, p. 115.

他疾笔写作，同时，他也在消失，抹去踪迹，化为阴影。因为他要沉默。他要成为黑夜。但黑夜也在吞没他。谁才是更深的夜？两种沉默相融相会之际，说不清是写作者披上了黑夜的面纱，还是黑夜用更黑的蚀液消解了他。"沉默是写作的必需"，同样，沉默也是写作的必然：写作，正是从沉默中来，又到沉默中去。

的确，一旦读者预感到了布朗肖的文字与沉默达成的共谋，他就能隐约地明白这位作家对销声匿迹的隐士生活的选择。沉默的要求已然贯穿其写作和生命的双重层面，正如其作品的主要出版方，伽利玛出版社（Éditions Gallimard）在介绍这位作家时采用的那句简洁生动的著名评语所云："他倾尽一生致力于文学及其独有的沉默。"而对一个献身于文字的人来说，写作无疑是更高的一级。写作面临的沉默成为一种至高的原则和一个至深的根据。但这样的沉默，"不可言说的东西"，究竟是什么？它不是，如果人们记得古老的异教仪式（黑格尔的"厄琉希秘仪"）定下的恪守秘密的戒律，一种出于敬畏而不得不封闭于心灵（"须以天使之舌言说"［Sprāch er mit Engelzungen］[1]）的"神圣"知识；也不是，世界的"荒野"上，和史前时间一样久远的"原始现象"（皮卡德称之为"遭人遗忘的古老动物"[2]）。在布朗肖的黑夜诗学里

---

[1] G. W. F. Hegel, *Frühe Schriften, Werke*, Band 1, Frankfurt am Main: Suhrkamp, 1971, p. 232.
[2] Max Picard, *The World of Silence*, trans. S. Goodman, Chicago: Regnery, 1952, p. 6.

（也许是在一个核心的位置上），沉默，首先并且总是，关系到文学的存在本身，也就是，书写之语言的可能，因为这种书写没有一刻不被暴露给抹除的危险，而语言，也就建立在它的无言之上。正如比这封书信早一年发表于《瞬间》（*Instants*）杂志的短文向我们暗示的，时至今日，在文学的前景里，如果有一种"神圣"之言，那会是在灭绝的遗忘中乞求铭记的暴力之语，如果有一片"荒野"，那会是不再有书的民族必经的流亡之地。这篇献给雅贝斯的文章题为"致力于沉默的书写"（L'écriture consacrée au silence）[1]，它追问着奥斯维辛之后犹太人如何在灾异的记忆中继续书写的问题，追问着书在注定与记忆同行的遗忘之抹除下存在的可能性。因为，就像美国学者乔治·斯坦纳（George Steiner）曾在《语言与沉默》（*Language and Silence*）里指出的，一旦集中营的暴力能用言语说出，语言本身就遭到了毁灭；面对灾异，面对非人道，或许只有"语言之死亡、词语之挫败的感觉"[2]，也就是，沉默。但不可忘却的事件总要在沉默里寻求一种语言、一种书写来作为记忆的不可抹除的踪迹和证据。因此，沉默以言说之不可能性向语言发出了召唤和挑战；沉默不仅包含了语言如何言说自身之缺失的根本困境，而且在时代的黑夜里发展成

---

[1] Maurice Blanchot, *La Condition critique. Articles, 1945-1998*, op. cit., pp. 443-445.
[2] George Steiner, *Language and Silence. Essays on Language, Literature, and the Inhuman*, New York: Atheneum, 1986, p. 51.

了一个见证的迫切要求。但对这一困境的克服，对这一追求的回应，正是布朗肖及其阐释者应当首先担负起的任务。

诗人的沉默

在布朗肖最早的文集《失足》里，已经可以听到"沉默"一词发出的悠长的回响。它响了两次。两次都和刚刚踏入现代门槛的诗人的奇异症状有关。第一次是因为马拉美，第二次则是为了兰波。

沿着亨利·蒙多尔（Henri Mondor）的《马拉美传》（*Vie de Mallarmé*）给出的线索，布朗肖强调了马拉美具有的"一种特殊形式的沉默"："再也没有希望看到这一沉默消散了，它愈发地醒目，愈发地神秘，因为任何深思熟虑的秘密似乎都没有确立起对它的统治。"[1] 这段沉默史源于不懈追求完美的作家身陷其中的"贫乏的黑夜"[2]，也就是，他与写作展开斗争的艰难历程。在同友人的通信中，他不断地吐露他的疲劳，他的绝望，他的疯狂，但突然，按布朗肖的说法，在1870年之后的三十年里，他似乎获得了一种秘密的信心，他因此沉默了。沉默把马拉美变成"一个对自己的目标深信不疑的人，他固执地投身于对一项伟大计划的追求"[3]。对得到了其遗稿的后人来说，这项计划，这颗指

---

1 Maurice Blanchot, *Faux pas*, op. cit., p. 121.

2 Maurice Blanchot, *Faux pas*, op. cit., p. 122.

3 Maurice Blanchot, *Faux pas*, op. cit., p. 123.

引他的"尚未诞生的星辰"[1],无疑就是所谓的大作(Œuvre),一部非凡的大书(Livre)。但这宏伟的写作工程当时默默地进行着,并且,未等到其梦想的宇宙搭建完毕,它就在作家死亡的时刻戛然而止,于是将其意图和努力也一并埋入了未知的沉默。诗人不仅留下了破碎的谜样的作品,而且有意地掩藏了他的诗性生活。从中,布朗肖看到了沉默的必要:沉默,作为一个"绝对无法打破"的事实,意味着"一种如此清醒,如此反对偶然和隐晦的精神"[2],意味着写作的自觉和反思达到了一个足以蕴神秘于明澈,甚至化失败为荣耀的成熟地步。为了在纸页的戏台上表演词语变形的魔术,马拉美需要坚定地念出一个咒语,而沉默,似乎就是这个咒语的唯一发音。

如果马拉美晚年的沉默寡言涉及一部未竟之作的隐秘计划,对它的研究某种程度上还停留于一种传记的兴趣,那么,兰波的自我放逐,他对其诗才的匪夷所思的弃绝,则在其生涯的难以弥合的断裂中,让布朗肖不得不把诗人的沉默引向一个超越生命的更为本质的维度。这个维度,正如我们将要看到的,就是语言。

与马拉美几乎同一时间,兰波也陷入了沉默。布朗肖相信,这有一个确切的时间节点(1873年8月的某一天)[3],

---

1 Maurice Blanchot, *Faux pas*, op. cit., p. 123.

2 Maurice Blanchot, *Faux pas*, op. cit., p. 125.

3 Maurice Blanchot, *L'Entretien infini*, Paris: Gallimard, 1969, p. 421.

那是兰波在《地狱一季》(*Une saison en enfer*)的结尾发出"永别"的时刻，一次对文学的名副其实的告别：

> 我创造了所有的节日，所有的凯旋，所有的戏剧。我尝试过发明新的花、新的星、新的肉体和新的语言，我自信已获得了超自然的神力。唉！我不得不埋葬我的想象和回忆！[……]
>
> 我曾自称魔法师或天使，抛开一切道德；我今归于土地，带着未尽的义务去拥抱严酷的现实！农民！[1]

疑惑由此产生："诗人已经手握他所梦想的一切权力。他成为高于其他一切的创造者……但他甚至弃绝了他已成为的；他返回一无所是。为什么？"[2] 我们知道兰波后来的漫游，他先后成了海军水手、马戏团雇员、工地监工和军火贩子，无一和文学有关，缪斯的歌声已在他身上哑然。或许，只有疯癫或死亡能比这做得更为彻底。它们属于文学诱发的美丽的危险，可被纳入荷尔德林、尼采、奈瓦尔和阿尔托构建的悲情的传统。对此，布朗肖提到了一种以黑夜和白日的二元结构为基础的一般解释，而危险就暗含于此结构所固有的张力："他（诗人）越把握到其所是者的本质，他就越有失去它的风险。他服从黑夜；他自己想要成为黑夜，同时，他又继续通过语言维持他对白日的忠诚。"[3]

---

[1] 兰波，《兰波作品全集》，王以培译，北京：作家出版社，2012 年，第 205 页。
[2] Maurice Blanchot, *Faux pas*, op. cit., p. 164.
[3] Maurice Blanchot, *Faux pas*, op. cit., p. 165.

沉默与死亡：布朗肖思想速写

诗人的使命诚然是用白日的语言书写黑夜的真理（《文字炼金术》："我默写寂静与夜色，记录无可名状的事物"[1]），而一旦失去日与夜之间微妙的平衡，他就会被深渊反噬。这个"神话学"的原型结构很容易让人联想到《文学空间》后来描述的俄耳甫斯的目光，但至少在这里，它还无法令布朗肖完全满意。因为同处于被诅咒者的谱系，相比于荷尔德林的疯癫或奈瓦尔的自杀，兰波有意为之的沉默，如果算得上一次对黑夜的复归，在布朗肖看来，可不是什么迷途中的一时失足，相反，他并未屈服于脚下的诗性深渊的引力，而是用"严酷"的生活，换来了彻底的跳脱。他不是被诗歌所毁灭，而是以诗歌自身的名义回击诗歌，给诗歌带来了一种最为尖锐的质疑，因为他质疑的目标，就是诗歌的沉默。并且，在这个被质疑的尖锋击中的锐点上，布朗肖揭示了后一种沉默恰恰是诗歌依托的不可能性：

> 诗人的沉默必定如同一场解释不清的背叛，因为他不仅把言说的意志祭献给了沉默，而且他优先选择了那种作为诗歌之拒绝的沉默，而非诗歌意图传达的这种非凡的根本的沉默。这，事实上，是悖论的根源。诗歌向世界宣示了什么？它宣称它是本质的语言，它包含了全部的表达，它既是词语的缺席，也是言语，最后，忠于诗歌就是协调言说的意志与沉默。诗歌是沉默，因为它是纯粹（pur）的语言；此乃诗歌之确信

---
[1] 兰波，《兰波作品全集》，同前，第189页。

的基础。而兰波摧毁的正是这样的确信。[1]

再一次,出现了两种沉默:诗歌所是的沉默,以及诗人的沉默。前者在语言的维度上发生:诗歌标志着语言对自身进行净化(purifier)所能达到的最高程度,在此极限处,至纯的语言,按布朗肖的说法,就是语词的缺失,意即,诗性的沉默。于是,当兰波得意地从文字的历险返回日常生活的平庸时,诗性的缺席(absence poétique)真正地成了诗的缺席(absence de poésie)。两种沉默发生了短路:

> 这一离弃,以沉默的名义,或无论如何,为沉默的缘故,将一种怀疑抛向了诗歌的主张,即怀疑它能够超出其自身,怀疑它能够在语言的根源处重新发现语言的另一面,也就是,词语的纯粹缺席。[2]

所以,在诗歌之沉默的道路上,兰波走到了尽头。他把诗歌付诸行动,在生命中冒险实践这一沉默的姿态,其结果,是引发了一场"真正诗性的,换言之,想象的灾异"[3]。但另一方面,这种对诗歌之本质的激进的质疑,根据布朗肖的理解,又是成就其诗歌的必要策略,因为只有在风险中,诗歌才是诗歌:"没有这种摧毁自身并在摧毁中发现自身的能力,诗歌就什么也不是。"[4] 只有当沉默,这种让诗歌

---

[1] Maurice Blanchot, *Faux pas*, op. cit., p. 166.
[2] Maurice Blanchot, *Faux pas*, op. cit., p. 166.
[3] Maurice Blanchot, *Faux pas*, op. cit., p. 167.
[4] Maurice Blanchot, *Faux pas*, op. cit., p. 167.

得以可能的言词之不可能性，真正地成为诗歌之不可能性的时候，诗歌的命运才得到了一劳永逸的决断。由此，兰波把沉默的谜团抛回到了诗歌，抛回到了诗歌所代表的"纯粹的语言"。为什么，沉默，"词语的缺席"，会成为诗歌的根据和目的？若要解开这个谜团，就必须追问语言和文学语言的实质。

语言哲学

即便对列维－斯特劳斯或罗兰·巴特的作品产生过兴趣，即便与福柯或德里达形成了一定程度的友谊，布朗肖也从来不是一个结构主义者：在他的字里行间，只能够隐隐微微地找到一种所谓的符号学理论的蛛丝马迹（在《无尽的谈话》里，虽有几个段落提到了"能指"［signifiant］和"所指"［signifié］的概念，[1] 但最终的要求，我们可以清楚地听到，是"同能指－所指的混合决裂……同'符号'决裂"[2]）。在语言问题上，索绪尔与他几乎无缘；他倾心于另一个更为哲学（而非语言学）的传统，并且，在他看来，那一传统首要关注的话题应是："语言表达什么，以及它如何表达？"正如他在其沉思的一开始向我们展示的，如果文学的可能性陷入了危机，那是因为写作中存在着"语

---

[1] Maurice Blanchot, *L'Entretien infini*, op. cit., pp. 586-587.

[2] Maurice Blanchot, *L'Entretien infini*, op. cit., p. 390.

言的绝境（aporie）"："一个写下'我独自一人'的作家会被视为荒唐不堪的"，因为"作家的'我独自一人'所具有的一个简单的意思（无人在我身旁）似乎只能和语言的用法发生矛盾……这个对我们吐露其存在的人，他怎么能是'独自一人'？"[1] 在这里，布朗肖敏锐地捕捉到了言说之行为对言说之个体的背叛，文字成了不忠的印记，仿佛言语与其对象之间总有对立，总有不和，基于这危险的不和，一切写作者都不得不面临一个深深的"苦恼"，那就是：如何确保言说的有效性，不至于让写作沦为一纸谎话。

布朗肖对这一难题的探讨，最早可见于《失足》收录的《语言研究》（Recherches sur le langage）一文。其评述的对象，恰恰是法国学者布里斯·帕兰（Brice Parain）——他曾被夏尔·布朗夏（Charles Blanchard）誉为"语言的福尔摩斯"——创立的一套"表达的哲学"（加缪语）[2]。帕兰的出发点，就像皮埃尔·克罗索夫斯基在内的许多人察觉的，是抵制当代的虚无主义，尤其是在虚无主义已经侵蚀了我们语言的情况下："与社会的隐藏的虚无主义相呼应的，是一种愈发光彩的文学的明目张胆的虚无主义，它把语言等同于断裂和放肆，借此掩盖其悲惨"[3]；结果就是事物和存在的名字失去了合理的归属，词语似乎成了一具

---

[1] Maurice Blanchot, *Faux pas*, op. cit., p. 9.
[2] Albert Camus, « Sur une philosophie de l'expression », dans *Poésie 44*, 1944.
[3] Pierre Klossowski, *Un si funeste désir*, Paris: Gallimard, 1963, p. 137.

无肉的空壳，言语的真伪难分难辨。为此，加缪说，对语言之本质的探究，不得不是"一种对言词的要求，它可为我们提供我们向上帝索求的相同的理由。因为帕兰的基本前提是，如果语言没有意义，那么，一切都没有意义，世界就变得荒谬"。[1] 作为会说话的动物，或者——借用帕兰的术语——"逻各斯的存在"（êtres logiques），人必定沉浸于语言之中，词语就是其认知的唯一手段，而对意义的拯救，对存在的正名，只能从言语之表达的澄清开始。

追随帕兰的考察和分析，根据表达对象的差异，布朗肖总结了哲学史上三种类型的语言观：（1）词与物在一个透明的世界里直接对应（早期希腊哲学家）；（2）语言表达绝对的理念（柏拉图和笛卡尔）；（3）言语是真理的历史性显现（莱布尼兹和黑格尔）。从中可以看到两种基本的理论倾向，布朗肖分别称之为"表达主义的"（expressionniste）和"智性主义的"（intellectualiste）。但不论何种倾向，布朗肖认为，一旦涉及语言的认知和交流的功能，它们就无可避免地遭遇了困难。其中的关键在于，认知的功能针对的是个体直接触及的东西，而交流的功能则指向一个共同的、普遍的真理。所以，个体性和普遍性之间的鸿沟导致了两种功能的难以兼顾。

面对这一困境，帕兰提出了一种把表达主义和智性主

---

[1] Albert Camus, *Œuvres complètes*, tome I, Paris: Gallimard, 2006, p. 902.

义综合起来的解决办法。在《关于语言的本质和功能的研究》(*Recherches sur la nature et les fonctions du langage*)一书中，他举了这样一个例子：

> 我饿了。我是这个说"我饿了"的人，但我不是那个倾听的人。在我言语的两个时刻之间，我已经消失。一旦我说出了言词，我所剩的全部就是那个饥饿的人，并且，这个人属于所有人……我已步入非个人性的行列，换言之，踏上了普遍性的道路。[1]

布朗肖指出，"我饿了"这句话，首先并不是对一个饥饿事实的转述，因为我也有可能压根儿不饥；其次，这句话一旦说出，它的倾诉对象就不再只是我，而是其他所有的人，其意义必定可被每个人理解；最后，为了让这个通行的意义成立，我必须做一个饥饿的人。这就意味着：语言并非个体性与普遍性之间的一道深渊，而恰恰是连接两者的一座桥梁。词语表露的东西，被帕兰称为"切心地非个人的"(intimement impersonnel)："我们要求语言表达对人来说切心地个人的东西。但它不适合这一使命。它要表达最不个人的东西，在人身上最亲近其他人的东西。"[2] "我饿了"诚然传达了作为个体的"我"的需求——这是"切心的"——但不论这种需求真实与否，只要它化

---

1 Brice Parain, *Recherches sur la nature et les fonctions du langage*, Paris: Gallimard, 1942, p. 172.
2 Brice Parain, *Recherches sur la nature et les fonctions du langage*, op. cit., p. 173.

为言词，它就进入了一个普遍的秩序——这是"非个人的"——并且，这个秩序的法则反过来要求我遵循我的言词，也就是，我许下的这个"饿了"的承诺。在这个意义上，布朗肖说，语言拥有"一种以未来为见证的必要性……一种很快就约束了我的真理"[1]。所以，语言的运作机制，就是把个体的言说引向普遍的交流，同时，又用普遍的法则来确保个体的认知。那么，对象和观念之间就不再是简单的一者规定另一者的关系，而是必须途经语言，并由语言的这一介入来决断："并非对象把其意义赋予了符号，而是符号促使我们形成了一个关于其意义之对象的观念。"[2]

通过这种方式，帕兰事实上恢复了语言的优先性和权威性："语言有其自身的现实，一种无法消抹的存在，一套不得误解的法则。"[3]就像他在晚年的《言语形而上学》（*Petite métaphysique de la parole*）里声称的，语言是除太阳之外持存最久的事物："人所收集的最早的言语，即便在帝国没落之后，也成功地保存了它们的意义。"[4]或不如说，言语的意义埋藏在最古老的帝国之前。这正是帕兰强调的语言之超越性（transcendance）的体现。

然而，如果语言作为一套永恒的、先验的法则，其目的是让所言之物获得一种稳固的价值，并且代表了普遍化

---

[1] Maurice Blanchot, *Faux pas*, op. cit., p. 105.
[2] Maurice Blanchot, *Faux pas*, op. cit., p. 105.
[3] Maurice Blanchot, *Faux pas*, op. cit., p. 105.
[4] Brice Parain, *Petite métaphysique de la parole*, Paris: Gallimard, 1969, p. 27.

的要求，甚至化身为一个绝对的动词——"是"（être）——那么，因语言而成其所"是"者，不也应包括"非存在"（non-être），虚无（néant），甚至言语的虚无，也就是，沉默？对帕兰来说，沉默是语言的反面。但沉默总是存在的。萨特曾在一篇论帕兰的文章《往与返》（Aller et retour）中发出一个疑问，他说，如果词语的意义游移不定，人的思想变动不居，语言的普遍性又以什么为基础？其超越性的担保何在？帕兰在《回归法兰西》（*Retour à la France*）中提到的上帝或许是一个答案（"人无法摆脱语言，同样无法指引语言。他只能信任它……而不滥用它。我们思想的这一法则就是上帝存在的最佳证明"[1]）。但这个上帝，在萨特眼里，只能是一个"不对人说话"的上帝，如同卡夫卡笔下无所不能却没法和臣民交流的君王，上帝最终只是"通过声音和言词向人传达了他的沉默"[2]。因此，萨特认为，沉默才是语言世界的真正支点，并且，它不是无言的自然状态，不是初级的沉默（infra-silence），而是属于语言本身："一种终极的沉默（ultra-silence），它聚向自身并贯穿整个语言，如海德格尔的虚无环抱了世界，或如布朗肖和巴塔耶的非知包围并支撑了知识。"[3] 沉默为语言奠基的这一过程，萨特称之为"总体化"（totalisation）。

---

[1] Brice Parain, *Retour à la France*, Paris: Grasset, 1936, p. 16.
[2] Jean-Paul Sartre, *Situations*, tome I, Paris: Gallimard, 1947, p. 211.
[3] Jean-Paul Sartre, *Situations*, tome I, op. cit., p. 212.

但就沉默也是对语言的颠覆而言，总体化的希望恰恰在于一种质疑。

暂不考虑萨特对于沉默的二分法，暂不深究"总体化"的奇特逻辑——它们会于不久后返回——请注意，在《语言研究》的结尾，布朗肖同样提到了一种对语言来说"本质性的质疑的权力"，他把这描述为"话语的辩证的功能"，因为"语言也有这种看似趋向其反面的命运"[1]：一方面，语言把事物带入可理解的秩序，赋予普遍的规定，生产确定的知识（savoir）；另一方面，语言想要脱离"是"的领域，考验可理解性和普遍性的统治，努力通达非知（non-savoir）。所以，两个相反的维度共存于语言，产生了一个永久的矛盾："我的言语既是对可理解之世界的肯定，也是对它的否定。既是对矛盾原则的肯定，也是对它的遗忘。语言的意义……恰恰在于这个与之难解难分的矛盾。"[2] 虽然没有明确地把这质疑的权力归于沉默，但布朗肖在那相反的一极中置放的"非知"概念已经暗示了沉默的在场。在早先反思交流的问题时，布朗肖谈到了一些绝对个人化以至难以交流的经验——这正是巴塔耶所谓的"非知"的时刻——比如："迷狂或梦"，"笑声、泪水、性行为"。无疑，沉默比话语更适合表达它们。非知与沉默天然地相通。但这样的沉默并不同语言彻底地隔绝，更算不上是让语言

---

[1] Maurice Blanchot, *Faux pas*, op. cit., p. 108.

[2] Maurice Blanchot, *Faux pas*, op. cit., p. 108.

哑然失声的致命一击；相反，在帕兰看来，沉默召唤着语言，渴求着语言。一方面，沉默作为质疑，既代表着词语的力量，也象征了人的自由："我们越接近沉默，就越接近自由。"[1] 另一方面，不存在绝对的沉默，沉默总要经过语言："语言是我们无力跨越的沉默之门槛。"[2] 最终，沉默成了语言的目的和命运，一如帕兰所说："语言不过是一个手段，为的是把我们引向它的反面：沉默或上帝。"[3] 那么，作为终点的沉默并不意味着语言的毁灭，而是恰恰要求在语言的规则中得以言说。

这个言说的至高使命，布朗肖认为，就属于文学。为此，他引用了瓦莱里《如是》(*Tel quel*)中的一个定义来说明文学对象的非知特点："诗歌，就是试着用明确的语言来再现或复原呼喊、泪水、爱抚、亲吻、叹息倾向于隐晦地传达的那些或那个东西。"[4]（事实上，在1936年的《诗学笔记》[Notes sur la poésie]里，艾吕雅和布勒东已把这句话改写为："诗歌，就是试着用呼喊、泪水、爱抚、亲吻、叹息来再现或复原明确的语言倾向于隐晦地传达的那些或那个东西。"[5]）换言之，诗歌所代表的文学语言对准了沉默的经验，它的目标，再一次，是"用词语交流沉默，

---

[1] Brice Parain, *Recherches sur la nature et les fonctions du langage*, op. cit., p. 184.
[2] Brice Parain, *Recherches sur la nature et les fonctions du langage*, op. cit., p. 183.
[3] Brice Parain, *Recherches sur la nature et les fonctions du langage*, op. cit., p. 179.
[4] Paul Valéry, *Tel quel*, Paris: Gallimard, 2014, p. 130.
[5] Paul Éluard, *Œuvres complètes*, tome I, éd. Marcelle Dumas et Lucien Scheler, Paris: Gallimard, 2002, p. 475.

或者，用约束表达自由"[1]。就这样，围绕着沉默，一般语言和文学语言之间形成了一道分界线。仿佛作为一个支点，沉默的作用不只是巩固和维系，借助外力，它甚至可以让上方的语言世界发生彻底的翻转；并且，不只是翻转，不只是撬动，从这个支点出发，强大的精神力量还能够引起深刻的分化，让顽硬的语言之石出现一条裂缝，而沿着这条裂缝剥落下来的那饱含着最稀有之矿物的部分，就叫作"文学"。

双语制的钟摆

语言的分化，确切地说，就是日常语言与文学语言的区分，而这样的裂隙在布朗肖的文本中不时地闪现，几乎成为一条贯穿1940年代末到1960年代初的批评写作的隐秘线索。但这一基本的区分，并非布朗肖的独创，而是一个由来已久的观念（例如，托多罗夫在《批评的批评》中就称之为"浪漫派的老生常谈"[2]）。但在众多的先驱里，布朗肖已清楚地看到一人把言语的分化直接地引向了写作的空无核心，并标示出一块魔法之地。这个每每被他引用的人，就是马拉美。在为罗兰·巴特的《写作的零度》（*Le Degré zéro de l'écriture*）预备的评论前奏里，布朗肖提出了

---

[1] Maurice Blanchot, *Faux pas*, op. cit., p. 108.
[2] Tzvetan Todorov, *Critique de la critique. Un roman d'apprentissage*, op.cit., p. 68.

文学"弥散"(dispersion)的概念,而最早与这飘零无序的"弥散"遥遥相对的,正是马拉美对语言王国的严格划治:

> 凭借一种独特的蛮力,马拉美分开了诸个领域。一边是有用的言语,工具和手段,行动、劳作、逻辑和知识的语言,它进行直接的传输,并像一切商品那样,在使用的规律中消失。另一边是诗歌和文学的语言,在那里,言说不再是一种传输的、屈从的、惯用的手段,而是试图在一种本然的经验里完成自身。[1]

另几处文字说得更为直白。如《友谊》中这段在两篇评论之间插入的关于"复多之言语"的单独成页的沉思:"马拉美把语言分为两种几乎毫无关系的形式:一种是粗始的语言,另一种是本质的语言。这或许是真正的双语制。"[2] 熟悉马拉美的读者可以立刻看到这一"双语制"的出处。在诗人晚年(1897年)留下的重要文本《诗的危机》(Crise de vers)中,我们找到了这个似乎有着无穷意味的片段:

> 在我的时代有一种不可否认的欲望,像是着眼于不同的分配,分出了言语的双重状态,这边是粗始的或直接的,那边是本质的。[3]

布朗肖似乎已向我们暗示,这一区分的欲望,是为了

---

[1] Maurice Blanchot, *Le Livre à venir*, Paris: Gallimard, 1986, p. 276.
[2] Maurice Blanchot, *L'Amitié*, op.cit., p. 171.
[3] Stéphane Mallarmé, *Œuvres complètes*, éd. Henri Mondor et G. Jean-Aubry, Paris: Gallimard, 1945, p. 368.

给文学的语言划界，更确切地说，是为了把马拉美所追求的诗的语言从日常的语言中抽取出来。日常即粗始，诗性为本质。但何谓"粗俗"（brut）或"直接"（immédiat），何谓"本质"（essentiel）？马拉美的寥寥数语显然没有给出更加充分的定义。这里只有一道细微的缝隙，为了让思想之树从这缝隙里生长出来，还需要其他的文本作为辅佐的材料，哪怕它们支离破碎地匿藏在马拉美的笔下。但首先，需要一粒种子。这粒发端的种子，在《文学空间》的第二部分"马拉美的体验"里，被布朗肖审慎地命名为："沉默"。因为沉默，布朗肖说，是"马拉美赋予他如此绝对地加以区分的东西"的"同一种实质"，是他在定义中遭遇的"同一个词"。[1] 再一次，存在着两种沉默：粗始话语的沉默和本质话语的沉默。让我们分别来考察。

在简要地命名了言语的双重状态后，马拉美紧接着写道：

> 叙述，教导，甚至描写，就是这样，为了交流思想，每个人也许只需在另一个人手里默默地拿起或放下一枚硬币，话语的基本使用服务于普遍的报道，除了文学，当代所有类型的写作都参与其中。[2]

叙述的言语，教导的言语，描写的言语，简而言之，

---

[1] Maurice Blanchot, *L'Espace littéraire*, Paris: Gallimard, 1988, p. 38.
[2] Stéphane Mallarmé, *Œuvres complètes*, op. cit., p. 368.

交流的言语，这就是马拉美所谓的"粗始"或"直接"的言语。它以交流为目的，在人们的口中流传，就像货币在手上流通一样。正是在这个流通的过程中，布朗肖认为，它被沉默占据了。马拉美使用的词组"默默地"（en silence）暗示了这一言语所陷入的沉默（silence）："什么也没有，词语纯然地缺场，在纯粹的交流里，没有什么得到了交换，没有什么真实的东西，只有交流的运动，而这运动，什么也不是。"[1] 表面上，交流充满了词语的喧嚣，流露着言说的狂热，但要注意，说话的始终是人，而不是言语本身。作为手段，作为载体，言语一旦达到目的，完成传送，就会失去其使用的价值；而且，为了交流的方便，减少沟通的阻力，它应尽可能地透明，甚至不知不觉地挥发，消失于无形。这是完美交流的倾向与要求。因此，绝对的直接性（immédiateté）也就意味着一切中介（médiation）的取消。在这个意义上，"直接"的言语把在场的权力首先让渡给了人这一说话的存在。同时，它对遗忘的承受也是为了让它所言说的存在到场。它的功能是再现。关于这点，马拉美已在稍前的一个片段中提及，并同文学语言作了比较：

> 言说不过是以商业的方式同事物的现实相关：在文学中，它则满足于影射或抽取这些事物的包含着某种理念的性质。[2]

---

[1] Maurice Blanchot, *L'Espace littéraire*, op. cit., p. 38.

[2] Stéphane Mallarmé, *Œuvres complètes*, op. cit., p. 366.

类似的还有这一段:

>和一种便利的、再现的硬币功能相反,那最先是大众对待它的方式,言语,首要地,作为梦想和歌声,在诗人那里,通过一种致力于虚构的艺术所具有的必然性,重新发现了其虚拟性。[1]

"同事物的现实相关":恰如货币,词语的价值体现为它试图交换的对象,在这里,即是它所指称的事物。由此,人能够把握存在,使之服从其有目的的关注。词语让人有效地通达物的在场,或者,把物无情地推向人的使用。这是一个保证。至少在日常的言语里,它保证了人对世界的认识和人在世界中的行动。因此,布朗肖又把直接的语言称为"世界的语言"(langage du monde)[2]:它能够让人返回世界,返回眼前这个值得操劳的生活。

如果直接的、再现的语言像货币在商业社会里一样无处不在,并导致了马拉美所说的"普遍报道"对当代写作的主宰,那么,文学的语言——准确地说,在马拉美看来就是诗的语言——则代表了一种例外状态。这一例外,根据引文的说法,首先表现为它不关涉物的现实,而是"移除了它们的在场,使之消失"[3];并且,它"抽取"物的"理念",因此也就具有了虚拟的或非真实的特点。马拉美写道:

---

[1] Stéphane Mallarmé, *Œuvres complètes*, op. cit., p. 368.
[2] Maurice Blanchot, *L'Espace littéraire*, op. cit., p. 41.
[3] Maurice Blanchot, *L'Espace littéraire*, op. cit., p. 38.

> 然而，依照言语的游戏，把一个自然的事实移置到其震颤着的近乎消逝当中，如此的奇迹有何神益呢；如果不是为了摆脱一个近似的或具体的称唤的约束，从中释放出纯粹的理念。[1]

在这里，物的现实（"自然的事实"）同纯粹的理念对立了起来。如同洁净的灵魂诞生于肉体的禁欲，理念也从具体的实在之物的缺席（"震颤着的近乎消逝"）中得到拯救。语言的裂隙似乎在"表达主义"和"智性主义"的争执中间再度敞开了。一边是沉重的、粗始的实物，另一边是轻盈的、完善的理念。而那种以理念为表达对象的语言，布朗肖称之为思想的语言："言说，本质上，就是思考。思想是纯粹的言语。从中，必须认出至高的语言：语言的极端多样只是允许我们重新抓住了它的匮缺。"[2] 对这一至高语言的追求，同样是马拉美的抱负：

> 语言众多却不完美，缺乏至高的一种：思考就是以无配饰的方式来书写，它也不发出低语，而是用仍然沉寂的不朽言词；世间习语的多样阻止人们说出那些言词，不然，它们会一下子发现自身即是物质上的真理。[3]

那么，思想的语言不也是语言的理想甚或理念吗？它

---

[1] Stéphane Mallarmé, *Œuvres complètes*, op. cit., p. 368.
[2] Maurice Blanchot, *L'Espace littéraire*, op. cit., p. 39.
[3] Stéphane Mallarmé, *Œuvres complètes*, op. cit., pp. 363-364.

想要寻回那被人世习语的巴别塔所阻隔的永恒之词,那失落了的天国的语言。如此古老的语言无疑处在了布里斯·帕兰确立的先验的、普遍的维度上。因此,布朗肖完全有理由把此类语言解释为"意义、纯概念":它不再纠缠于具体的、独个的事件,而是进入抽象的、本质的命名。从这个角度看,它恰恰是粗始语言在交流中的真正目的和终极价值;并且,它同样——甚至更加——缄默无声。因为,处在意指的终端位置,手段也就是目的,它成了名副其实的"直接者"(l'immédiate),实现了言(le dire)与所言(le dit)的一致:布朗肖将之比作克拉底鲁的梦想(《克拉底鲁篇》435e:"知道名称的人也知道名称所表达的事物"[1])或超现实主义的自动书写("思总已是言"[2])。它不需要任何硬币的交换,一切互动的言语皆属多余,哪怕附添的行为悄无声息。作为意义,它只需获得"理解"(compréhension),而这样的理解,就沉浸于纯粹思维的静默。

的确,对思想之语言的追求,曾在某一刻,被马拉美指定为诗人的使命。例如,《书,精神的工具》(Le livre, instrument spirituel)里就写道,"诗(Poésie),接近于理念"。[3] 但如果本质的语言,从根本上说,乃是理念,那么,

---

[1] Plato, *The Dialogues of Plato*, vol. 1, trans. B. Jowett, London: Oxofrd, 1892, p. 383.
[2] Maurice Blanchot, *L'Entretien infini*, op. cit., p. 602.
[3] Stéphane Mallarmé, *Œuvres complètes*, op. cit., p. 381.

它与粗俗语言的区别，就在于词面对物所表现出的趋向：一种语言坚持物的在场，另一种则用理念取而代之，也就是，用虚构取代现实，用意义取代实体。但物并没有消失，只是换上了更为稳重也更为轻巧的容貌——稳重是因为它置身于一个牢固、可靠的概念秩序，轻巧则是因为它在质料的稀释中离精神更近了。所以，语言成为一个钟摆，而在最上方固定摆杆的那个点，就是物，或者，用布朗肖的话说，仍是"世界"：即便思想的话语肯定了人要"不存在"并"同存在者分离"的决定，只要这样的运动尚在意指（signification）的进程内发生，"思想的言语就还是'平常'的言语，总把我们遭回世界"。[1] 因为言说总意味着通过词语加入这个世界，我一开口，我就确保了我在世界之中存在：或同物打交道，面临"使命的无限和劳作的风险"；或凭理念，找到一个"让我们自以为安全的稳固的位置"。[2]

在如此的摆荡中，诗的语言依旧是一个遭受忽略的秘密，它"不再仅仅对立于日常的语言，而且对立于思想的语言"[3]。可是，如果既非物，也非物的理念，本质的语言到底是什么呢？为了找到本质的语言，我们需要重新审视这个在物的框架下进行的钟摆运动。它已大致刻画了人类言语所及的范围，并且似乎隐含了一个让诗歌发出鸣响的

---

[1] Maurice Blanchot, *L'Espace littéraire*, op. cit., p. 41.

[2] Maurice Blanchot, *L'Espace littéraire*, op. cit., pp. 41-42.

[3] Maurice Blanchot, *L'Espace littéraire*, op. cit., p. 42.

本真时刻。在明确地否认交流的语言或思想的语言等于本质的语言之后，布朗肖指出，本质的语言意味着语言"变成了本质的东西"并"作为本质的东西言说"，也就是，"不再是某个人的言语了"：其中"没有人说话，说话的也不是任何人，而似乎只是言语在言说自身"。[1] 所以，寻找本质的语言就是发现语言本身，它既不受物的支配，也不返回世界，而是独立于无人之境，只以其自身为目的。在这样的情况下，语言不必言说存在，因为语言就是存在，就是生命；语言也不必是物的果实，因为语言已成为物，成为世界——但这个世界缺少利益的关注和劳作的忙碌，它只会是纯粹的作品，也就是，诗。然而，依马拉美的看法——"纯粹的作品意味着诗人口述的消失，他把首创性让给了言词"[2]——诗也不过是诗人陷入沉默而语言开始言说的一个时刻。那么，这个时刻位于何处？

暂且，让我们稍作迂回，先听听瓦莱里怎么说。作为马拉美开创的诗学传统的重要继承者，保罗·瓦莱里曾尝试发展先人留下的这份不尽完善的遗产（如同柏拉图谱写苏格拉底的教诲）。在《我有时会对马拉美倾诉……》（Je disais quelquefois à Stéphane Mallarmé...）中，他感慨这位天才虽实现了"'诗性'沉思和语言占有的一致"，但"其相互关系的细致研究催生了一种学说，从中，我们只是不

---

[1] Maurice Blanchot, *L'Espace littéraire*, op. cit., p. 42.
[2] Stéphane Mallarmé, *Œuvres complètes*, op. cit., p. 366.

幸地认出了一个趋势而已"。[1] 或许，正是为了弥补这一寥寥数语的反思招致的缺憾，瓦莱里才努力恢复语言问题在其诗学理论中的基础地位，而其中的关键则是：语言如何自身显现？

对此，《诗歌与抽象思维》（Poésie et pensée abstraite）提供了一个典型且精彩的思路。瓦莱里首先注意到，话语的意思往往在日常实践的交往中得到了确定和证实。这恰好是一个"扬弃"的过程。因为，瓦莱里指出，每一个词语都包含声音和意义两个元素，并且，在实际的使用中，声音这一形式的元素不得不服务于意义的理解："理解表现为一套音色、时限和符号的系统被完全不同的东西或快或慢地取代了，那最终成了一种更改，或听人说话者内心的一种重组"[2]，也就是，思想或观念的形成。虽然这里也得到了思想的语言，但不同于马拉美，瓦莱里的划分依据并非实体和理念的区别，而是形式与内容的差异；而且，这一差异包含了时间性：在以理解为唯一目的的表达运动中，语言形式和语言意义绝不共存，并且，严格说来，甚至不是前者直接转化为后者，而是必须经过一个"非语言"（non-langage）的阶段，换言之，为了实现思想的价值，就须首先毁灭感性的形式：

---

[1] Paul Valéry, *Variété III*, Paris: Gallimard, 1936, p. 25.
[2] Paul Valéry, *Variété V*, Paris: Gallimard, 1944, p. 143.

形式，意即，样貌，可感的东西，以及言语的行为本身，并没有得到保留；它没有从理解中幸存下来；它光荣地消散；它行动过；它履行过职责；它引出了理解：它活过。[1]

如果，按照一个不算陌生的说法，"诗歌是语言的艺术"，也就是，在诗歌里头，语言自身显现了自身的话，那么，这种牺牲了形式、只留下意义的日常语言，由于其天生的残缺，显然不可为诗歌所采用。为了让语言完整地显现出来，那个"它活过"的瞬间不能就这样逝去，而必须化作永恒的晶体。诗歌的突出特点正是召回了那个属于声音的时刻，那些布满音乐的元素。从中，瓦莱里深刻地察觉到了散文与诗歌的差别。他把这两类文体比作步行和舞蹈。两项运动虽都借助双脚，但具体的组织形态迥异：前者是为了奔赴某一地点，其步伐只"活"在距离的克服中，一旦旅程结束，就不得不接受遗忘的命运；而后者除自身外没有别的朝向，其舞步在时间的绵延里构成了一个整体，没有一刻不在跳动、不通过节奏产生快感。所以，诗歌的语言，事实上，恢复了动作本身的价值。由此，瓦莱里把语言中的时间性差异巧妙地空间化了，使之在同一平面上达到平衡的状态，音乐和意义被公正地赋予相等的分量，形成了一个新的钟摆："在声音与思想之间，在思想与声音之间

---

[1] Paul Valéry, *Variété V*, op. cit., p. 144.

[……]摇荡着诗的钟摆。"[1]

然而，由于始终在可感的形式和智性的理解之间摆荡，瓦莱里为诗歌创造的这一"对称"的完美秩序也给"纯艺术"的理念制造了一个悖论。在反思瓦莱里的诗学时，布朗肖指出了语言艺术作为纯艺术的不可能性。"我们无法像组织声响和色彩的世界那样组织语言的世界"，因为

> 诗歌的出众德能不是摧毁作为一套符号系统的语言，也不是消灭其意指的功能，而是用复杂的群组，符号和声音，来生产这样一个秩序，它在意指某物的同时，还发现对其合理的辩护乃是节奏和声响的有序整体。诗歌的纯粹就源于它在诸多完全异质的状况——音乐的、理性的、意指的、暗示的——之间成功确立起来的和谐。为了在其力量的完全纯粹中实现自身，它必须不纯。[2]

"不纯之纯"：如此的悖论对瓦莱里的诗学来说不可或缺。只要"纯粹"表现为声音这类形式的因素，它就必然与钟摆另一端符号的指意性（significance）发生碰撞。而瓦莱里绝不情愿舍弃意义的方面。因为，正如布朗肖敏锐地意识到的，瓦莱里的艺术研究，最终关注作品背后的创作心智，也就是，人的"精神"（esprit）。为此，不仅诗歌需要用观念（idée）来展现精神的深度，而且，声音

---

[1] Paul Valéry, *Variété V*, op. cit., p. 153.
[2] Maurice Blanchot, *Faux pas*, op. cit., p. 141.

和思想之间的振荡如何达成完美的协调，也是诗人精妙的心灵才能够担负起的使命。诗人的意志仍然并且必须强有力地在场，其首创性还没有真正地让渡给词语。瓦莱里和马拉美的诗学差距或许就在这里。从根本上说，瓦莱里确立的钟摆模式是用语言的物理形态（声响、节奏）取代马拉美的"直接的语言"，并同时保留思想的语言。而恰恰在直接语言的摒弃上，布朗肖称，瓦莱里的评论离马拉美的初衷远之又远。布朗肖发觉，对瓦莱里来说只是短暂地"活过"、除形式外就毫无价值的"直接的语言"，才是马拉美掩藏诗歌之奥秘的地方。在《火部》的《马拉美神话》（Le mythe de Mallarmé）中，他肯定地给出一个指示，"如果诗歌存在，那是因为语言是一种理解的工具"[1]，因为它在最简单的日常交往中发挥过作用。现在，他有必要重新开垦这块由于看似粗始而被忽视了的土地，将诗的沉思引回词与物的关系。

花的诗学

表面上，直接的语言让人接近直接的世界，接近眼前熟悉的物；但这很快被证实为一种错觉。直接的语言并不直接，它的功能是掩饰人与世界的无限距离，无间的亲密将被揭示为遥不可及的陌生。布朗肖把这称为"语言所是

---

[1] Maurice Blanchot, *La Part du feu*, op. cit., p. 38.

的面纱"和"词语幻觉的习惯"。[1]那么,是时候掀开这层"摩耶之幕",揭穿这套语词的把戏了。再一次,《诗的危机》还原了这个隐秘的假象:

> 我说:一朵花!而,从我的声音搁置一切轮廓的遗忘里,作为某种绝非已知之花萼的东西,音乐般地升起了:理念本身以及柔美的,万花丛中缺席的那朵。(Je dis: une fleur! et, hors de l'oubli où ma voix relègue aucun contour, en tant que quelque chose d'autre que les calices sus, musicalement se lève, idée même et suave, l'absente de tous bouquets.)[2]

这段话的每一个词都值得仔细揣摩。从中可以清楚地看到,当一朵花进入了"我"的语言时,它就遭遇了说话者对它具体形态("一切轮廓")的遗忘;在词语的话音中出现的东西,早已没有了"花萼",它成了"理念",而这样的理念意味着现实之花本身的缺席。一种仓促的阅读或许会认为,马拉美的这段描写仍然是在强调语言的超验维度,也就是,物如何升华为物的理念,语言如何总是思想的语言。在物和理念之间,语言的指针总已经摆向了后者。的确,在每一个词语里,人找不到它所命名的那个对象的物质现实,唯一的现实并非直接的在场,而是抽象

---

[1] Maurice Blanchot, *L'Espace littéraire*, op. cit., p. 41.
[2] Stéphane Mallarmé, *Œuvres complètes*, op. cit., p. 368.

的价值。

然而，有两个细节让这个草草得出的论断陷入了迟疑。马拉美不仅写到了理念的升起，而且使用了特定的修辞："音乐般地"（musicalement），"柔美的"（suave）。如果词语只是出于智性的理解而存在，那么，这两个感性的描述似乎与抽象的秩序格格不入。相反，它们让人口中的这朵概念之花散发出切实可感的气息，再次召唤着那个已然逝去的现实。但唤回的现实，只是语言这块充满神奇感召力的面纱下一个虚幻的影子，一段重现的时光。布朗肖说，它"由回忆、暗示构成"，仿若"一系列转瞬即逝、飘摇不定的细微差别"，填补了"抽象意义的空虚"。[1] 正是由于这一不可避免的幻觉机制，通过理性词语召唤捉摸不定的感性现实的能力，直接的语言才在日常使用的浑然不知中出现了。

所以，直接的语言和思想的语言不过是同一种语言的两个不同的时刻。词语总是现实与理念、感性与抽象的综合，或不如说，总在两个对立的极点之间振荡。布朗肖将之比作一场角斗，一次相互的毁灭："语言的兴趣在于，通过其抽象的力量，摧毁事物的物质现实，同时，通过词语的感性召唤的力量，摧毁这一抽象的价值。"[2] 但还有第三个时刻。在这场尔胜我负的争夺中，还有一段休战的空

---

[1] Maurice Blanchot, *La Part du feu*, op. cit., p. 38.
[2] Maurice Blanchot, *La Part du feu*, op. cit., p. 38.

隙，一块中间的地带。它只属于语言本身。它既不是现实之花，也不是抽象之花，既不是花的完美理念，也不是花的朦胧幻影，它是一朵非花："万花丛中缺席的那朵"。这才是本质的语言，它只有一个意义，那就是，物的缺席。对布朗肖而言，马拉美的这段关于"花"的论说的真正价值，在于它准确地标出了一个绝对意义上"花非花"的位置，也就是，"花"本身在语言中遭到否定的时刻。

诚然，马拉美的这朵"花"，在其诗性的简洁中，同时保留了三个不同层面的解读的可能：（1）花的理想；（2）花的幻象；（3）花的缺席。而从这些"花"之名的暧昧的交缠中，布朗肖敏锐地分离并析取出了那藏得最深的部分："缺席"。《火部》的名篇《文学与死亡的权利》用一种极为黑格尔主义的笔调，向我们详尽地描述了语言制造缺席的可怕威力。这一次，花绽放成了女人：

> 我说：这个女人。荷尔德林，马拉美，以及，所有那些以诗的本质为主题的诗人，都已发觉，在命名的行为中，有一个令人不安的奇迹。词语把它所意指的东西给了我，但它首先消灭了那个东西。为了能够说"这个女人"，我必须以这种或那种方式撤销其有血有肉的现实，使她缺席，把她消灭。词语把存在给予了我，但它给予我的是丧失了存在的存在。词语就是那一存在的缺席，是其虚无，是其失去存在之际所

剩的东西，也就是，其不存在的唯一事实。[1]

正如"花"是花蕾的遗忘，"女人"也是女人之血肉的消失。词语意味着其所指之对象的缺场，其所命名之存在的取缔——这样的观念源于黑格尔。在早年的耶拿讲稿中，黑格尔就提到过创世之初人对万物的命名，借此，万物进入人的掌控，进入观念的世界："当亚当确立他对动物的统治时，其第一个调解的行动就是赋予动物名字；由此，他否认它们是独立的存在者（Seiende），他把它们变成理想（Ideellen）。"[2]

而到了科耶夫的《黑格尔导论》（*Introduction à la lecture de Hegel*），这个从经验之存在者到概念之理想的过程则被称为"谋杀"。科耶夫明确地说，"一切概念理解（Begreifen）等于一种谋杀"：

> 就意义（或本质，概念，逻各斯，理念，等等）化身为一个经验上存在的实体而言，这个意义或这个本质，以及这个实体——就活着。例如，就"狗"的意义（或本质）化身为一个可感的实体而言，这个意义（本质）就活着：这是真实的狗，一条奔跑、喝水、吃东西的活狗。但当狗的意义（本质）转入"狗"这个词语时，也就是说，变成一个抽象的概念，不同于

---

[1] Maurice Blanchot, *La Part du feu*, op. cit., p. 312.
[2] G. W. F. Hegel, *Jenenser Realphilosophie I. Die Vorlesungen von 1803-1804*, ed. J. Hoffmeister, Leipzig: F. Meiner, 1932, p. 212.

它通过其意义揭示的可感的现实时，意义（本质）就死了："狗"这个词语不会奔跑、喝水、吃东西；在里头，意义（本质）不再活着；也就是说，死了。这就是为什么，经验现实的概念理解等于一种谋杀。[1]

（同样，拉康也曾说过："象征［le symbole］首先显现为对物的谋杀。"[2] 刨去其精神分析的意义，转至最基本的语言层面，或许就能看见这句更著名的话："词语是对物的谋杀。"［Le mot, c'est le meurtre de la chose.］）

当然，语言的谋杀并不是杀死一个活物，而是剥夺那个活物在抽象思维中的感性在场和物理性质。但科耶夫同时指出，如果真实的狗不是一个时间上有限的存在者，即不是一个本质上终有一死者，那么，狗就无法和狗的概念区分开来，就无法进入感性现实之外的另一个东西。换言之，面对黑格尔的《精神现象学》首章提出的难题"当我们说出感性的东西时，我们也是把它当作一个普遍的东西来说的［……］这时，当它一经被指出时，它已经停止其为这时了"[3]，科耶夫颠倒了思路：关键并不在于言语中的"这时"是一个"过去了的东西"（gewesenes），而在于只有"消失在过去的真实之物"才有可能"以概念词语的

---

[1] Alexandre Kojève, *Introduction à la lecture de Hegel*, Paris: Gallimard, 1947, pp. 372-373.
[2] Jacques Lacan, *Écrits*, Paris: Seuil, 1966, p. 319.
[3] 黑格尔，《精神现象学》（上卷），贺麟、王玖兴译，北京：商务印书馆，1996年，第66页，第69页。

形式在当下维持自身"[1]。那么，从另一个角度看，语言也是对易在时间中消逝的"此在"（Dasein）的拯救和保存。在谋杀的同时，被命名的客体，原本的有死之物，亦在概念中进入永恒，获得了不朽——物在语言中重生。因此，语言的谋杀不完全是虚无的降临，它也预示着意义的曙光。布朗肖夸大了这个谋杀的场景，把命名的奇迹想象为末世的神话：

> 言语的意义要求，在一切言语之前，必须有一次浩大的屠杀，一场预先的洪水，把全部的创造抛入一片汪洋大海。上帝创造了存在者，但人必须毁灭它们。直到那时，它们对他来说才有意义，并且轮到他从吞噬它们的死亡中创造出它们来了；不是存在者（êtres），不是人们说的实存者（existants），只有存在（être），并且，除非是通过他必须创造的意义，否则，他注定不能接近或体验任何东西。[2]

毁灭，创造：这正是人的天赋，语言的工作。然而，没有毁灭，创造就不可能。语词的丰盈的意义只能从物的空荡荡的坟墓里升起。马拉美已向我们描述了"花"在其命名的简单之词里经历的错综的冒险与变形：首先，现实之花在纯粹的语言中枯萎；然后，它重新盛开为一个理念；最终，它在可感的幻觉中返回实在。从物到理念，或者，

---
[1] Alexandre Kojève, *Introduction à la lecture de Hegel*, op. cit., p. 374.
[2] Maurice Blanchot, *La Part du feu*, op. cit., pp. 312-313.

从理念到物，每一次，都必然经过一个空隙，而这个空隙，就是语言本身的所在。如果语言是人在世界之中存在的必要工具，也就是，为了有所亲近、有所体验而不得不完成的从存在者（或实存者）到存在之转化的绝对途径，那么，语言指向物之缺席的这个本质的时刻，其否定性的能力，在布朗肖看来，就是"物－理念""存在者－存在"等二元范畴构成的永恒钟摆的无形的中轴线，是支配整个话语机械的最原始的发条。

至此，"本质的语言"已得到定位。但如何让人看见这道"物之缺席"的隐秘空隙呢？马拉美诗学的终极使命，可以说，就是展示这一语言空隙的存在。一项艰巨的使命。其根本的要旨，布朗肖说，是让语言本身变得可见，重新获得其自身的分量、现实与生命。那会是一种充满质感的语言，它首先反对日常言语的"透明、清晰、老生常谈"，反对这些为了让人直接通达所指的事物而要求词语隐身的元素；它不再指称某个物，而是成为物与人、"是者"与"言者"之间的不可穿透的阻隔，甚至它自身就是一个"词－物"（mot-chose），一个成为物的词。所以，"本质的语言把如此的地位赋予瓦莱里所谓的语言的样貌（physique）。声响、节奏、数目，所有这些不被算入平常言语的东西，现在变得最为重要了"。[1] 虽然本质的语言也突显瓦莱里的"语言的形式"，但目的明显不同于瓦莱里的构想，也就是，

---

[1] Maurice Blanchot, *La Part du feu*, op. cit., p. 39.

对"声音与思想"之平衡的恢复,相反,它恰恰打破了这一看似完美的平衡,只是这一次,语言的天平倾向了另一端,轮到思想遭受无情抛弃的命运了。布朗肖说,马拉美"几乎毫不畏惧地让语言比思想先行一步",并把"物质的力量"和"首创的权力"归还、让给词语。[1] 诚然,就如马拉美设想的,在纯粹的形式里,词语,会开始自行的闪现:"它们用彼此的反光照亮自身,就像宝石上一道道看不见的火痕。"[2] 可是,词语能够彻底地摆脱思想吗?形式与内容的纠缠不清的关系,正如布朗肖透过让·波朗的一系列作品洞悉的,乃是文学中真正的神秘;故而,样貌映照之际,词语闪光之处,不也可以瞥见思想的鸿影?"在词语根据其能够维持的复杂关系而实行统治的地方,思想得以完成,意义得以实现。"[3] 如此,本质的语言不就成了一个荒谬的悖论,一个不可能的妄想?

然而,布朗肖没有让我们失去信心。在这一刻,他提醒我们,诗歌恰恰是一种对不可能性的努力,一种对矛盾的见证:"它要求语言将自身实现和肯定为一个悖论。"[4] 凭此决心,诗人将再次尝试维持缺席本身的在场,让那道空隙变得更为开放。简言之,他要想方设法扩大物和思想之间的距离,在意指的链条上引发突然的断裂。为此,他

---

[1] Maurice Blanchot, *La Part du feu*, op. cit., p. 39.
[2] Stéphane Mallarmé, *Œuvres complètes*, op. cit., p. 366.
[3] Maurice Blanchot, *La Part du feu*, op. cit., p. 39.
[4] Maurice Blanchot, *La Part du feu*, op. cit., p. 69.

已成功地找到一个途径。既然语言不可避免地生成一种思想，而思想又通过词语的感性召唤回到了物，那么，就有两个努力的方向：一个是对理智提出考验的难以捉摸的思想，另一个则是愈发逃避人之目光的物。对布朗肖来说，马拉美无疑倾向于后者。早在《失足》时期，布朗肖就批驳了夏尔·莫隆（Charles Mauron）赠予马拉美的"隐晦"之名（Mallarmé l'obscur）。因为任何诗歌，不止是马拉美的作品，其根本的旨趣，都不是思想，而是言词。诗歌的"根本使命"，布朗肖说，是"通过言词并在言词中确立事物"，让语言获得"一种本质的真实性"，故而"诗歌的意指[……]无法与词语分开"。[1] 也就是说，诗的意义或思想，根本无法脱离言词表达的感性整体来理解，并且，也绝无"奥秘"可言。一旦陷入了"奥秘"的艰涩，就意味着阅读仍旧仰仗"话语理性"（raison discursive）而非"诗的智慧"，意味着未把诗当成诗。

所以，诗的策略不是把每一个词变成秘符，也不是借助遁辞，构思一个终将被人破解的寓意（allégorie）；相反，言语的每一项都清晰、明确，"被固定并朝向了事实和事物"[2]，但仍然见不到最终的所指，对象仍在不断地远逝，仿佛"意义"（sens）只是"方向"（sens）而已。为什么？并非词语的感召力还不够强大，相反，诗总能够于

---

[1] Maurice Blanchot, *Faux pas*, op. cit., p. 129.
[2] Maurice Blanchot, *La Part du feu*, op. cit., p. 40.

极致的感官中顺利地唤出对象物。但这个对象物，很快就在新的意指进程中迷失：因为"诗的意义与诗的全部词语、全部运动、全部曲调，密不可分"[1]；为了形成整体，一个词语必然与另一个词语产生关系，一个意义也必然与另一个意义发生碰触；由此，不会有一个完全稳定的指涉点，只有一系列连续跳动、忽闪忽灭的停留点所连成的漂移线，布朗肖将之形容为一个括号吞并另一个括号的无限空隔化（espacement）的过程。具体到诗歌，则是各个意象（image）之间无尽转渡的通道，一条焦虑的轨迹。并且，布朗肖强调，这绝不是一步到位的隐喻（métaphore）。从意象到意象的接替，不如说构成了一场秘密的逃逸，其最终的效果，是否定了所指之物的在场：要消除一物的沉重在场，就代之以另一物的同样沉重的在场，而后一物的在场，又受到了另一在场的碾压……如此以往，后一在场会是前一在场的缺席，而它本身也将接着缺席……那么，不是从在场到在场，而是从缺席到缺席了；物变得远之又远。

这样的方法，马拉美已反复地提及。其命名，我们听到过一次："在文学中，它满足于影射（allusion）。"[2]的确，布朗肖说："马拉美不是那些为了画一个对象，就把这个对象纳入其画布的人。"[3] 正如《诗的危机》所言：

---

[1] Maurice Blanchot, *Faux pas*, op. cit., p. 127.
[2] Stéphane Mallarmé, *Œuvres complètes*, op. cit., p. 366.
[3] Maurice Blanchot, *La Part du feu*, op. cit., p. 40.

废除这个在美学上犯错的主张,哪怕它支配着杰作,即把一些东西归入书卷的精妙纸张,除了,例如,森林的恐怖,或叶子上碎散的无声之雷;不是树木固有的厚密材质。内心傲气的些许喷涌真正唤醒了宫殿的建筑,唯一的宜居之所;外在于任何石头,那是纸页合不住的。[1]

要画一片树林或一座宫殿,马拉美无意在纸上呈现木材或石头的"粗始"的"自然质料",而是"只保留暗示(suggestion)":"在意象之间建立一种精确的关系,让用于划分的易熔的、清晰的第三个方面从中脱离。"[2]这反复隔开物之原始痕迹的关系和第三方面,就是诗句(vers)对于物质现实的独特的感召手法。树木没有到场,但阴沉的恐怖,缄哑的雷声,已在朦胧的印象中化作它的追忆。《音乐与文字》(La musique et les lettres)总结了这些面纱一般的描述功能:"比如说,召唤(évocation),我知道,影射,暗示。"[3]而《诗的危机》在论"歌声作为一种轻缓的喜悦奔涌而出"的条件时,给出了更确切的定义:

这个企图,我称之为移位——结构,是另一个。[4]

移位(transposition),简单地说,就是移转(transférer)

---

1 Stéphane Mallarmé, Œuvres complètes, op. cit., pp. 365-366.
2 Stéphane Mallarmé, Œuvres complètes, op. cit., p. 365.
3 Stéphane Mallarmé, Œuvres complètes, op. cit., p. 645.
4 Stéphane Mallarmé, Œuvres complètes, op. cit., p. 366.

言语固有的所指之位（position），甚至以空缺为位。由于单个词语本身难以具备移转的力量，不得不借助诗句的装置，例如，节奏、张力、跨行连续，所以，它势必会打破正常的句法关系，结果就是，布朗肖说，"语言朝向了运动，朝向了有节奏的轨迹，其中要紧的只是过渡、转调，而非一个人经过的点号、音符"[1]。这也意味着，诗句，和音乐一样，是整体化的作品，时间性的艺术，只能从绵延（durée）中获得其效果。而那样的效果，布朗肖注意到，不只是事物的缺席、现实的清零，在绵延的整体中，还有可能涌现出别样的语言。《诗的危机》在它行将结束之时宣告了一种"新词"的诞生：

> 诗句从诸多字词中再造出一个完整的词语，新颖的，陌异于语言，如魔咒一般，实现了言语的这一孤立：凭借至尊的一划，不顾其在意义和声响之间反复试炼的巧计，否定了诸词项中存留的偶然，并令你惊讶地听到这一前所未闻的日常发音的片段，同时让被命名之对象的模糊记忆沐浴于一片崭新的氛围。[2]

对布朗肖来说，这魔咒一般的陌异之词能够出现，恰恰得益于"移位"在词项（termes）间制造的一种"穿越了它们"的"意图"，一种"遍及整个句子"的"急切的

---

[1] Maurice Blanchot, *La Part du feu*, op. cit., p. 41.
[2] Stéphane Mallarmé, *Œuvres complètes*, op. cit., p. 368.

关联"。[1] 为了实现这一意图，完成这一关联，在意象的逃逸线取消一切稳定的在场之可能的同时，代表缺席的各个词语也会展开相互的游戏。而且，只要所指物在移位中被无限地推延，词语的独立游戏就拥有无穷无尽的潜能。《文字中的神秘》（Le mystère dans les lettres）写道："词语，自行地，在繁多的刻面上点亮彼此［……］投射于岩壁，只要其运动性或原则持续，便是话语中不被谈论的东西：全都急于，熄灭之前，火焰的往来［……］"[2] 那么，日常话语所没有的"新词"，正是熠熠发亮的言语刻面在岩壁上投射的光影，是尚未熄灭的"火焰之往来"的发明。简言之，运动的相互性（réciprocité）。

此刻，找到这个亮着言词之光的秘密洞穴，就是掘出文学的作品，步入诗的天地："一个统一的、极度自主的空间"，其中"关系、构成、力量，通过声音、形象、节奏的运动，得到了肯定"。[3] 此刻，在其自身的空间内，本质的语言开始自身言说，言说其自身的未知之词，瓦莱里所谓的"语言中的语言"（langage dans un langage）[4]。但这语言，作为语言的本质，同时作为语言的变异，既是物的空缺，也是作品的告成，既是一扫而空的虚无，也是包罗万象的可能。这语言，将把我们引向语言的根本矛盾。

---

1 Maurice Blanchot, *La Part du feu*, op. cit., p. 41.
2 Stéphane Mallarmé, *Œuvres complètes*, op. cit., p. 386.
3 Maurice Blanchot, *L'Espace littéraire*, op. cit., p. 42.
4 Paul Valéry, *Variété V*, op. cit., p. 142.

沉默与死亡：布朗肖思想速写

双重沉默

此刻，属于语言本身的那一沉默，悄然地浮现了。"语言中的语言"，这本质的语言，布朗肖认定，就是沉默。因为，当语言言说物的缺席时，语言自身也会陷入缺席："我说话，可一旦我所说的东西在我指定的物周围创造了一片使之缺席的空虚，我就陷入沉寂，我同样指定了一种浸没一切甚至我之言语的遥远的缺席。"[1] 换言之，缺席的语言（langage d'absence）将变为语言的缺席（absence de langage）。仿佛缺席具有这样一种吞噬一切的力量，谁一旦持有了它，就反过来被它占据。此刻，我们的视线真正地从物的层面移向了语言的层面，从一种缺席转向了另一种更加根本的缺席。在这移转中，语言的否定性得到了最为彻底的体现。语言中不仅发生了对物的谋杀，而且发生了语言的自杀："这自行毁灭（auto-destruction）的举动，"布朗肖评价道，"在各方面都类似于那个把其全部真理给予了《伊纪杜尔》（Igitur）之至高瞬间的自杀的如此陌异的事件。"[2] 沉默无疑是这缺席的顶峰，其中，不仅所言（le dit）消失，就连言（le dire）也不在——它已沦为纯粹的空虚（vide）。然而，在本质的语言中，空虚仍是一种存在，沉默仍在说话。这构成了一个悖论。或者，借用布朗肖的术语，这乃是"模

---

[1] Maurice Blanchot, *La Part du feu*, op. cit., p. 71.
[2] Maurice Blanchot, *L'Espace littéraire*, op. cit., p. 45.

糊性"（ambiguïté）本身。如此的沉默不是从语言中被剔除乃至于成为其反面的东西：如果它是一种"非语言"，那么，这样的"非语言"绝不外在或对立于"语言"，相反，它恰恰内化于语言，甚至，在布朗肖看来，会是语言的本质和根据。现在，让我们深入探究这个矛盾。

沉默在说话——或者，用言语说出沉默——这并非不可能的谵妄。马拉美已经构想并尝试了这样的可能。一方面，马拉美认为，通过对词语的精细布置和巧妙排列，就可在语言中实现某些等同于沉默的效果。在题为"魔法"（Magie）的短篇里，他写道："在一道阴影里，运用那些暗示的、绝不直接的、把自身还原为同等之沉默的词语，特意唤起，无声的客体，这包含了一种近乎创造的努力。"[1] 同样，《诗的危机》提议："让一种词语的适度延展，在目光的领悟下，排列于确定的字行，伴随着怎样的沉默。"[2] 虽然马拉美并没有指明"还原"或"排列"的具体操作，但这一形式的策略，其达成的沉默，不难想象，必定也是语言之整体的沉默，即运动之相互性的结果。在此意义上，它不是任何词语的取消，而仅仅是以空无为目标的词语在其往来的游戏里确立起来的一种总体关系。

另一方面，布朗肖发觉，沉默所代表的这种关系，连同本质话语所追求的缺席，按照马拉美的观念，总在要求

---

[1] Stéphane Mallarmé, *Œuvres complètes*, op. cit., p. 400.
[2] Stéphane Mallarmé, *Œuvres complètes*, op. cit., p. 364.

一种物质的在场。关于诗的语言以何种感官的方式体现，布朗肖指出，马拉美恰好和瓦莱里相对：瓦莱里强调耳朵的作用，因为本质语言的完美形式乃是声音，其最佳的表达工具会是乐器；而马拉美更侧重于可见的文字，在他眼里，纸张才是语言的理想载体。《文字中的神秘》声称："字文（l'écrit），抽象化的缄默飞行，面对赤裸声响的坠落，重获它的权利。"[1] 布朗肖分析，这重获的权利，就是字文本身在纸页上到场的权利，是其化作白纸黑字的不可否认的事实。而字文之所以重获权利，乃是为了以其自身的在场来隔离甚至取代物的在场，从而实现言语空无化的效果。同时，字文还能够最为直接且形象地再现空无化所要求的"移位"运动。在《骰子一掷》（Un coup de dés）的序言里，马拉美清楚地透露了这个意图，即要让文本的物质性成为诗歌表达的一个关键部分：

> "空白"事实上，承担着重要性［……］每当一个意象，自行地，结束或再次开始，纸页就介入进来，接受其他意象的延续，并且，正如关键，始终，不是有规律的乐句或诗行——不如说是理念在棱镜中的细分，每当它们出现，且其上演精确心智表演的协作持续未断，文本便依据似然，将自身强加于多变的位置，接近或远离其潜在的指引线。这段从精神上把词语的

---

[1] Stéphane Mallarmé, *Œuvres complètes*, op. cit., p. 385.

上篇　文学的沉默

群组或群组中间的词语分开的被人复制的距离，其文学的优势，如果我有权这么说，似乎时而加快、时而减缓了运动，对之进行节奏的划分，甚至根据纸页的一种共时的视觉向它发出命令：纸页被当作一个统一体，正如别处的诗行或完美的字句。[1]

在这里，空白的纸页（Page），作为意象运动中介入的一个因素，获得了和诗句（Vers）几乎一样的文学价值。的确，在《骰子一掷》这独特的诗作中，不仅有形之字文的物质效果被放大到了极致，使得词语的组织形态（顺序、对称、分行、字体等等）在语言自毁的破碎场景内占据如此醒目的位置，而且字文的打断或空缺，也以纸页之统一体的形式，传达了诗所蕴含的沉默。沿着这一物质化的思路，布朗肖推断："书，就是语言的完美模式。"[2] 因为书，这一文明的产物，用实体记录了言语在纸上的结晶，有效地保存着书写在世上留下的印记。由此就不难理解，马拉美的诗学，为什么会把"大书"（Livre）作为其最终的梦想。在1885年11月16日致魏尔伦的信里——这封信也是一份自传——马拉美吐露了他欲倾其一生追求的这一绝对之物：

> 我总在梦想并尝试别的东西，怀着一种炼金术士的耐心，准备为之牺牲一切虚荣和一切满足，就像人

---

[1] Stéphane Mallarmé, *Œuvres complètes*, op. cit., p. 455.
[2] Maurice Blanchot, *La Part du feu*, op. cit., p. 43.

们从前烧毁家具和房梁一样，来供养大作的火炉。那是什么呢？不好说：只是一本书，包含许多卷，一本只是书的书，建筑一般且深思熟虑，不是偶发的哪怕绝妙的灵感的汇集［……］我会更进一步，我会说：大书，假设根本上只有一本，由任何一个人，甚至是天才，所不知不觉地尝试。对大地作出秘仪一般的阐述，这是诗人的唯一使命，也是文学的完美游戏：因为书的韵律，虽非个人且生动，一直在其页码里，与这梦或颂歌的方程并置。[1]

大书，唯一的也是不可完成的一部作品，象征了终极的语言之梦。马拉美关于本质话语的沉思，在这本理想的书中走到了尽头。但在打开这部大书的同时，一座由根本的矛盾构成的迷宫也在诗人眼前落成。这，显然，是双重的矛盾。第一重矛盾：大书，"对大地作出秘仪一般的阐述"，暗示了这书将要囊括整个宇宙的野心——书，理想的语言，因其超验性而无所不言，等同于物的世界——然而，只要大书由本质的语言写成，对世界的阐述也就意味着世界的缺席。"一首高妙之诗的奇迹，"正如马拉美在《庄严》（Solennité）里写的，"不过是出于一切的匮缺而取代了一切。"[2] 所以，大书无所不言，但它所言的只是一切的缺场，只是纯粹的空无，也就是，沉默："说出一切，就是

---

[1] Stéphane Mallarmé, *Œuvres complètes*, op. cit., pp. 662-663.
[2] Stéphane Mallarmé, *Œuvres complètes*, op. cit., p. 335.

说出沉默。"[1]第二重矛盾：大书，已是缺席之书，沉默之书，但缺席要求物质的在场，沉默渴望言语的肉身。在《孤独》（Solitude）中谈及"标点"时，马拉美感叹："我偏爱［……］白纸上，逗号和句号的间隔布局［……］甚于一个文本［……］"[2]布朗肖惊讶如此之布局不只是语言的抹除运动的最后痕迹，更像是沉默的实体象征。由此，沉默采取了物一般的言词，甚至重新成为物。这正是萨洛扬的比喻："故事与写作无关［……］它是岩石，坚硬如岩石，一块坚硬的岩石。"[3]对于马拉美，这块岩石，显然可用纸页之白取代。就这样，虚无化作实存，沉默亦是言说。

表面上，两重矛盾导向了截然相对的结论：第一重矛盾把在场变为缺席，把一切（tout）变为空无（rien）；第二重矛盾则反其道而行，把"无"重新变为"有"。这是一支令人眼花缭乱的回旋舞吗？语言纵然变着戏法，却始终被"物"之概念的强大引力吸附于原地。诚然，"物"在语言中消失，然后又再次出现。但消失之"物"和重现之"物"之间已然发生了一层范畴的转化。消失的"物"仍属于世界，而重现的，则可称之为"文学之物"（la chose littéraire）。这两个"物"会在某个地方发生重合吗？其关系如何呢？后者是对前者的赎偿，是其失落之拯救的

---

1 Maurice Blanchot, *La Part du feu*, op. cit., p. 43.
2 Stéphane Mallarmé, *Œuvres complètes*, op. cit., p. 407.
3 Maurice Blanchot, *La Part du feu*, op. cit., p. 66.

"希望"吗？这里敞开了一个根本的问题："什么是物？"而对它的任何追问都会立刻引发一阵激烈的思想之回音。所以，让我们把它留到后面。不可否认，这语言的戏法像极了黑格尔的辩证过程，而其中暗藏的转化，则把无可避免的分裂引入了本质的语言。从此，文学的语言再也不是一个统一的整体，它必然是"两面的存在"：一面是"一种摧毁世界的意识"，另一面是"一个让世界固定不动的物"，既拥有"一种湮灭的权力"，又持守"一种坚不可破的在场"，既是"其自身的否定"，也是"石头的现实"。[1] 在如此模棱两可的处境中，文学语言的状况似乎得不到一劳永逸的决断。它保持为一个不求解决的矛盾，因为这样的矛盾正是文学之存在的基本条件。

然而，除了"物"的转变，我们还应察觉另一层变化，并且，它发生在更关键的位置上。这就是"沉默"的转化。在《文学空间》里，布朗肖一度指明了语言的根本模糊性，并将之命名为作品的"中心点"（point central）："这个点就是语言的完成与其消失相一致的点。"[2] 其意义不难理解：如果语言的本质是物的缺席，那么，它的完成正是物在词中的消失；另一方面，根据模糊性的要求，这样的消失（disparition）本身必须显现，而一旦显现（apparition）是消失的显现，消失也就成了语言的消失。布朗肖没有继

---

[1] Maurice Blanchot, *La Part du feu*, op. cit., p. 71.
[2] Maurice Blanchot, *L'Espace littéraire*, op. cit., p. 46.

续下去，但对照双重矛盾的原则可知，语言的消失还将重复"消失之显现"的逻辑。因此，可以补充道，"中心点"也必定是语言的消失与语言的另一种完成相一致的位置。但"另一种完成"是什么？那只能是文学之物的显现，是走向白纸黑字的书写，更确切地说，那就是文学的完成。在这个意义上，文学语言的根本能力不只是否定，更是让遭到否定的东西重新进入肯定；而且，不只是让它所否定的东西进入肯定，更是让它被否定的自身重入肯定。正如死亡发生了两次（一次是谋杀，另一次是自杀），复活也须二度举行。那么，沉默，作为"中心点"上语言的唯一形态，在第二重的显现中，迎来了它的蜕变：沉默首先无疑是语言的消失，可当这消失显现时，沉默是否随之消失了呢？当然没有。只要显现是消失的显现，沉默就始终在物的密度中得以保留。但这保留下来的沉默是什么？它不再可能是先前作为言词之缺失的无声的沉默了，它此时落入了词语和纸页构成的石堆，甚至会被它所激起的洪亮的叙述之声包围。它是另一种沉默，如果可以借用马拉美的表述，这将是与"粗始的沉默"相对的"本质的沉默"，或许也是萨特区分出来的"终极的沉默"。这种沉默并非某人停止说话时的那阵寂静，当话语喋喋不休地倾泻时，反而越有可能瞥见其身影；所以，它不属于任何人，它只属于它藏身其中的那一语言。然而，它丝毫不去阻碍语言的言说，相反，它更像是喉部的那片黑暗，不可见地推动话语之舌。此刻，我们似乎遭遇了文学语言的神秘本源，那不从任何人口中吐出的缪斯的低语，永不止息地在滔滔词河的最底层流淌；却又如此地晦涩，以至于一时根本听不清楚。但也只有在这一刻，在这道转化的门槛被跨越之际，沉默与文学的关系才会变得真正明朗起来。

语言的本源

通过对马拉美诗学的解读，布朗肖不仅确立了语言的两种类型，日常语言和本质语言，而且在本质语言中又分出了两个层面："诗"（Poésie）的层面和"书"（Livre）的层面。前者用词再现物的缺席，后者则让词的缺席成为物。当物的缺席等同于词的缺席时，"诗"的层面就转入了"书"的层面。如果"沉默"是缺席的别名，那么，本质的语言可以这么简化地来概括："诗"意味着言说出沉默，而"书"则意味着沉默在言说。于是，两个层面的结构关系就体现为：语言——沉默——语言。其中，"沉默"占据了一个核心的位置，这或许是布朗肖从马拉美那里获得的至为重要的启示。它表明,沉默才是推动言说的真正力量，而文学语言的基本工作，乃是开动它所围绕的那一片沉默。这，事实上，也是《火部》的数篇文章所要论证的命题，里头还蕴藏着他早年提出的兰波之沉默的根本秘密，因为

上篇 文学的沉默

一旦沉默作为本质的语言开始言说，倾听乃至触摸这词河底部的硬石，就成了诗人的天命。而布朗肖不是唯一察觉到其中之深意的人。在此有必要提及几个相近的哲学论断，它们有助于照亮布朗肖在马拉美的基础上对"沉默"理论展开的进一步演绎。

第一个论断出自同样关注兰波的海德格尔。1972 年，为了回应好友勒内·夏尔为法文版的兰波选集所作的导言《对于我们，兰波》（Pour nous Rimbaud），海德格尔写了一篇名为"兰波未死"（Rimbaud vivant）的短文。在其急促的追问中，他沉思了一位诗人保持"活着"（vivant）的方式。追问临近结束之际，海德格尔再次提到兰波的"通灵者"（voyant）概念，并使之面向"未知"（Unbekannten）。但这个就连夏尔无疑也会赞成的"未知"很快和"沉默"发生了联系："未知，唯有变得'沉默'（geschwiegen），才能得到命名［……］如此的沉默绝非纯粹的失语（bloße Ver-stummen）。其不复言说（Nicht-mehr-sprechen）是一种已然说过（Gesagt-haben）。"[1] 这样的联系显得突然，甚至不乏神秘。但不管怎样，此处与纯粹的失语有所区别的"沉默"，在其"已然说过"的形式里，或许暗示了诗人所应截获的那种本质的语言，仿佛那条未来的地平线正是文学"宝地"（terre de trésors）的边界。在"沉默"一

---

[1] Martin Heidegger, *Aus der Erfahrung des Denkens. 1910-1976*, *Gesamtausgabe*, Band 13, Frankfurt am Main: Vittorio Klostermann, 1983, p. 227.

词后面的括号里，海德格尔意味深长地注上了德国诗人特拉克尔（Trakl）的名字，虽然特拉克尔的风格已被公认为一种"沉默"（Schweigen）的诗学，但这仍有理由让人回想海德格尔在二十多年前阐释这位诗人的作品时论述的一套同样奠基于沉默，确切地说，是"寂静"（der Stille）的语言理论。在1951年的《语言》（Die Sprache）一文里，海德格尔把语言的命名功能指定为"区-分"（der Unter-Schied），也就是，在保持物和世界之本性的同时召集两者。如此的区分，他说，本是"寂静"；但出于那一聚集而发出的召唤，则是寂静之音（das Geläut der Stille）。由此就有这个著名的定义："语言作为寂静之音言说。"[1]再一次，寂静并非单纯的悄无声息，而是把语言作为它的发声方式，但言说也不意味着寂静的停止，而是始终与之相伴。所以，不是人在说话，而是语言在说话；不是语言在说话，而是寂静在说话。寂静获得了发声的根本权利，这矛盾的结构与布朗肖那里的基本一致；正如海德格尔后来的另一篇文本所肯定的：寂静之音，"它就是本质的语言（die Sprache des Wesens）"。[2]

与此颇为接近的表达法当属法国作家安德烈·马尔罗（André Malraux）在几乎同一年代赋予其艺术巨著的名称：

---

[1] Martin Heidegger, *Unterwegs zur Sprache*, *Gesamtausgabe*, Band 12, Frankfurt am Main: Vittorio Klostermann, 1985, p. 27.
[2] Martin Heidegger, *Unterwegs zur Sprache*, *Gesamtausgabe*, Band 12, op. cit., p. 204.

《沉默的声音》（*Les Voix du silence*）。这部整合了先前三卷本《艺术心理学》（*Psychologie de l'art*）的惊世之作囊括了从古代到现代、从东方到西方的人类艺术发展历程，它如博物馆一般令人眼花缭乱地展示并考察风格各异的绘画以及雕塑作品。然而，把这道献给目光的盛宴命名为"声音"，马尔罗的用意到底何在？难道说图像向我们发出了召唤吗？但图像本身并不会说话。所以，就像梅洛-庞蒂提示的那样，马尔罗无非是想邀请我们审视绘画作为一种语言的可能性。这也是其《间接的语言》（*Le langage indirect*）试图完成的论证。对梅洛-庞蒂来说，绘画能够成为一种无声的语言，是因为它和有声的语言根植于同一片知觉意义（sens perceptif）的土壤，而这在言语里就表现为一种生成了纯粹意指的沉默言词："在所说的语言之下，在其陈述和其噪声之下，"梅洛-庞蒂写道，"有一种语言在运作或言说，它的词语过着深海动物一般无声的生活。"[1]而图像恰恰以其沉默的表达形式最先接近了语言的这片深海居所：纯语言的表意能力"不过是绘画之沉默的暗暗或潜在积累所达到的顶点"[2]。所以，凝视一幅绘画同时也是凝视语言的深渊，倾听其根本的沉默。

但绘画所接近的这一作为语言之渊源的沉默言词，又是什么？在《火部》里，布朗肖借用了梅洛-庞蒂的《知

---

[1] Maurice Merleau-Ponty, *La Prose du monde*, Paris: Gallimard, 1969, p. 123.
[2] Maurice Merleau-Ponty, *La Prose du monde*, op. cit., p. 124.

觉现象学》(*Phénoménologie de la perception*) 当中的另一段话, 意图定位这种沉默得以察觉的根本时刻。梅洛-庞蒂认为, 若要思考语言的原始沉默, 就必须关注一个"打破沉默的行为", 即"学会说话的孩童, 第一次说出并想到某种东西的作家, 总之所有那些把一定的沉默转化为言语的人"[1] 所展现的特别之经验。布朗肖指出, 如此的"打破"清楚地暗示了语言诞生于沉默, 而这先于语言的沉默正是语言的来源。在这里, 布朗肖的焦点似乎对准了行为的主体: 沉默只是因为"人"意欲言说却尚未开始, 沉默的原始时刻也是"我思 (cogito) 的显证尚未在那个延展了它并使之转离其整体意义的肯定中被再次抓住的时刻"[2], 简言之, 意识尚未进入语言的时刻, 或者, 语言在思想的母腹中临产的一刻。所以, 这一沉默显然还只是人的沉默, 更确切地说, 是言语所欲表达之物的无声形式, 也就是, 思想或意识的悄无声息的存在。

但根本的沉默无论如何属于语言。在语言诞生前的沉默中, 除了思想, 还有别的什么。在《纯语言的魅像》(*Le fantôme d'un langage pur*) 一文中, 梅洛-庞蒂注意到, 从思想的沉默到词语的言说, 这与其说是人的主动打破, 不如说是语言对人的突袭:

---
[1] Maurice Merleau-Ponty, *Phénoménologie de la perception*, Paris: Gallimard, 1945, p. 214.
[2] Maurice Blanchot, *La Part du feu*, op. cit., p. 72.

> 写作者或言说者起初沉默，紧张地朝向他欲指称之物，朝向他将要说出的东西。然后，奔涌的词语突然过来救助了这一沉默，并赋予它一种如此精确的等价物，甚至能够在写作者忘记自己的思想时向他呈现这一思想，以至于人不得不相信思想已在世界的背面被说出来了。[1]

所以，言说从来不是通过开口把意识直接转化为语言这么简单的一回事；在思想和言词之间，总有一个间隙，一个等待词语来援救的紧张时刻，它见证着思想的遗忘，语言的难产。这一刻并非口舌（langue）的迟疑，而是对语言（langue）的无名的召唤。在思想的静寂被"打破"的那一刻，即在思想遭遇语言的那一关口上，它才作为一股"打破"的力量得到了最终的表达。人不知所措地等待"奔涌的词语"，因为正是语言让人开口说话或执笔写作；然而，当词语真正到来之时，思想却"已在世界的背面被说出来了"。无疑，不是人说出了它，说出它的只能是语言；可这语言隐藏"在世界的背面"，这彼岸的甚或前世的语言，就是其自身的沉默。因此，语言的沉默先行地保存着思想的记忆，在思和言之间搭起了一座无形的桥梁。让语言说话的是沉默；而打破人之沉默的，也正是这语言的沉默。

布朗肖当然没有忽视沉默的真正归属。正如梅洛-庞

---

[1] Maurice Merleau-Ponty, *La Prose du monde*, op. cit., p. 11.

蒂从让·波朗的论著《塔布之花》中获得了灵感，布朗肖也引述了波朗的一篇小说来说明沉默如何开启了文学。这篇小说即《丢了习惯的埃特雷》(Aytré qui perd l'habitude)，它以一位不知姓名的副官的口吻，讲述了马达加斯加的一次远征故事，更确切地说，记录了他一路的幽思深念。根据他的描绘，他明显和途中遇见的一位女子陷入了某种微妙的情感纠葛，这一情感甚至在女子意外地被害后变得更为强烈，不仅是因为惘然的记忆涌上了心头，更是因为他对女子托他转交其家人的一笔钱财有了非分的打算。而在这煎熬的过程中，他发觉随行的中士埃特雷也变了，他"丢了习惯"。然而，小说并未用大量的笔墨来刻画埃特雷的人物形象，相反，波朗设置了一个巧妙的"文中文"的结构，在故事的第二部分直接展示埃特雷负责撰写的行军日志，从中，细心的阅读将会窥见一种风格的变化。就像主人公思忖的那样，最初的几天，日志记录似乎是一份单调乏味的苦差，其内容无外乎"我们抵达，我们离开"；但在二十号之后，日志中开始出现风土人情的描绘，精细得甚至让人怀疑这是不是人类学家的笔记："发辫，太阳的炙热光芒，对套环的研究〔……〕没错，他也想成为一位学者。"[1] 在如此的转变背后，主人公忽然洞察到一个可怕的秘密，正是埃特雷出于嫉恨杀死了那位女子，因为透过

---

[1] Jean Paulhan, *Œuvres complètes*, tome I, Paris: Gallimard, 2006, p. 258.

这些絮叨的文字，隐约可以看见一颗和他自己一样因负罪而不安的心灵。当波朗用埃特雷的名字作为标题时，他已经暗示了这个文本的双重性，其目的正是用一场显露的内心毁灭来试探并照出另一片更加荒芜的精神废墟。但就那片废墟始终在平淡无奇的叙述中隐匿而言，波朗的小说不是玄奥的心理分析，行军日记也不是简单的忏悔录，其重点不是罪疚的吐露，而是其吐露的方式，也就是，写作的可能性。恰恰是在埃特雷受心魔所困，"丢了习惯"时，单纯的记录才成了真正的写作。因此，在布朗肖的解读中，这首先是一个关于写作的寓言。

那么，写作或一般的文学始于何处？布朗肖用了"空缺"（manque）一词，它指向了外部的灾变（罪行）所导致的焦虑和恐慌，指向了人之存在的整一状态的破坏，简言之，其生存（existence）的失常。如此的失常首先就表现为语言的毁灭。在内心的废墟中，埃特雷失去了惯常的语言，因为面对罪疚的沉重，那样的语言不仅显得苍白无力，而且失去了其全部的功效。但在日常语言失效的同时，另一种语言，文学的语言却不知不觉地涌现了。因为，正是为了救治这样的失语，为了克服言说的无能，奔涌的词语才有可能到来，写作才有可能开始。埃特雷的写作明显超出了正常记录的范畴，它代表着语言本身的过度（excès），一种为了填补空缺而产生的过度。在写作者身上，语言总已经处于一种例外的状态，一种超额的情形了。在生存的亏缺面前，语言必须呈现为一个加号，一种增补。在这个意义上，文学始于人的失语。布朗肖写道："对他［写作者］而言不可或缺的是，他首先发觉自己无话可说。"[1] 但不仅人无话可说，就连语言本身也被失语所击中，陷入其自身的缺失；而正是缺失激发了言词，更确切地说，是像黑洞一样吸引言词："在埃特雷身上，言语回应了一种根本的缺失，但言语自身也被缺失所感染，回到了其开端（或者，更确切地说，注定要终结）并因此通过使之不可能的东西而得以可能。"[2] 所以，唯有无言，方能言说。写作的不可能性最终成了写作的可能性，这就是布朗肖命名的"埃特雷之悖论"（paradoxe d'Aytré）。

就这样，布朗肖用一种寓意的阐释建立了一套"缺失"和"补偿"的理论，并以一个悖论的结构，把沉默作为文学的基础。但只要沉默背后是更为沉重的生存，文学的"补偿"终究还要解决生存和语言之关系的问题。然而，当埃特雷描写"驾驶独木舟的马达加斯加人用其难以理解的歌声响彻天际"时，他却说"这似乎让生活对我们显得欢快"。[3] 这里的"欢快"意味着苦闷的人物重新找到了安宁吗，抑或只是为了掩饰内心更大的恐惧？写作会是一场成功的拯

---

1 Maurice Blanchot, *La Part du feu*, op. cit., p. 74.

2 Maurice Blanchot, *La Part du feu*, op. cit., p. 77.

3 Jean Paulhan, *Œuvres complètes*, tome I, op. cit., p. 255.

救，一次美妙的升华吗：凭此诡计，便可脱离苦海，宣泄罪感？写作到底是什么？其文字是否忠实于命运，而语言又是否背叛了生存呢？在一连串困惑背后，埃特雷提出的难题不只是一个悖论这么简单，在沉默和语言相互纠缠的惊人结构之外，还有更为严肃的挑战，它将对写作的根本合法性发出质疑。写作，从这一刻起，已不再只是文学或美学的事情了，它不得不审视其自身的伦理。

写作的伦理

在1917年9月的一篇日记里，卡夫卡坦承，脱胎于痛苦的写作很有可能背弃了痛苦：

> 使我总不理解的是，每一个会写的人都可能在痛苦中将痛苦具体化，比如说，这竟使我在不幸中，也许还能带着焦灼不幸的脑袋坐着，并用文字来告诉某人。我是不幸的。是的，我还能超越这些，用各种不同的好像与不幸没什么关系的过分华丽的辞藻，视天才而定，对此作简单或者反命题，或者用整个联想的交响乐队来作幻想。[1]

卡夫卡紧接着说，促使他写作的并非痛苦，而是他被痛苦紧紧抓住时拥有的"力量的剩余"（Überschuß der

---

[1] 卡夫卡，《卡夫卡全集》（第5卷），叶廷芳主编，孙龙生译，北京：中央编译出版社，2015年，第350页。

Kräfte）。这一"剩余"或许就来自那种为了填补痛苦的空缺而产生的"过分华丽的辞藻"：在这一刻，仿佛还有文字可供慰藉。这恰恰是让卡夫卡感到惊讶的地方，因为当不幸看似已在瓦解其生存的根基时，他居然还可以说出这一瓦解的状态。布朗肖指出，卡夫卡的惊讶仍然含糊，其疑惑从一开始就预设了一种面向他者的交流，"说出"不幸同时也是让另一个人感受到这份不幸；且不管他用了什么样的形式"说出"（哪怕是用华丽的辞藻，哪怕奏出美妙的乐章），只要这份不幸进入了他者的共通意识，其痛苦的意味，其原初的空缺，就总会被恢复，而内心体验和外部表达之间的裂隙也就被弥合了，不幸的言说总是可能的。那么，在如此的补偿经济中，不是隐藏着一种危险的倾向吗？如果弥合内外之裂隙的那股神力源于这些打动读者的言词，语言背后的真情实感又如何得以保证呢，语言不会沦为写作者的蓄意操控吗？

在《杂谈录》（Variété）第一卷的《变奏》（Variation）中，瓦莱里就对帕斯卡尔的《思想录》（Pensées）提出了这样一个尖锐的质疑。其质疑的起点正是帕斯卡尔面对无限之物所体会到的恐惧："这些永恒空间的无限沉默使我恐惧"[1]，"仰望着全宇宙的沉默［……］这时我就陷于恐怖，有如一个人在沉睡之中被人带到一座荒凉可怕的小岛

---

[1] 帕斯卡尔，《思想录》，何兆武译，北京：商务印书馆，2015年，第113页。

上［……］"[1]瓦莱里惊叹，如此完美地传达了恐惧的言词怎么会出自一张已被恐惧堵住了的嘴巴：

> 恐怖，恐惧，可怕；永恒的沉默；全宇宙的沉默，这是有史以来最敏锐的心智如何谈论其周遭的世界的［……］它有某种节奏感，某种逻辑，以及某种与其所言相矛盾的象征［……］当我看到一位作家描述并恶化人的真情实感，添加种种刻意为之的努力，不顾一切地想要人们把他的技巧当作他的感受时，我就发觉这不纯且含混。当我们怀疑作者试图卷走我们的信念或对我们强加一种意向的时候，作品中的这一真假难辨就变得十分咄咄逼人了。如果你想要迷惑或愚弄我，小心我会在所写的东西上更加清楚地看见你的手。[2]

瓦莱里称他"清清楚楚地看见了帕斯卡尔的手"，也就是，看见了《思想录》精美绝伦的语言背后作者苦心孤诣的算计和谋划，看见了这些触动灵魂的深刻情感不过是作者为了说服读者而编织的谎话，而且，语言越是完美，就越是谎话的见证。真可谓致命的一击，它把浓烈的情感还原成清醒的理智，足以动摇这部惶然之书的信仰基础，甚至把"我陷于恐怖"（J'entre effroi）这句话变成了埃庇米尼得斯的悖论，让苦厄的书写在伦理上再也站不住了。

一种简单的反驳或许会说，瓦莱里把他自己对于语言

---

[1] 帕斯卡尔，《思想录》，同前，第367页。
[2] Paul Valéry, *Variété I et II*, Paris: Gallimard, 2016, pp. 120-122.

的评判归于帕斯卡尔本人。当帕斯卡尔苦恼地写作时，他既没有风格的追求，也没有作品的意识，写作于他而言只是一种绝望的拯救，一声无助的哀求。不管其动机如何，为了让人体验恐惧，帕斯卡尔自己必定先在黑夜里久久地颤抖，其言不假，其情亦真……诸如此类的言语，只是把争论化约为一个事实（de facto）的问题。但对布朗肖而言，瓦莱里的指控显然要更为严重，它从根本上否认了"恐惧"的可写性，即禁止了语言对生存之空缺的任何赎偿。这与布朗肖的基本观点完全相左，因为在后者看来，写作恰恰只有基于空缺才会可能。所以，布朗肖对瓦莱里的回击，正如《帕斯卡尔的手》（La main de Pascal）所展示的那样，始终在一个语言的层面上，更确切地说，在生存和语言之相互关系的层面上展开。由此，布朗肖揭示了写作的本质处境，其本体论的结构，而为这一结构奠基的，乃是"沉默"一词。

在回击的开头，布朗肖借用了布里斯·帕兰的观点"艺术的真理即谎言"来提醒我们，文学的语言很有可能从根本上具有非真的形式，换言之，它本身已经超越了任何真假的判断。根据荷尔德林和马拉美的传统，布朗肖把文学的语言称为本质的语言，也就是，一种不为任何人居有的原初的语言，恰如海德格尔在论诗的本质时宣称："语言不是可支配的工具，而是拥有人之存在的最高可能性的本有事件（Ereignis）。"[1]具体地说，它先于言者及其所言而存在，它自行言说自身而无需言者及其所言，并且，唯当它包含了言者及其所言的时候，言者及其所言才有可能实现。这样的语言，布朗肖说，就是一个"绝对者"（un absolu），但作为绝对者的语言本身是不可能的（impossible）。[2]正是在这个点上，布朗肖引入了语言之可能性与不可能性的辩证法：本质的语言是不可能性，日常的语言则是可能性；就前者是后者的本源而言，不可能性恰恰是可能性的条件；但同时，一者的实现也意味着另一者的弃绝。一方面，日常的言说通过放弃语言的绝对主张，将自身的不可能性变为可能性；另一方面，诗歌或文学则通过抛弃言说的可能性来追求其本质的现实。这个现实，当然就是沉默。布朗肖事实上把本质的语言等同于大书，它在无所不言的同时一无所言，因为言说一切的语言也言说一切的缺席，它由此陷于自身的绝对沉默。布朗肖写道："作为总体性的语言是取代了一切的语言，它设定了一切的缺席以及语言的缺席。"[3]其"不可能性"的根本逻辑就在于此：一个对象的不可能性首先意味着该对象之总体化的完成，但同时也意味着其总体的彻底消解，而如此的消解最终奠定了对象的可能性。

---

[1] Martin Heidegger, *Erläuterungen zu Hölderlins Dichtung, Gesamtausgabe*, Band 4, Frankfurt am Main: Vittorio Klostermann, 1981, p. 38.
[2] Maurice Blanchot, *La Part du feu*, op. cit., p. 254.
[3] Maurice Blanchot, *La Part du feu*, op. cit., p. 255.

那么，到了生存和语言的关系上，如果文学追求语言的不可能性，如果文学的语言只有一个真正的说话者，也就是语言自身的沉默，这不就证实帕兰的话说得一点没错吗？当本质的语言要求所言之对象的缺席时，生存就不可能在语言中被完全地说出，因为"他［作者］的语言越是接近他的生存，他就越是发觉，在语言的单一层面上，他的生存如何成为谎话，而在生存的层面上，他的语言如何总是可能性和能力"[1]。这就暗示了，整全的生存和本质的语言之间从来划不上一个真正的等号。只要沉默在说话，语言就只是其自身之贫乏的证据，一直见证着其说出"生存"一词时遭遇的失败；而步入这一语言的生存，只会化作一片不实的蜃景。文学若要成为文学，就不得不断绝一切完好地再现生存的念头，转而残酷地毁损作为可能性的再现之言语，并无情地毁损那一生存本身。对此，布朗肖不禁感慨："诗歌在这个意义上乃是灾异的王国。"[2]

然而，有必要指出，这里的灾异的的确确是双重的：经由语言之不可能性的暴力损毁，词语的灾异和生存的灾异在文学中达成一致。在词语的灾异里，语言挣脱了人对其工具性的支配，显露了其自身言说的本质现实；与此同时，生存在其灾异里遭遇了它的缺席，它从可能性变为不可能性。而这作为不可能性的生存，按布朗肖的说法，就

---

[1] Maurice Blanchot, *La Part du feu*, op. cit., p. 255.

[2] Maurice Blanchot, *La Part du feu*, op. cit., p. 256.

是其自身的揭示：

> 当生存质疑自身时，它就开始揭示自身。不论以何种形式，生存的这一揭示乃是生存本身，这时的它倾向于将自身体验为不可能，或是因为它来到了其条件之外存在，或是因为它在这般的考验中发现了它的真理，也就是不可能性。不论以何种形式，这样的揭示与这样的不可能性相称。[1]

生存在空缺状态中揭示本质：这是"不可能性"之逻辑的又一次展现。而且，生存的揭示不仅相称于生存的不可能性，更相称于语言的不可能性，因为前者属于后者的迫切之关注。这就是《思想录》的情形。布朗肖说《思想录》的语言已被生存所压倒，其意思并非帕斯卡尔把其生存整个地投入了语言，好让其生命的现实接受词语的检验，而是帕斯卡尔欲在语言的漩涡中揭示生存本身，也就是，用根本的沉默来言说生存的空缺，用一种不可能性打开另一种不可能性。就这样，在不可能性的交织中，语言与生存同时进入了沉默所指示的位置，在那里，生存的空缺也不停地唤起语言的匮乏。但无论是生存的空缺，还是语言的匮乏，这一空无的位置，作为不可能性之所在，乃是文学言说或书写的隐秘源泉；而文学的使命，就是从这口空无之泉中汲取语言的本质力量，让不可能性开口说话。但关

---

[1] Maurice Blanchot, *La Part du feu*, op. cit., p. 257.

键不是用言词填补空缺，不是把不可能变为可能，而是始终在言词相对于空缺的过度中保持空缺，维持沉默所代表的那一不可能性：空缺只能由空缺本身，也就是沉默来补足，虽然这样的补足也永远是达那伊得斯式的使命。

（兰波，无疑在其清醒的沉默中——另一些灵魂，如荷尔德林，则是通过疯狂——看到了这个让诗歌得以可能的不可能性，并由此反过来探索生存的不可能性。在这个诗歌与生活同时陷于空缺的模糊地带，只剩下一个使命，那就是通过毁灭可能来探索人性的更远的极限。巴塔耶已经表明，诗只是人走向极限的方式之一。《内在体验》："兰波的为人所知的最后的诗歌不是极限。"[1] 但为了抵达人的极限，就不得不首先超越诗本身的极限，这正是"不可能"一词召唤的弃绝之决定。而巴塔耶的手稿把这根本的举动命名为"献祭"：兰波的沉默是对"诗歌"和"诗人"的双重献祭。[2]）

凭此，或许足以理解《失足》中的这句话了："诗歌的意指和生存本身有关，它是对人之处境的理解，它质问着人之所是。"[3] 文学意在质问生存本身，揭示其不可能性。这一不可能性，在文学的语言中，不再是弄虚作假，相反，它完美地相称于语言的不可能性。诚然，恐惧相称于沉默，

---

[1] Georges Bataille, *Œuvres complètes*, tome V, Paris: Gallimard, 1973, p. 64.
[2] Georges Bataille, *Œuvres complètes*, tome V, op. cit., p. 454.
[3] Maurice Blanchot, *Faux pas*, op. cit., p. 129.

但更为重要的是，恐惧也相称于那些只由沉默支持甚至只由沉默化身的言词。诚然，"我陷于恐怖"是帕斯卡尔难以说出的话，但说出这话的并非帕斯卡尔，而是陷于恐怖的他遭遇的那一无言，那一"永恒的沉默"。这才是帕斯卡尔的手：不是执笔疾书的可见之手，而是弃绝了一切写作，把自己完完全全地交给了死亡的无形之手，一只不属于任何人的手，语言的手。

沉默的声音

写作的至高的伦理，就是找到这只语言的手。可这只手也是掘墓者的手：为了让语言说话而在其内部制造的那阵沉默，那个黑洞，那片空无，无异于语言自身掘出的坟墓。由此，顺着让·瓦尔（Jean Wahl）的论点，布朗肖宣称，《思想录》的语言"依靠于一座坟墓"[1]。然而，这座坟墓，一方面的确象征着死亡成了语言的根本精神，另一方面，就沉默最终变为词语，不可能转化成可能而言，其真正的作用乃是支撑语言的鲜活肉身，而不是埋葬言语的尸体，也就是说，它其实只是一座隐秘的空坟。所以，语言之墓的比喻带有浓烈的基督教色彩，死亡在语言内部的潜伏，并不是为了唱响悲悼的哀歌，而是为了上演复活的奇迹。在坟墓的尽头，永远回荡着一声神圣的命令："拉撒路，出

---

[1] Maurice Blanchot, *La Part du feu*, op. cit., p. 261.

沉默与死亡：布朗肖思想速写

来！"于是，言说奠基于沉默，生命依托于死亡。这不是印证了黑格尔《精神现象学》开篇所揭示的那种停留于否定的魔力吗："精神的生活［……］是敢于承当死亡并在死亡中得以自存的生活"[1]？确实，奇异的魔力：它首先指向了一种超越生命（vie）与死亡（mort）的更为强大的力量，也就是布朗肖后来所谓的"死"（mourir）。而在语言的层面上，如同"活"在体内的死亡，它必定是"滔滔不绝"的沉默；不再是彻底的寂静，而是不得不成为一种声音，一种由沉默发出的声音。找到语言之手，汲取其魔力，最终就意味着听到沉默的声音：自《火部》以来，布朗肖对语言的思索不过是对这一主题的反复探测。但这声音是什么？

《文学空间》在总结马拉美的创作体验时，已经提到了沉默在语言内部制造的这阵声音，其所处的位置，就是我们所知的"中心点"，意即，对象的否定（缺席、消失）本身得以肯定（在场、出现）的模棱两可的点。在那个点上，语言即本质的语言，用布朗肖的话说，就是"无人说话的语言，持续不断者和无止无尽者的喃喃低语"[2]。这是一个关键的定义，其中的"喃喃低语（murmure）"一词正是布朗肖在后续写作中谈及沉默的语言时乐于使用的术语（或许是从布勒东的《超现实主义宣言》里化用来的）。但这里，布朗肖首先强调了沉默之声绝不是作为说话者的人发出的，

---

1 黑格尔，《精神现象学》（上卷），同前，第21页。
2 Maurice Blanchot, *L'Espace littéraire*, op. cit., pp. 51-52.

它甚至对立于人所说的言语。因为人所占有的语言总是一种权力，当人用语言命名存在之物时，"命名就是这样的暴力，它隔开了被命名之物，以在一个名字的便利形式下持有它"[1]。凭此，人打开、统治、强制了自然，并陷入了一种主奴辩证法：拥有语言就意味着拥有强权，成为主宰。但中心点的情形截然相反：

> 在那里，语言不是一种权力，它不是说话的权力。它不可支配，也没有什么可供我们支配。它从来不是我所说的语言。我从来不用它说话，从来不用它对你说话，向你询唤。这一切特征具有否定的形式。但如此的否定标志着一个更为本质的事实，即在这种语言中，一切都返回了肯定，一切否定的东西都在肯定。因为它作为缺席而说话。无言之处，它已言说；停止之际，它已继续。它非沉默，因为恰恰是沉默在它身上自言自语。惯常言语的特性在于，倾听构成了它的本质。但，在文学空间的这个点上，语言不被倾听。这里就有诗歌之功能的风险。诗人是那个倾听不被倾听之言的人。[2]

由此可以确定沉默之声在双重的意义上的"无主性"：就它不是人用来命名或交流的可以支配的工具且不属于任何人而言，它是"无主的"（sans propriétaire）——没有

---

[1] Maurice Blanchot, *Le Livre à venir*, op. cit., p. 48.
[2] Maurice Blanchot, *L'Espace littéraire*, op. cit., p. 55.

所属；就它只是言说万物乃至语言自身的缺席，并且只由缺席来言说，因此打破了一切的统治关系而言，它也是"无主的"（sans maître）——没有主宰。那么，在这样的声音里，说话的究竟是"谁"或者是"什么"，如果它绝不属于人的话？如果它是沉默的"自言自语"，对它的倾听如何可能呢？

《未来之书》对这声音做了更为细致的描述。在"文学何处去？"的追问里，布朗肖大胆地假想了一个极限情境，他称之为"最后作家之死"（mort du dernier écrivain）。严格地说，这不是一个天启式的场景，其寓意并非文明的终结，而是"每个人生命的某些时刻"可能遭遇的现实，不是写作者从世上消失了，而是写作本身停止了，用布朗肖的话说，"一种声音已然沉寂"。[1] 在此沉寂的正是言说的声音，是人持有的那种成为可能性的言语。结果当然是一片寂静。可寂静也会出现一道口子，从中，布朗肖认为，到来了一种新的声音："勉强算是一阵喃喃低语，不会给我们自认为在忍受的城市的巨大喧嚣增添任何东西。其唯一的特征是：它持续不断。"[2] 这阵从寂静里浮现的声音，不是人言退散之后留下的自然噪声，也不是脑海中的幻听，布朗肖明确地告诉我们，它就是语言："它说话，它不停地说话，就像是一片说话的空无，一阵轻盈的呢喃，持续，

---

[1] Maurice Blanchot, *Le Livre à venir*, op. cit., p. 296.

[2] Maurice Blanchot, *Le Livre à venir*, op. cit., p. 296.

淡漠，很可能对每个人都一样。"[1]显然，这是沉默的声音，在"最后作家之死"的设想中，布朗肖把它定位于日常言语的深处，仿佛只有移除表面覆盖的沙石，才能看到这股永不止息的源泉。

然而，这样的定位终究只是一个生动的比喻，因为不论以何种方式描写沉默之声与语言的关系，不论它是语言底部的暗流，还是语言的回声或复像，甚或萦绕语言的幻影——"某种魅像，柔和，无辜，又烦人，如同幽灵"[2]——它都无可避免地保持着一种矛盾的张力，简言之，它缺乏一个确定的状态，始终介于有无、虚实之间，以至于"沉默"和"声音"对于它都不算恰当的定义，正如布朗肖对其另一名称"无秘密的秘密言语"（parole secrète sans secret）所作的解释：一方面，它无处不在，始终以低语的形式坦露自己；另一方面，它又不在任何地方，难以倾听，因为它被沉默所说且只说沉默。不仅既非此，也非彼；而且，在"无 X 之 X"（X sans X）的绝境构造里，它越是达到一种可能性的极致，就越是走向了这种可能性的不可能性。这换来了一个悖谬的结论："它不被听见，这就是为什么，人们不停地听见它；它尽可能地接近沉默，这就是为什么，它彻底地摧毁了沉默。"[3]所以，它与其说是一个实体，一

---

[1] Maurice Blanchot, *Le Livre à venir*, op. cit., p. 297.

[2] Maurice Blanchot, *Le Livre à venir*, op. cit., p. 298.

[3] Maurice Blanchot, *Le Livre à venir*, op. cit., p. 302.

个奇特的存在之物，不如说是一种力量（puissance）——或者，在亚里士多德的意义上，这个词也指潜能——是一种在可能性与不可能性之间进行来回转换的机制；其规定的对象，与其说是某一形态或特质，不如说是一种结构或模式，可以用来思考一种关于在场和缺席的更为深刻的关系，并且，这样的关系，借用《无尽的谈话》的开篇设定的目标，"将脱离辩证法，也脱离存在论"[1]。

诚然，一种全新的关系。从沉默到沉默之声，已然蕴含了深刻的观念之转变。但，暂且不必走得太远，匆忙涉足哲学的思辨；暂且让我们驻留于纯粹的写作层面，在那里，沉默之声的概念，首先对准了"作家之死"所开启的这个经典的问题，即"发起写作的到底是什么？"。已有一个熟知的回答：不是人，而是语言；不是语言，而是沉默。但如果说话的语言不"属于"人，发声的沉默能够"属于"语言吗？初看上去，喃喃低语介于沉默和语言之间，类似于一个中介，一种调谐。可这样的限定仍然是辩证法的产物，其"之间"（entre）的铰链角色默认了沉默和语言的二元对立关系。这也意味着，沉默，作为语言的缺席，缺乏本然的定义，它只是作为语言的否定形式出现，因此必然受制于语言，它不过是语言的一种异常状态，一种固有的缺陷，一种与生俱来的疾病。"语言的沉默"这个表达无非暗示

---

[1] Maurice Blanchot, *L'Entretien infini*, op. cit., p. 11.

着，沉默仍内在于语言。至于"沉默的声音"，其种种可能的描述（诸如"它位于人们所说的一切之下，藏在每个熟悉的思想背后"[1]），在这样一种内在化的结构里，只会加剧一种错觉，也就是，把喃喃低语当作语言（而不是人）的内心独白，一种在语言内部对语言自身言说的语言。由此，语言取代人成为独白所围绕的那个中心，一个无人格的"我"。

但布朗肖所谓的"喃喃低语"恰恰打破了这样的内在性。只要"持续不断"（incessant）、"无止无尽"（interminable）是沉默之声的根本特征，其"无主性"就不得不更为彻底：对布朗肖来说，这种甚至"没有起始"[2]的低语之所以能够一直持续，是因为它总已经超出了任何言语之居有的界限，它绝无任何的所属，绝无任何的中心。对于这种永恒"超出"（au-delà）的形式，布朗肖准确地写道："它是本质地游荡的且总在外部[……]它是外部本身。"[3]"外部"（le dehors）不仅是人或言说之主体的外部，也是语言的外部。但请注意，这里的"外部"一词，还不纯粹就是一种空间关系的表达，因为喃喃低语同样会以亲密的方式在说话者的内心或语言的内部发生："它似乎说出了他至为亲近的东西[……]它完全在内部言说。"[4] 所以，"外部"不是

---

1 Maurice Blanchot, *Le Livre à venir*, op. cit., pp. 297-298.
2 Maurice Blanchot, *L'Espace littéraire*, op. cit., p. 55.
3 Maurice Blanchot, *Le Livre à venir*, op. cit., p. 302, p. 297.
4 Maurice Blanchot, *Le Livre à venir*, op. cit., p. 297.

沉默与死亡：布朗肖思想速写

声音的定位，声音的发生恰好"在内"（au-dedans）而非"在外"（au-dehors）；"外部"也不是远近的形容，对于说话者乃至语言，喃喃低语总是切近之声，私密之语——如此，它才得以听闻。但内部的低语并非语言自身同自身的作用（独白），而是语言自身和一种全然陌异于自身的元素的相遇，虽然那个名为"沉默"的元素往往会被简单地视作语言的缺失，以至于这样的缺失（manque）或空无（vide）所具有的本质的陌异性（étrangeté）也被错认为一种自同性（mêmeté）的否定化。"外部"既非肯定，也非否定，既非缺席，也非在场；它甚至不是两者的"之间"，而是两者的"超出"，即，两者所共同规定并构成的那个对象（这里就是语言）之界限的超出。在这个意义上，它是一种"僭越"（transgression），并且，其越界的能力是无限的。《文学空间》中的这句话与《未来之书》的描述几乎一致："这种言语是本质地游荡的，总在其自身的外部。"[1] 唯一的差别，"其自身的外部"，正是那种"超出"之无限性的体现。喃喃低语不仅超出了某一对象，某一边界，它甚至超出了其自身，或不如说，它就是无尽"超出"（"无限膨胀"[2]）的能力。它在主体之外，在语言之外，在外部之外：总是在外，总是"彼方的脚步"（le pas au-delà），总是"一个来自别处的声音"（une voix venue d'ailleurs）。

---

[1] Maurice Blanchot, *L'Espace littéraire*, op. cit., p. 56.
[2] Maurice Blanchot, *L'Espace littéraire*, op. cit., p. 56.

就这样，在"外部"一词强调的陌异性的视角下，作为沉默之声的喃喃低语最终指向了一个不变的维度，也就是"他者"（l'Autre）。《文学空间》最先道明了从"我"（Je）到"他"（Il）的人称之转化。借用卡夫卡的评论，布朗肖引入了一个观点，即写作意味着丧失说"我"的权力。然而，用第三人称取代第一人称，布朗肖说，不是为了把叙述的自由让渡给作品中的人物，也不是为了保持判断的客观中立；它不是什么策略，而是进入写作的任何一个人必然遭遇的命运。因为写作者并不持有语言："写作者属于一种无人言说且不对任何人传达的语言，那种语言没有中心，不揭示任何东西。"[1] 换言之，"无主"的低语总会抹掉"我"的声音，而且，它抹掉的不只是写作者的"我"，还有其他任何人的"我"。总之，在围绕沉默的写作中不可能实现"自身化"，而"他"也因此不是"他自己"；"他"当然不是任何人，"他"也不只是无名的第三者，"他"不如说是一个无人称代词，或者，是一个中性的"它"，是推动言语的未知力量。这也是为什么，到了《无尽的谈话》，布朗肖会把作品的"叙事的声音"（voix narrative）直接指定为"它"（il），并使之等同于"中性"（le neutre）的概念："叙述让中性运作了起来。中性所支配的叙事在一个第三人称的'它'的看护下得以持守［……］叙事的声

---

[1] Maurice Blanchot, *L'Espace littéraire*, op. cit., p. 21.

音是中性的。"[1]

所以，这才是真正的说话者，它从来不是直接到场之物，既不是作者，也不是读者，甚至不是所写或所读的语言。中性的语言，或语言的"他者"，在这里就意味着："说它的总是另一个（l'autre）。"[2] 这"另一个"诚然代表了外在性，但布朗肖明确地反对把它当作某种至高的超越性，而是把它重新归于沉默，归于话语内部的空缺。为此，他举了杜拉斯《劳儿之劫》（*Le ravissement de Lol. V. Stein*）中的"缺词"（mot-absence）的例子，并肯定中性的声音是"从这个让作品沉默的没有位置的位置出发，说出了作品"[3]。可如果沉默能够成为中性的声音，意即能够超出语言，且首先能够超出语言之在场/缺席的分界，那么，这样的沉默，就绝不是一种否定意义上的空无了，甚至也不是空无的再度肯定，它必须保持其纯粹的空无性，即作为空无本身的空无：不是在场者缺席后留下的空位，也不是这个空位的位置化，而是布朗肖所说的"没有位置的位置"（lieu sans lieu），一个由空无本身构成的不可位置化的位置。由于位置化的不可能，空位不仅永远无法填补，而且，任何位置化的尝试都只会加剧其空无——空无由此膨胀。

正是在这种"无之无化"的意义上，沉默作为语言的

---

[1] Maurice Blanchot, *L'Entretien infini*, op. cit., p. 563, p. 565.
[2] Maurice Blanchot, *L'Entretien infini*, op. cit., p. 582.
[3] Maurice Blanchot, *L'Entretien infini*, op. cit., p. 565.

他者才最终得到了理解。一方面,就如布朗肖早已注意到的,诚然存在着一种由语言的匮乏所导致的沉默,它根本上对应于生存本身的缺失,映照着生命意义的漏损,它是语言界域内部的中空地带,"失语"的时刻。另一方面,必然会发生言词对于空缺的弥补,但语言的这一补偿法则遭遇了双重的失败:首先是福楼拜所感慨的"太多的事物"(trop de choses)和"不够的形式"(pas assez de formes)之间的落差,语言的形式在事物的过剩面前陷入了贫乏,而这过剩不如说就是生存之空缺的过剩,就其超出了表达而言,它恰恰代表了言语外部的"他者";其次是语言的空缺相对于语言本身的过剩,换言之,形式的"不够"对于形式本身永远显得"太多",这超出语言的一直多出的空缺,在这一刻就是言语内部的"他者"。所以,在纯粹缺失性质的沉默之外,还有一种沉默,它象征着沉默永远无法用言词补足的部分,或者,它是沉默的不可化约的剩余,是沉默之不可言相对于语言之可言的如此无限的过度,以至于对不可言者的一切言说都让沉默本身无尽地增长。更确切地说,它不是单纯的沉默,而是沉默的那一增长,那一翻倍,那一反复,那一扩张,它是沉默自身的沉默化,仿佛沉默从来都不够沉默,它必须更加沉默;其唯一的要求便是:形式的"不够"还不够。于是,在福楼拜的困境面前,布朗肖写道:

> 言说［……］就是让一种匮乏运作起来，维持它并加深它，以便将之掌控；但加深它也是让它变得更多，最终置于我们口中、放到我们手上的，不再是符号的纯粹缺席，而是一种不定地、无差异地进行意指的缺席的冗长：一个虽承担了空无，但仍不可能取消的指定。若非如此，我们早已满足于沉默。但如是的沉默——符号的缺失——本身总还在意指，并且，相对于言语所开动的模棱两可的缺失，它总是过多。[1]

从中可以看到，言说（写作）意味着繁衍本来就过剩了（"总是过多"）的沉默（"缺席的冗长"）。如果，按照我们从马拉美的诗学出发一路得来的结论，说话的是沉默，也就是，布朗肖在此提及的沉默自身"不可取消"的"意指"功能，那么，这样的"意指"，在同时进行的言说所激起的沉默的倍增中，就不断地指向了新的沉默，新的空缺。言说就这样被卷入了一个沉默的黑洞，受到了无限之外部的吸引，听命于总在彼处的他者的召唤。"说它的总是另一个"：的确，这"另一个"总是言词之外的沉默，也总是沉默之外的沉默；总是语言的他者，也总是沉默自身的他者。但这个他者总是到来的他者，就这一点来说，沉默的意指类似于一个"延异"（différance）的过程，它不断地推延了他者的真正在场，故而，作为中性的沉默，

---

[1] Maurice Blanchot, *L'Entretien infini*, op. cit., p. 494.

不是任何的沉默，而只是沉默之沉默化的运动本身，是从一个沉默里生成另一个沉默的无限分延的能力，而以此推动言语的沉默之声就好比分延运动中产生的踪迹，更确切地说，它是一道不留痕迹的轨迹（tracé sans trace），因为就像德里达指出的，"抹除属于踪迹的结构"[1]。无声之声与其说是他者之生成中在场的剩余，不如说是他者对于在场之抹除的效果，是抹除所敞开的无限间距，或如《诡步》里的断片所言："在沉默和沉默之间，互换的言词——天真的喃喃低语。"[2]

文学的未来

简单的小结：从 1940 年代初一直到 1960 年代末，布朗肖的"沉默"概念随着"时代的改变"（changement d'époque）而不停地深化着自身；其关注的问题式从早期以诗学为基础的语言本体论转向了后期以哲学为依托的叙事发生学。从中，可以大致分出三个阶段。

第一个阶段（1940 年代）：围绕《失足》和《火部》，布朗肖根据马拉美的诗学确立了一套关于"本质语言"的理论，并按照词语是物之否定和否定自身之再度肯定的思路，论证了"文学是沉默的言说"。另一方面，布朗肖又

---

[1] Jacques Derrida, *Marges. De la philosophie,* Paris: Minuit, 1972, p. 25.
[2] Maurice Blanchot, *Le Pas au-delà,* op. cit., p. 93.

从其阅读经验（波朗、帕斯卡尔）出发，通过对生存和语言之关系的探讨，在可能性与不可能性之转化的层面上，提出了"沉默在言说"的相同观点，其内在的逻辑是"缺失"和"补偿"的辩证经济，虽然"补偿"的工作永远处于未完成的状态。

第二个阶段（1950年代）：在沿用并阐发马拉美的语言二分法的同时，布朗肖试图进一步定位沉默借以开动言说的根本力量之所在，为此，通过参照一种黑夜的视觉结构（"中心点"）模式，他提出了一种具有根本模糊性的全新的沉默形态，这就是"喃喃低语"的概念。从此，沉默的问题变成了"沉默之声"的问题。在低语的描述里，布朗肖不仅察觉了纯粹"无主性"的特点，而且触及了其"外部"的维度。但此时小写的"外部"，尚未被当作特定术语，虽然已有他异的色彩（从"我"到"他"），但其空无化的力量仍难以逃脱存在论的范畴。如《文学空间》中，它就被命名为一个绝对的魔咒："这是……"（C'est...）[1]。

第三个阶段（1960年代）：受到列维纳斯的"他者"思想的深刻影响，布朗肖意图同黑格尔（辩证哲学）和海德格尔（存在哲学）进行决裂，这既要求摒弃"在场／缺席"之对立的二元模式，也要求打破这种模式背后隐含的光学传统。虽然"沉默"的概念在绝大多数时候其实已被

---

[1] Maurice Blanchot, *L'Espace littéraire*, op. cit., pp. 47-48.

"中性"或"外部"所取代，且语言的问题，在这一时期，几乎完全致力于对"断片"（打断的言语）和"对话"（复多的言语）的思考，但"叙事之声"的分析还集中地保留了"沉默"一词所能激响的回音。在那里，布朗肖把绝对外在性和陌异性的特点赋予了作为言说之本质力量的沉默，说话的权利不仅从主体身上，也从语言手中被剥夺了。终极的沉默成了语言的他者，甚至沉默自身的他者。由此产生了两个密切相关的结果：一方面，言说之力量（或潜能）的本源永远不可确定，它会一直延向更远的未知之处；另一方面，不可确定并不意味着不可表达，因为朝向本源的运动，外部之外化的过程，总会经由踪迹（喃喃低语），而对这些同时也在自身抹除的踪迹（trace）的描绘（tracer）则属于文学的游戏。

纵观这三个阶段，不管各时期所侧重的术语有何差异（从"缺席""空缺"，到"喃喃低语"，再到"中性""他者"），布朗肖的沉默概念，事实上，始终保持着同一个专注的点，那就是沉默在言说或书写行为的发生或起源（genesis）中占据的核心位置，正是这个空无的位置开动了整个言词的游戏。正如《无尽的谈话》不经意间概括的："文学通过让自身沉默，说出了它之所说。文学中存在着一种建构文学的文学之空虚。"[1]乃至于雅克 – 阿兰·米勒（Jacques-Alain

---

[1] Maurice Blanchot, *L'Entretien infini*, op. cit., p. 571.

Miller）在追溯拉康之前的语言传统时指出："在战后法国，莫里斯·布朗肖是这种书写理论立场的主要倡导者：书写根本上是一种在空虚中创造空虚的活动。"[1] 类似的普遍印象（偶尔还带有一种所谓的"虚无主义"的指控）充分证实了，文学的沉默原则的确是布朗肖的一大创见。但不论他挪用何种哲学模式（黑格尔、海德格尔、列维纳斯）来解释沉默的空位，这一原则的重要意义首先体现为，它绝不是毫无现实依据的虚幻设想，绝不是抽象理论的狂妄推断，而是真正地发现了一个文学的现象，一个写作的秘密，一个再次打开语言创作之可能的时机。

文学，在布朗肖看来，不只是一种在本源的意义上"用沉默来写作"的活动；批评，同样不是一种聆听"沉默之声"的故弄玄虚的能力。虽然布朗肖没有明确地标出起点，但一种根本的打断已经发生，写作悄然地经历着一场"现代性"的转向，而其标志之一，就是沉默从文字底层的浮现。本质的沉默不再被隐藏或掩饰起来了，它直接地暴露在读者眼前，甚至不惜扭曲和打破那些压制潜流喷发的典雅规范。但沉默的爆发，不是弃笔不写；空虚的呈现，也不是白纸一页。相反，"现代性"的突变在一点上所提的要求至为艰难：必须用更多的词语制造更大的沉默，必须用极度的

---

[1] Jacques-Alain Miller, "Languae: Much Ado About What?", in *Lacan and the Subject of Language*, ed. Ellie Ragland-Sullivan and Mark Bracher, London and New York: Routledge, 2014, p. 30.

繁密生产极致的空虚。简言之，必须让读者清楚地听到不可听的声音。所以，还是在《最后作家之死》里，凭借喃喃低语，布朗肖对"现代文学"作了一个惊人的诊断：

> 今日的文学正在经受一种诱惑，即总要进一步接近孤独的喃喃低语。如此的诱惑，和我们的时代，和历史，和艺术发展本身所固有的种种缘由大有关联，而它的效果，则是让我们几乎在所有伟大的现代作品里，听见艺术或文学突然不复存在之时暴露给我们去听的东西。[1]

一个喃喃低语的时代已经来临。文学不再只是由沉默所推动，文学就是要明确地把那沉默写出来。这，首先，当然是布朗肖自己的写作实践。只需听听乔治·巴塔耶对其记述（récit）作品的评价（此处的例子是《在恰当的时刻》）：

> 布朗肖的小说作品所拆解或摊开的句子揭示了沉默。无论如何，我在这样的差异周围认出了一个精确的意象。布朗肖的作品具有一个唯一的对象，那就是沉默，并且，作者的确让我们听到了沉默，几乎就像威尔斯让我们看见了他的隐身一样。[2]

巴塔耶把布朗肖的文学之沉默生动地比作科幻小说家赫·乔·威尔斯（H. G. Wells）的"隐身人"形象，随后

---

[1] Maurice Blanchot, *Le Livre à venir*, op. cit., pp. 300-301.
[2] Georges Bataille, *Œuvres complètes*, tome XII, Paris: Gallimard, 1988, p. 173.

又将之等同于"虚无"："［隐身人］绷带的松解揭示了空虚［……］虚无就好比沉默。"[1] 如果沉默能够对应于虚无，对应于生存的空虚，那么，布朗肖浸透着沉默的写作会是同时代流行的存在主义文学的一个变奏吗？不可否认，布朗肖的记述在生存的层面上呈现了虚无，但不同于存在主义的苦涩（"几乎时髦的沮丧"），巴塔耶认为，布朗肖的虚无代表了一种幸福：

> 这个由绷带的拆解所揭示的幻影，它无疑就是沉默并且只被沉默所揭示：它具有一种幸福感［……］幸福和虚无，任何的预谋都无法获得这样的幸福，对它的预谋立刻在虚无中变成了这样的幸福［……］这种从沉默的扩张的荒漠里浮现的幸福［……］[2]

巴塔耶说的"唯有沉默才知道如何包纳的幸福"难道不是语言的沉默本身在文本的字里行间弹奏的绚丽多变的歌声吗，难道不是成功地说出沉默的那些词语在游戏里唤起的至乐吗？因此，致力于沉默的文学，固然保留甚至持守着一个生存的紧迫维度，但它的意义并不停留于现实的再现，它更像是一场文学本身的实验，一个名副其实的变异事件。换言之，在生存和语言陷入空虚的双重灾异的地带，用言词揭示言词（而不只是生命）的毁灭，这一使命

---

[1] Georges Bataille, *Œuvres complètes*, tome XII, op. cit., p. 174.
[2] Georges Bataille, *Œuvres complètes*, tome XII, op. cit., p. 176.

成了文学的最新追求。于是，喃喃低语开始席卷并吞没人物、地点、时间。叙事消失了，或不如说，只剩下对低语的叙事。如此被彻底掏空了却仍在勉强地跛足前行的语言，塑造了一种在萨特等存在主义作家那里难得一见的独特风格。这，也许，在萨缪尔·贝克特的作品中更为典型。

布朗肖几乎就是用贝克特来专门地例证文学的低语，并借后者之口道出了此类作品抹去叙事之基本要素的谜样特点："此时何处？此时何人？此时何时？"[1] 在《无法称呼的人》（*L'Innommable*）这浓雾一般混沌的言语背后，布朗肖发觉，贝克特提出的至为紧要的问题，不如说就是叙事之声的问题：

> 在萨缪尔·贝克特的小说中，谁在说话？这个不断地重复看似同一个东西的不知疲倦的"我"是谁？他试着说什么？［……］或者，他只是在绕圈，只是在隐晦地循环，只被一种游荡之声音的冲动承载着，他生产一种没有本然之开端或终结的言语，但那也是一种贪婪的、严格的语言，它绝不会停下，它发觉自身无法忍受停下，因为一旦停下，可怕之发现的时刻就到来了：当言谈停止的时候，仍然有言谈；当语言中断的时候，它持续下去；没有沉默，因为沉默永远在那声音内部言说。[2]

---

[1] Samuel Beckett, *L'Innommable*, Paris: Minuit, 2004, p. 7.
[2] Maurice Blanchot, *Le Livre à venir*, op. cit., p. 286.

在布朗肖看来，贝克特的小说正是以语言，或不如说是沉默的语言，为其真正的主角。整个作品不是由作者或任何人物讲述的，而是受语言本身的驱使，并且在表面流动的语言下面，是更加深不可测的沉默。其呈现的单调的、无止无尽的、不知从何发出的令人抓狂的言语，就这样完美地实践着"无人称"的沉默戴上"我"的假面时表演的鬼魅之舞，它不仅代表了一种耐心的折磨，更映射了一种迷人的危险，一种让作家及其作品同时陷入黑暗之毁灭的至高危险：作家在沉默的纠缠中迷失了自己，作品则在低语的过度中趋近于穷竭。的确，阅读贝克特式的文本难免令人心生厌倦，读者不得不同沉闷枯燥的语言作斗争，甚至会怀疑这看似乏味的文字是否宣判了其文学性的清零。但，只有在如此之危险的考验下，现代文学才有可能接近它一直追寻的那个本质的点，"中心的点"。在这个意义上，文学的本源也是它的终结，作品的完成也是它的瓦解。这就是为什么，对于"文学何处去？"的问题，布朗肖给出了一个干脆的答案："文学正走向它自身，走向其本质，也就是，消失。"[1] 而当他十年后再次回顾贝克特的写作时，文学的消失甚至在喃喃低语中提出了更为激进的要求，这一要求不只是离经叛道的先锋实验在形式上流露的"不可阅读"，也不只是喋喋不休的闲言碎语在重复翻倍中发展

---

[1] Maurice Blanchot, *Le Livre à venir*, op. cit., p. 265.

的"千篇一律";随着低语(沉默)成为写作和阅读的唯一对象,文学体验的形式已发生了根本的改写,文学不再是可见的艺术了,文学将在一切视觉形象所能把捉的边界之外找寻失落了的耳之天赋:

> 我们有理由在贝克特那里发现:所有对眼睛来说只是一个符号的东西,都消失了。这里不再要求看的力量:一个人必须弃绝可见与不可见的领域,弃绝再现的东西,哪怕它是以否定的方式再现的。听,只是听。[1]

自此,"听"取代"看"成为唯一适切的文学行动,而沉默笼罩下的现代文学的最终归宿也得以彻底地揭示。文学将追寻一个超越可见与不可见的情境,它欲发动感知方式的转化。但正如雅克·德里达后来对"盲者"话题的展开,感知的转化不是单纯地弃绝某一器官的习惯,而是从根本上要求在自身内部(在心的位置)打开一个能够容纳他者的维度。换言之,从视觉到听觉的转化之关键,在布朗肖这里,是重新找到一个文学的外部地带,一个未知的陌异场域;而沉默是它的第一道门槛。可以说,正是凭借"沉默",布朗肖重新定义了我们对于文学的认知与阅读的方式,也就是,重新塑造了现代读者丈量文学之深度与广度的测尺。布朗肖的"沉默"不仅掘出了文学的沉默秘密,而且蕴含着文学所经历的沉默变革。这样的变革,

---
[1] Maurice Blanchot, *L'Entretien infini*, op. cit., p. 482.

在此可以借用米歇尔·福柯的表述，将其称为一种空间化的转向。

当文学以沉默为其对象时，文学不可避免地关注起语言本身，并致力于用语言言说语言。此时，文学就从线性的时间转向了弯曲的空间，并具备了叠合的形态，其结构是内嵌的，其功能是繁衍的，其规则是重复的，其数目是无限的。喃喃低语的首要效果是生产相似的空间。米歇尔·福柯在同一时期（1960年代初）研究语言的若干文本已一再地印证了这点。在《通向无限的语言》（Le langage à l'infini）里，福柯曾以萨德狂暴的情色书写为例，试着在现代文学与古典文学之间划出一条分界线。在福柯看来，萨德小说的语言乃是"喃喃低语"的典型表现，而正是这一低语的出现，宣告了现代意义上文学的诞生："书写，在我们的时代，已无限地接近其根源。也就是，接近那令人不安的噪声［……］人必须不停地说话［……］将这含糊且致聋的噪声的无用性调转成被我们称为文学的那无止无尽的喃喃低语［……］萨德作品和恐怖故事在十八世纪末的同时出现几乎标志了这一日期。"[1] 这个结论一方面呼应了《词与物》（Les Mots et les Choses）中古典知识型的修辞格被欲望吞噬的情形（参见其书第四章第七节"语言四边形"与

---

[1] Michel Foucault, *Dit et écrits 1954-1988*, tome I, éd. Daniel Defert et François Ewald, avec Jacques Lagrange, Paris: Gallimard, 1994, p. 255.

第六章第八节"欲望与再现"中有关萨德的论述[1]），并将喃喃低语（或沉默之声）的现象大胆地引入了一种潜在的文学史的更广阔视野（可以说，正是在福柯那里，布朗肖的沉默概念才被清晰地赋予了一种历史学的意义）；另一方面，它把喃喃低语所体现的语言之不断重复乃至形成无限的特点，和博尔赫斯的"镜子"或"图书馆"意象联系起来，从而使文学语言的运行获得了一种空间性。如此的空间性既意味着镜子的虚拟化的复制（"它质疑语言以在镜子的虚拟空间中将之重新生产，从中打开一面面新的镜子，以至于无穷"[2]），也意味着图书馆的片段化的排列（"如今，语言的空间不是由修辞学，而是由图书馆来定义：通过碎片语言的无限排列，用简单、连续、单调的语言之线来取代修辞的双重之链"[3]）。所以，到了《空间的语言》（Le langage d l'espace）一文，福柯便进一步指出了书写的语言模式从时间到空间的转变："把书写从叙事，从其线性的秩序，从时间一致性的巨大的句法游戏中解放出来，人们相信书写的行动摆脱了它对时间的古老义务［……］正是在空间中，语言从一开始就展开了，在自身上面滑动，规定了它的选择，描绘了它的形象和转变。"[4] 由此，书写的活动不再遵循单向流逝的时间所暗含的连贯性或统一性

---

[1] Michel Foucault, *Les Mots et les Choses*, Paris: Gallimard, 1966, pp. 133-134, pp. 222-223.
[2] Michel Foucault, *Dit et écrits 1954-1988*, tome I, op. cit., p. 407.
[3] Michel Foucault, *Dit et écrits 1954-1988*, tome I, op. cit., p. 260.
[4] Michel Foucault, *Dit et écrits 1954-1988*, tome I, op. cit., pp. 260-261.

的要求，而是走向了那些为制造任意的滑移和急剧的变向提供无尽可能性的碎片和断裂。

然而，文学之本质的空间化也促使文学发起了一个朝向死亡的运动。的确，在布朗肖那里，沉默作为文学言说的对象意味着文学接近了语言的零点，因此也接近了自身之无效的点。在喃喃低语主宰的无穷空间里，不仅，正如罗兰·巴特著名的论题声称的，"作者死了"，而且，作品，这个与作者生命紧密联系的存在，也未能幸免。文学的空间成了名副其实的死亡空间，其中，沉默以一个神谕的口吻宣告着毁灭："毁灭，"正如布朗肖对杜拉斯作品里传出的天启之声的描述，"其如何地鸣响：轻柔，温和，又绝对。"[1] 因这不可避免的毁灭，作品（œuvre）总已经是无作（désœuvrement），而文学总已经开始了其自身的瓦解。但现代文学的奥秘恰恰是把这样的瓦解本身作为其自身之建构的进程。对此，福柯提供了一种更为形象且精巧的解释。对福柯而言，作为文学空间之隐喻的"镜子"总与死亡紧密相关。当文学语言的生产被结构为镜子之间无尽重复的游戏时，福柯认为，文学已将死亡作为它的前提，确切地说，语言之无限重复的目的乃是逃避甚至超越死亡的空虚："语言，朝向死亡，自身映照：其所遭遇的如同一面镜子；而为了停止这将遏制它的死亡，它只有一种权力，那就是

1　Maurice Blanchot, *L'Amitié*, op. cit., p. 133.

在一场镜子的无限制的游戏里生产其自身的镜像。"[1] 从而，每一个镜像都是对死亡之镜背后的空虚的遮掩，每一次言说或书写都是对语言不可穿透的沉默界限的僭越。但按照布朗肖的观念，我们似乎更有理由把每一次镜像的生成视为镜前原像的消失，将语言的每一次僭越视为沉默本身的又一次扩张，或死亡的又一次推延，而文学的现代事业就建立在这样的扩张或推延之上。

那么，不妨想象如此的情景：作为文学之前景的沉默，就如同一面荒芜的镜子，而现代文学的脚步，则是在黑夜里朝着镜子走去。不知不觉地到了某一刻，镜前的主体将和镜后的影像发生重合，于是，文学的主体，这个传统上不知被赋予了多少荣耀的名字，不论是作为创造者，"文豪"，还是作为创造物，"杰作"，开始在同自身的面对面中神奇地消失。主体和影像越是接近，就越是相互吞噬，直到它整个地融入了镜子。文学的肉身不复存在了，但它的脚步还在继续，它跨过了镜面这道虚实的门槛，进入另一个黑夜。那是什么地方？是一个平行的或相反的世界，是彼岸或里夏·米耶（Richard Millet）所谓的"地狱"[2]吗：由此，文学沉默了，文学死了，文学成了"非文学"或"后文学"？不，文学，诚然失去了昔日的权势，但它仍然固守着一个无位的位置，并从中汲取其本质地肯定的力量。

---

[1] Michel Foucault, *Dit et écrits 1954-1988*, tome I, op. cit., p. 251.
[2] Richard Millet, *L'Enfer du roman. Réflexions sur la postlittérature*, Paris: Gallimard, 2010.

因为文学从来都还不够文学，文学只是文学的这一永恒的亏缺："文学或许本质上就是要让人失望，仿佛相比于自身，它总是不足。"[1] 当文学之光幻灭之际，镜中所剩的就是如此的"不足"，其最为纯粹的形态。文学从未消散，因为正是消散构成了文学。文学也从未终结，因为它一直在终结，无法停止。文学一去不返地走向了黑夜，而空荡荡的黑夜竟如此地充实。通过重合，通过消失，通过步入异域，文学，决然地打开了它与它自身的间距，"无差异之差异"（différence-indifférente），它还是那个文学么？为此，它换了一个新的名字：书写——"这书写疯狂的游戏"[2]。

---

[1] Maurice Blanchot, *L'Entretien infini*, op. cit., p. 594.
[2] Stéphane Mallarmé, *Œuvres complètes*, op. cit., p. 481.

中心点

文学的空间化转向：什么样的空间？不同于福柯营造的复杂的镜子迷宫，对布朗肖来说，这个空间并不征求视觉，甚至抵制视觉及其相关的一切形构的技巧，它仅凭借一种本源的魔力存在，如同一片无路可出的荒漠，或一场醒不过来的梦魇，《文学空间》将其置于夜幕的舞台：伊纪杜尔的自毁行动发生在午夜，而俄耳甫斯的目光投向恋人消失后留下的黑夜……它还被更简化地命名为一个圆圈，一个困住卡夫卡的魔环，甚至只是一个极简的点：中心点。

中心点代表着作品的绝对要求："写作，就是找到这个点。谁不让语言用于维持这个点或激起同这个点的联系，谁就没法写作。"[1]对马拉美诗学的研究已然证实这个点的双重功能，它同时是言语的熄灭和开启、作品的瓦解和建成；它就像古典透视的神秘灭点，漩涡般吸收画外视觉的一切射线，又似源头释放出画中世界的全部可能。在贾科梅蒂战后的雕塑里，布朗肖就看到了这样的点，称其为"空间的主宰"："这个由之出发让我们视雕塑为不可缩小者的点，将我们自身置于无限，它是无处与此地相一致的点。"[2] 一个不仅化约雕塑，还吞没整个空间的点。找到这个点不亚

---

1 Maurice Blanchot, *L'Espace littéraire*, op. cit., p. 41.

2 Maurice Blanchot, *L'Espace littéraire*, op. cit., p. 52.

于找到了神窥视世界的眼睛,一个打开无限宝藏的孔眼。

但遭遇中心点绝非一件幸事,因为它意味着本源的沉默,意味着言语必将遭受的极致考验(布朗肖称之为"不可能性的考验")。不历经迷惘、怀疑、苦恼、痛楚,谁又会行至欲言而无词的极限,甘愿隔离世界,自囿于非现实的熔炉?"不幸地,此刻雕琢着诗句,我遇见了两道令我绝望的深渊。"(马拉美)[1] 这正是中心点的体验,坠入深渊的体验,它遭遇了虚无。布朗肖指出,马拉美面临着两种虚无:其一是上帝的缺席,其二是他自己的死亡。现代文学所展露的沉默或可在此寻溯根源。沉默既是神圣言词的丧失,也是言说死亡的无力。文学的沉默不仅处在诸神已逝的历史阴影之下,还背负着个体宿命的永恒诅咒。写作既是写作者同不属于他的语言展开搏斗,也是写作者同其自身的生命进行交战;甚至就像卡夫卡关注"满意的死亡",写作最终是为了求死。于是,在中心点的沉默里,对死亡的追问随之浮现。(在《文学空间》里,"死亡空间"的探究紧随着"中心点"的勘测。仿佛继沉默之后,死亡对文学提出了更深的索求。)

沉默,死亡,就这样在时间的深渊里静候。这写作的契机,一个让生命从世间逃逸的豁口,凝结在某一处,某一点,有待告别的撕痛或苦恼的狂热将其表壳掀开。

---

[1] Maurice Blanchot, *L'Espace littéraire*, op. cit., p. 30.

中心点：他如是命名他文字宇宙的爆炸的起源和塌缩的黑洞，他的激情、他的决心、他的秘密全在那里。只是一个点，一条隐秘的裂痕。但中心点永远在那里，或许是在《我死亡的瞬间》叙述的枪声响起的前一刻，或许是在《死亡判决》将整个文本分成两半的不可逾越的空白间隔中。它被理论地锚定于1955年那部探寻空间的作品：《文学空间》。

1955年：从1940年代初到1960年代末，他不曾间断的批评写作的中途，他跨越几乎一整个世纪的漫长生命（1907—2003年）的半道。

中心点：一个真正中心的点。

下篇
死亡的记述

下篇　死亡的记述

火焰与死亡

为了不彻底盲然地进入黑夜，一个人总需要一点光，或一团火。也许，首先是从乔治·巴塔耶手里接来的一团火。在一份研究布朗肖的残稿中（收于编号14Q的纸箱），巴塔耶声称，如果布朗肖说话，那恰恰是"死亡在他身上说话"：

> 其实，文学对他就好比灯里的火焰：火焰消损的是生命，但火焰是活的，因为它也是死的，因为它恰恰在死着，如同它在燃烧中耗尽了生命。只有我们最终的死亡了结了这持续不断的死亡，通过后者，我们从试验性的存在中脱离，并返回了一切的无定形之虚构。[1]

火焰的这个比喻或许可以部分地解释1949年的那部作品的神秘标题：《火部》（*La Part du feu*）。其英文版和日文版的译名更加具体："The Work of Fire"（火的作品）[2]，"焰の文学"（焰的文学）[3]。其实，早在《内在体验》中，巴塔耶就已使用了这个表述："那些竭尽所能地毁灭我们

---
1 Georges Bataille, « Maurice Blanchot », dans *Gramma*, 1976, n° 3/4, p. 219.
2 Maurice Blanchot, *The Work of Fire*, trans. Charlotte Mandell, Stanford: Stanford University Press, 1995.
3 モーリス・ブランショ，『焰の文学』，重信常喜、橋口守人訳，東京：紀伊国屋書店，1997。

沉默与死亡：布朗肖思想速写

的力量在我们身上发现了如此快乐——有时如此暴力——的共谋，以至于我们不能按利益的指引，简单地转身离开它们。我们被迫划定'火的部分'。"[1] 在法语中，巴塔耶所说的"划定火的部分"意指为了保存更加重要的东西而舍弃某一部分，其原文是对献祭（或不如说，燔祭）机制的描述，火的部分就是祭献出去的生命，是迎接死亡的祭品。所以，《火部》的标题不就暗示着这些纸页已在火中了吗？但为何在火中？是因为必须焚毁它们吗，就像波伏娃对同年发表的另一部作品《洛特雷阿蒙与萨德》的主角之一发出的质问？[2] 并非它们受了禁忌的惩罚，中了僭越的诅咒，悲惨地落入审查的火堆；按照巴塔耶的理解，它们本身就已是火焰，自行地燃烧，既在生长，同时也在损耗。这恰恰是火焰的特点，如果它可被视为一种生命，那生命便是一种自身损耗的生命，而布朗肖眼中的文学或书写，同样是一个自身抹除的行为。正如火焰的燃烧倚仗于其自身的消耗（巴塔耶的术语"耗费"的动词原意就是"烧毁"），文学创作的丰盈也有赖于其内部的空虚，也就是沉默，并终将连作者一起归于沉寂："一切应抹去自身，一切会抹去自身。"[3] 在此意义上，《火部》以最醒目的方式宣告其文字的本然命运，那就是：作为一场献祭的文学行动，必

---

[1] Georges Bataille, *Œuvres complètes*, tome V, op. cit., pp. 113-114.
[2] Simone de Beauvoir, *Faut-il brûler Sade?*, Paris: Gallimard, 1955.
[3] Maurice Blanchot, *Le Pas au-delà*, op. cit., p. 76.

将走向作品的根本孤独。这是前文的"喃喃低语"给出的深刻教诲。

然而,巴塔耶的火光不只对准了文学。"火焰是活的,因为它也是死的,因为它恰恰在死着":当巴塔耶作出这一论断时,被他置于火中的作品,既属于文学,也关乎生命。为了证明"死亡在他身上说话",火焰的逻辑必须同样适用于那个——甚至所有——说话者的生命。如同火焰的燃烧是对其自身的一种损耗,火光的旺盛总已预示了其结局所是的熄灭,生命的进程,按照海德格尔的说法,作为一个朝向死亡的有限进程,作为"向着死亡的存在"(Sein zum Tode),必定是一种"生成死亡"(devenir-mort),它无时无刻不在迈向那个无可避免的终点,它自始至终都走在死亡的漫漫阴影之下;因此,生命每向前一寸,不过是离死亡更近一尺,躯体的生长同时也意味着它的衰败;生命之火是以它自身的剩余时间为燃料。所以,对巴塔耶而言,"活着"也就是"死着",只不过这个"死"(mourir)的动作可以持续整整一生,也就是他说的"持续不断的死亡",唯有"最终的死亡"可以把它结束。但这里,"死亡在他身上说话"仍是一个奇怪的表达。巴塔耶并未明说是哪一种"死亡",有可能是"持续不断的死亡",但如果"活着"和"死着"是近乎同义的状态,为什么要用"死亡"而不是"生命"呢?如果是"最终的死亡",那么,这样的死亡，当它说话之时，难道没有打断一切生命活动吗，就连临终遗言或"最后之词"也不再可能了？巴塔耶的表述似乎产生了一种真正陌异的效果："死亡"本身直接成为说话的主体，就像是"死亡"主动地活在了他的生命里，作为一种肯定的力量，支配并推动着生命。但"死亡"或"死"到底是什么？"死亡"和"死"的关系怎样？"死"如何转化成"生"？生死之间的这团火焰不但没有照亮什么，反而生成了最深的晦暗，最大的谜团。

在纪念保罗·策兰的文章《最后的言者》开头，布朗肖曾借柏拉图之口说："无人拥有死亡的知识。"[1] 确实，自古以来，死亡便是最困难的知识，要谈论死亡从不容易，尤其是要谈论布朗肖的"死亡"，他这个人的死亡和他关于死亡的思想，但两者又如此一致：在纪念布朗肖的一篇悼文里，让－吕克·南希写道："至少应该承认，布朗肖的死亡，已不只是和他所说的死亡相符相合了：一个人的死亡和这个人关于死亡的思考彼此嫁接了，它们是对彼此慷慨的。"[2] 这应当是"死亡在他身上说话"的第一个意思：在他身上，死亡真正地成了一种思想，他的死亡迫使着他思考死亡本身。或如拉库－拉巴特所言："死亡就如同思想的绝对命令，文学的绝对命令。"[3] 在《诡步》的开篇，

---

[1] Maurice Blanchot, *Une voix venue d'ailleurs*, Paris: Gallimard, 2002, p. 71.
[2] Jean-Luc Nancy, « La mort de Maurice Blanchot », dans *Lignes*, 2003/2, n° 11, p. 276.
[3] Philippe Lacoute-Labarthe, *Agonie terminée, agonie interminable. Sur Maurice Blanchot*, Paris: Galilée, 2011, p. 125.

布朗肖已让死亡和思想紧密地结为一体："死亡，思想，彼此邻近到这般的程度：思着，我们死着，如果死着，我们脱离了思：一切思想皆有一死；一切的思想，最后的思想。"[1]。"思想（pensée），死［亡］（mourir）"[2]，或者，"思（penser）：死（mourir）"[3]：这两个词语，在布朗肖那里，保持着一种不是关系的、看似等同的关系（布朗肖刻意去除了它们之间可能存在的系词或连词），要求专注于其思（想）的人必定同时专注于死（亡），专注于死（亡）所化身的火焰之谜。

（死亡，火焰：他不是终结于火焰吗？正如出席其葬礼并唯一致辞的人，雅克·德里达，在"野兽与主权者"的研讨班上，悲痛地吐露的："火葬刚刚举行［……］在某些条件下，在一片风景中，在一个乡间的火葬场，在你们能够想象的二十一世纪最诡异的地方［……］"[4]）

死亡的遗忘

"死亡在他身上说话"：这句陌异的（étrange）甚至诡异的（unheimlich）话暗示着死亡不再是纯然的虚无，而是有生命力的存在。如此的形象很容易让人想起黑格尔

---

[1] Maurice Blanchot, *Le Pas au-delà*, op. cit., p. 7.
[2] Maurice Blanchot, *Le Pas au-delà*, op. cit., p. 149.
[3] Maurice Blanchot, *L'Écriture du désastre*, op. cit., p. 67.
[4] Jacques Derrida, *Parages*, Paris: Galilée, 2003, p. 283.

的著名断言。《精神现象学》的序言写道：

> 死亡，如果我们愿意这样称呼那种非现实的话，它是最可怕的东西，而要保持住死亡了的东西，则需要极大的力量。柔弱无力的美之所以憎恨知性，就因为知性硬要它做它所不能做的事情。但精神的生活不是害怕死亡而幸免于蹂躏的生活，而是敢于承当死亡并在死亡中得以自存的生活。精神只当它在绝对支离破碎中能保全自身时才赢得它的真实性［……］精神所以是这种力量，乃是因为它敢于面对面地正视否定的东西并停留在那里。精神在否定的东西里停留，这就是一种魔力，这种魔力把否定的东西转化为存在。而这种魔力也就是上面称之为主体的那种东西。[1]

根据科耶夫的解读（参见《黑格尔哲学中的死亡观念》［L'idée de la mort dans la philosophie de Hegel］一文），黑格尔把人定义为一种否定性的存在：为了把自己变成一个有别于甚至对立于自然世界的"定在"（Dasein），人展开了一系列不同于动物的活动，而这样的活动，乃是否定的工作（语言是其中的典型）。由于这知性的否定能力，人才成为人。然而，科耶夫敏锐地指出，人的死亡，其有限性本身，才是否定性的绝对力量的根本来源。因为否定性作为存在中发生的一种针对存在的虚无化行动，在否定

---
1 黑格尔，《精神现象学》（上卷），同前，第21页。

存在的同时也必然否定自身，换言之，否定性的行动注定是一个有限的行动，而这样的有限在人身上就显现为"死亡"。所以，意识到人的终有一死，就是意识到人的有限，意识到这种有限中蕴藏的无限的否定性，意识到人的真正本质和根本能力。而精神或主体对死亡的直面和承担，就是开动否定的力量，开启一系列改造世界的劳作，发起创造历史、争取承认的斗争，把死亡所显现的虚无重新变成一种存在。科耶夫总结说，人的存在本身就是否定的行动："它是过着一种人之生活的死亡。"[1] 如果"死亡"化身为否定，并以此介入人的生活，它不就可以在人身上说话了吗？

布朗肖无疑清楚地认识到了黑格尔哲学中死亡的重要地位。正如科耶夫肯定"人的死亡呈现为人之自由、个体性和历史性的一种'显现'"[2]，布朗肖在《文学空间》里承认："黑格尔已经看到，劳动、语言、自由和死亡不过是同一个运动的各个方面，并且只有死亡周围坚定的逗留才允许人成为一种积极的虚无，能够否定并改造自然现实，进行斗争、劳作、认知，成为历史。这是一种魔力，是否定性的绝对力量，它成为真理在世界当中的劳作，把否定带给现实，把形式带给非形，把终结带给不定［……］这是文明之要求的原则，是实现之意志的本质，它寻求完结，

---
[1] Alexandre Kojève, *Introduction à la lecture de Hegel*, op. cit., p. 550.
[2] Alexandre Kojève, *Introduction à la lecture de Hegel*, op. cit., p. 522.

要求完满,并找到普遍的控制。"[1]在布朗肖看来,黑格尔式的"死亡"为人类历史的总体性奠定了基础,否定性不仅是辩证运动的原动力,而且从有限性上确定了一种作为目标的完结或完满,也就是作为整体的文明,人类的意义和世界的真理。所以,当文学和艺术被理所当然地归于才智的创造,文明的果实时,死亡已成了它们背后的根本原则。的确,早在《文学与死亡的权利》里,布朗肖就把文学和死亡联系了起来,而他的出发点,恰恰是死亡在语言中体现的否定性。通过对马拉美诗学的解读,布朗肖揭示了日常语言的运行结构其实是一座空坟,语言的否定性首先抹杀了物作为实存者(existant)的在场,在词语里,具体的物缺席了,或不如说,词语就是物的尸体,实存的坟墓;但语言的"魔力",那种在否定的东西里停留的能力就在于,它会把物的缺席变成概念的意义,把沉默的空虚化作确定的存在(être)。就像是在一声"拉撒路,出来!"的命令下,黑暗中的尸体走出了墓穴,进入白日的世界。在这里,布朗肖明确地借用了黑格尔的表述,他写道:"言语中死亡了的东西把生命赋予了言语;言语就是那一死亡的生命,是'承当死亡并在死亡中得以自存的生活'。"[2]换言之,语言是一场从死亡到新生的旅程,虽然它被化身为死亡的否定性所推动,但它的尽头是对世界的肯定,对意义的发明,

---

[1] Maurice Blanchot, *L'Espace littéraire*, op. cit., p. 322.
[2] Maurice Blanchot, *La Part du feu*, op. cit., p. 316.

对真理的理解和对智识的掌控。在这个意义上，科耶夫的"死亡过着一种人的生活"，或巴塔耶的"死亡在他身上说话"，其实是说死亡重新变成了生命，沉默再次成为活生生的话语，而精神的"魔力"意味着它能够把虚无转化为存在，把纯粹的否定转化为绝对的肯定。

那么，在这个辩证的运动中，虽然科耶夫一再强调人的死亡"本质上不同于一个纯粹自然之存在的简单'终结'"[1]，但对于"死亡是什么？"的问题，黑格尔事实上并没有给出他对死亡这一现象本身的界定；相反，死亡恰恰只有作为"虚无"和"终结"才能让人的辩证性得到体现。也就是说，当黑格尔把死亡描述为人之否定性的具体化时，他定义的不是死亡，而是精神克服死亡、动用死亡并把死亡的否定变为肯定的能力，简言之，是主体。不是"死亡在我身上说话"，而是"我让死亡在我身上说话"，"我"拥有一种对于死亡的权力，而这种权力就是"我"作为主体的开端和本质。所以，当科耶夫宣称"死亡扬弃了人"[2]时，难道不是人扬弃了死亡吗？当语言把物的缺席变成人所理解并掌握的意义时，真正的死亡，沉默的缺席，不是遭到了遗忘吗？这正是布朗肖注意到的问题：黑格尔的辩证运动本质上是把死亡当作一种权力，从而扬弃了死亡。这也是为什么，在为法国诗人伊夫·博纳富瓦（Yves

---

[1] Alexandre Kojève, *Introduction à la lecture de Hegel*, op. cit., p. 523.
[2] Alexandre Kojève, *Introduction à la lecture de Hegel*, op. cit., pp. 522-523.

Bonnefoy）的文集《未必可能》（*L'Improbable*）所作的评论里，布朗肖以一种惊人的口吻写道："我们已失去了死亡。"[1] 再一次，布朗肖分析了人用语言搭建永恒的理念空间所付出的代价。他说，现实的存在之物，"是"者（ce qui « est »），总处在消解和败落的普遍趋势之下，而话语则通过稳固的概念和一致的形式摆脱了易朽的尘世，进入了神圣的王国；在这个过程中，"是"者已确定无疑地消失，被留在了单纯的死亡所象征的没有意义、缺乏真理的虚无空间里，而这是精神无法忍受的，精神势必要把死亡变成一种力量，让死去的拉撒路复活。于是，布朗肖虚构了一场对话：

> 另一个人，以一种必然更为低沉也更为隐晦的声音，回答道：但你向我呈现的这个得到拯救并且死而复活的拉撒路，和那里躺着的让你后退的东西，和坟墓的无名的溃烂，和那个已经发臭、已经死去的拉撒路，有什么关系呢，那个拉撒路没有因一种无疑值得赞叹的力量而复活，而恰恰就是一种从死亡本身的这个决定中到来的力量？但哪个死亡？［……］那个死亡，在它为自身建构的恰当的拒绝中，将自身肯定为一种存在的权力，肯定为一种让一切得以确定，让一切得以展露为可能性的东西［……］但一个人怎能不察觉到，在这名副其实的死亡中，无真理的死亡已经完完全全

---

[1] Maurice Blanchot, *L'Entretien infini*, op. cit., p. 47.

地溜走了［……］[1]

在这里，复活的拉撒路和墓中的拉撒路分别代表了两种死亡：一种是黑格尔意义上作为否定之辩证运动的死亡，它走向了真理的显现，它是对意义之明晰的肯定，因此，它是一种思想的权力；另一种则是依旧隐藏的死亡，是从追求真理的进程中逃脱或遗漏了的死亡，它反映了"是"者的永久缺失，"直接之在场"的转瞬即逝，它是一种绝不被光照亮的"晦暗"。布朗肖认为，在根本上，黑格尔对死亡的权力化并不是"面对面地正视"死亡，而是，相反地，回避了死亡之为死亡的本质一面，用真理的白日之光掩盖了死亡的晦暗，这就是他在评论的标题中命名的"伟大的拒绝"：对死亡的根本之谜的拒绝。如果，按照科耶夫的解释，黑格尔批评"柔弱无力的美"所代表的审美的浪漫派不能像知性要求的那样直面死亡的概念，[2]那么，对布朗肖来说，恰好相反，能够真正返回死亡并"发现晦暗"的，不是知性，而就是"美"，因为只有诗歌能够言说"是"者之缺席的沉默，因为探索概念语言背后由物的"直接在场"构成的那个黑夜正是文学的使命。

在《文学与死亡的权利》里，布朗肖区分了文学的两个"斜面"：一个是使用日常语言的"有意义的散文"，

---

[1] Maurice Blanchot, *L'Entretien infini*, op. cit., p. 50.
[2] Alexandre Kojève, *Introduction à la lecture de Hegel*, op. cit., p. 548.

另一个则是追求本质语言的诗。这两个斜面都是从语言的否定性出发，但否定性本身，布朗肖说，具有一种"不可还原的双重意义"，也就是上述的两种死亡的差异，这才导致了文学的分化。死亡，一方面，作为"否定或非现实"，意味着"真理的降临于世，智性存在的建构，意义的形成"；另一方面，则是"虚无"，是"对实存的拒斥"和"行动的无力"。它会走向一种"文明化"，这是"对存在的理解"；但它终归是一种"荒谬的非理性"，这便是"生存的诅咒"。[1]不管死亡在这样的"模糊性"之间如何摇摆，死亡至少"在他身上说话"，至少构成了文学不可否认的根源。但黑格尔的哲学（用科耶夫和巴塔耶的话说，一种"死亡哲学"）只是揭示了其中的一面，这对试图解释一切写作形式（尤其是诗歌，那种言说马拉美的"沉默"、再现博纳富瓦的"未必可能者"的诗歌）的文学探究而言是远远不够的。文学等待着人们揭示它的另一面，死亡的另一面。而且，如果黑格尔对死亡之否定性的理解停留于主体之权力和意义之建构的层面，从而错失了死亡在无力和非意义上透露的本质的晦暗性，那么，布朗肖对遗忘了的死亡的找回，对晦暗的重新发现，就不得不停止主体对于死亡的征服，放弃那种把死亡当作一个手段来认识死亡的做法，它要求直接地进入死亡的暴力深处，开始具体地描述一个个更加

---

[1] Maurice Blanchot, *La Part du feu*, op. cit., p. 331.

原始的死亡场景。所以，《文学空间》有一章名为"作品与死亡的空间"（L'œuvre et l'espace de la mort），在那里，布朗肖不再单纯地分析文学与死亡的关系，而是回到了死亡的现象本身，不再面对作为概念式"否定"的抽象的死亡，而是专注于人的死亡，专注于人作为有限之存在必将遭遇的结局。

死亡的蜕变

死亡，作为生存的终结，对人意味着什么？海德格尔的《存在与时间》给出过一个精练的定义："死作为此在的终结乃是此在最本己的、无所关联的、确知的、而作为其自身则不确定的、不可逾越的可能性。"[1] 死亡是人的可能性，甚至是人的必然性，但这样的必然又夹杂着偶然，在人之终有一死的确信中还有不确定，那就是死亡作为一个未来事件之到来的不确定：它在何时何地以什么样的方式到来，它真的会来吗？每一个活在世上的人都没法真正地触摸到他自己的死亡，死亡似乎是一个遥不可及的自我知识。布朗肖认为，对死亡的确信同时也是对死亡的怀疑，对死亡的朝向同时也是对死亡的躲避，因为只有"死亡本身在死亡面前是永久的逃逸，只有死亡是掩藏的深度"[2]

---

[1] 海德格尔，《存在与时间》，陈嘉映、王庆节合译，熊伟校，陈嘉映修订，北京：生活·读书·新知三联书店，2006年，第297页。
[2] Maurice Blanchot, *L'Espace littéraire*, op. cit., p. 117.

时，死亡才是可能的；换言之，死亡之为死亡，正是以自身的不可显现、不可认知、不可把握为根本特征。所以，在西方的哲学传统中，死亡不只是一种隐秘的知识，更是一种深刻的实践，它要求每个人努力去把握并实现其固有的、尚不确定的可能性，不是被动地迎接必死的命运，而是主动地找寻躲藏着的结局，这就是死亡作为可能性的首要意思："人能够死亡。"人拥有死亡的能力。如果在黑格尔那里，"死亡的能力"（Fähigkeit des Todes）指向了一种否定性的辩证运动，那么，对海德格尔来说，这样的能力则是人和动物的区分，人的死亡不是生物层面的亡故（Ableben），因为人能够在一种自由的状态下面朝死亡并允应死亡。如此的允应，就死亡是最本己的东西而言，应当成为人的天职。"在人的视域内，"布朗肖说，"死亡不是给定了的事情，而是要去做的事情：一项需要我们主动抓住的使命。"[1] 在人走向其死亡、成就其死亡并因这样的成就而"是"其所是的意义上，死亡的能力是一种存在的决定。因此，当布朗肖宣称，黑格尔、尼采和海德格尔三人的思想都表明了这一决定并照亮了现代人的命运时[2]，他也暗示着，现代人就生活在一个从意志层面上（不论是有意识地还是无意识地）自主地制造死亡、追寻死亡、探究死亡的时代（世界战争的大规模死亡是其最极端的时

---

[1] Maurice Blanchot, *L'Espace littéraire*, op. cit., p. 118.
[2] Maurice Blanchot, *L'Espace littéraire*, op. cit., p. 119.

刻）。而在这样一个时代，也许没有谁比奥地利诗人里尔克（R. M. Rilke）更关心也更擅于细致地描绘人世的死亡现象了。正是在里尔克身上，布朗肖清楚地洞察了"双重死亡"（la mort double）的秘密。在"作品与死亡的空间"这一章的第三部分"里尔克与死亡的要求"的长篇论述中（这里略过了对马拉美有关自杀的艰涩文本《伊纪杜尔》的解读），"蜕变"（transmutation）是一个关键词，它不仅标志着里尔克本人死亡观念的演化，而且通过一个详尽的文学进程，展示了布朗肖的死亡概念如何从"可能性"转向了"不可能性"。

里尔克笔下的死亡始于诗人对其时代的一种忧虑。当里尔克于二十世纪初来到巴黎时，他学着观察生活，并发现人的死在这个现代性的世界里变得堕落，他不由得哀叹和悲悼一种属于每个人自己的本真的死亡竟然成了一个失落的客体。在诗篇《贫穷与死亡之书》（Das Buch von der Armut und vom Tode）里，里尔克把死亡比作每个人体内有待成熟的果实："他们自己的死，青涩而毫无甜蜜，／如一枚尚未成熟的果实，悬在他们的身里。"[1] 对里尔克来说，人的躯体像叶皮一样包裹着潜在的死亡，只是为了等候它成熟，也就是，实现死的"甜蜜"的可能性。如果一个人自杀，他就过早地摘下了果实，布朗肖说，这是"一

---

[1] 里尔克，《里尔克诗全集·第一卷》（第一册），陈宁译，北京：商务印书馆，2016年，第420页。

沉默与死亡：布朗肖思想速写

种在我们身上尚未成熟的死亡"；而另一种情形，例如夭折，则是"我们在其中尚未成熟的死亡"[1]："一种死／最终接纳我们，只缘于我们无一成熟；／一场风暴过去，将我们全部吹落。"[2] 因此，死亡成熟的时刻就是一个人自然终老的时刻，是死得其所的时刻，布朗肖称之为"恰当的"（juste）死亡，尤其是如果考虑这个词的司法范畴"公正的"，那么，它就意味着这样的"死"是一个合乎法则的行为，而在里尔克那里，法则首先是个体性和自身性的法则。

正如海德格尔强调死亡是一个绝对属于个人的事情（"每一此在向来都必须自己接受自己的死"[3]），里尔克追求的死亡也是一种"忠于自身的死亡"，布朗肖指出了其个体主义的渊源："自身死于个体的死亡，直至独一无二的不可分的个体。"[4] 这就是里尔克高呼的"主啊，赐给每人他自己的死吧"[5]。所以，本真的死亡是个体独一性的标记。而与之相对的非本真的死亡则是海德格尔所谓"常人"的死亡，一种大众化的无名的死亡：个体的死亡淹没在群体的喧嚣声中，失去了其应有的尊严和荣耀。在同一时期创作的散文体小说《布里格手记》（*Die Aufzeichnungen des Malte Laurids Brigge*）里，里尔克开场不久便描绘了"无名

---

[1] Maurice Blanchot, *L'Espace littéraire*, op. cit., p. 153.
[2] 里尔克，《里尔克诗全集·第一卷》（第一册），同前，第422页。
[3] 海德格尔，《存在与时间》，同前，第276页。
[4] Maurice Blanchot, *L'Espace littéraire*, op. cit., p. 154.
[5] 里尔克，《里尔克诗全集·第一卷》（第一册），同前，第420页。

死亡"的场景:"这家优秀的医院很老了[……]现在可以在 559 张床上死去。自然像是在工厂里一样。在这大批量的生产中个人不会善终,然而这无关紧要。人人如此。今天谁还会精心准备一场死亡呢?"[1]令主人公震惊的不只是临死的照料和死后的葬礼在现代社会里成了商品一样随意、普遍、均质的东西,当他紧接着回想其祖父持续数月、响亮无比的死亡时,他还试图表明死亡本身就具有一种不可化约的人性之重量("他死于他沉重的死亡"[2]),并且这样的重量把死亡规定为一项值得每一个体耐心耕耘的内在事业。死亡变得轻盈之时,正是人性遭到泯灭之际。这也是为什么,从工厂一般生产死亡的病床景观中,吉奥乔·阿甘本(Giorgio Agamben)看到了奥斯维辛集中营的可怕前景。[3]

自此,里尔克的死亡作为果实的比喻产生了一个充满诗性色彩的结论:死亡是人的终生事业,人在体内孕育着自身的死亡,直至死亡。"死亡是生存的组成部分,它以我的生命为生,位于生命的最内层。"[4]于是就有这个奇特的说法:一个人"死于其死亡"(meurt de sa mort)。而让里尔克苦恼的正是后一个死亡之所属在这个时代的丧失,

---

[1] 里尔克,《布里格手记》,陈早译,上海:华东师范大学出版社,2015 年,第 21 页。
[2] 里尔克,《布里格手记》,同前,第 27 页。
[3] Giorgio Agamben, *Quel che resta di Auschwitz. L'archivio e il testimone*, Torino: Bollati Boringhieri, 1998, pp. 66-67.
[4] Maurice Blanchot, *L'Espace littéraire*, op. cit., p. 158.

不再是"其"死亡（"我的"死亡），而是"某人的"死亡，无名的死亡，或普遍的死亡。但"死于其死亡"，另一方面，恰恰意味着把普遍的死亡变成自身的死亡：当"我"培育死亡之果时，"我"面临的死亡仍是生命的晦暗内核，难以将之照亮；这绝非本己的死亡，因为"我"并不知道身上长着什么样的果实，它更像生命的一种过度，令人恐惧并压倒了"我"。为此，只有"不再维持自我一直进入死亡，而是把这个自我扩大为死亡，把我暴露给死亡，不再排除死亡，而是包纳死亡"[1]，才有可能得到"我的"死亡。换言之，为了能够"死于其死亡"，一个人必须懂得如何直面那种超越所有人的普遍的死亡，必须学会征用那种黑夜一般吞没每一个体的无人称的可怖力量。在十多年的徘徊之后，里尔克终于明白了，生活乃至写作之契机的再次开启就取决于对这晦暗的死亡所做的凝思之努力。而《杜伊诺哀歌》（*Duineser Elegien*），可以说，是这场漫长求索的辉煌结晶。在一封致于勒维（Hulewicz）的信里，里尔克吐露了其创作《哀歌》的主旨："肯定生与肯定死在《哀歌》中被证明为一件事［……］死是生的另一面，它背向我们，我们不曾与它照面：我们的此在以两个没有界限的领域为家，从二者取得无穷的滋养，我们必须尝试对它取得最大的意识［……］"[2] 对于里尔克，诗意味着发展出一种进入

---

[1] Maurice Blanchot, *L'Espace littéraire*, op. cit., p. 164.
[2] 里尔克，《杜伊诺哀歌》，林克译，重庆：重庆大学出版社，2015年，第68-69页。

生命另一面的目光，而这"另一面"就是布朗肖所谓的"死亡的空间"。

在《哀歌》呈现的世界图景中，人作为有限的甚至受限的造物，总是背对着"死亡的空间"。当布朗肖使用这一表述时，他事实上把这个空间和里尔克的"纯粹空间"（den reinen Raum）联系了起来。死亡的空间并不等于死亡。里尔克说，人看得见死亡，却恰恰看不见空间。第八首《哀歌》写道"唯有我们看见死，自由的动物／始终将自己的衰亡留在身后"，但"受造物的目光专注于敞开者。／唯有我们的目光似乎已颠倒，／像设置的陷阱包围着它们"。[1] 动物看见的是"敞开"（das Offene），是"纯粹的空间"；而人，由于意识到自己的终有一死，只能看见在场的对象，看不见自我意识所控制的对象之外的空间，也就是"没有无的无处"（Nirgends ohne Nicht）；只有儿童、分离了的恋人，或濒临死亡的人，能够察觉那一自由的外部："因为临近死，人们再也看不见死，／凝神远望，或许以伟大的动物的眼光。"[2] 在这个意义上，死亡的空间属于那种伴随生命的不可见的死亡，并且，对它的体认，就如同对空间的凝视，需要人打破其自身的局限。里尔克称这局限为"命运：相对而在，／别无其他，始终相对"[3]。对此，布

---

[1] 里尔克，《杜伊诺哀歌》，同前，第 41 页。
[2] 里尔克，《杜伊诺哀歌》，同前，第 42 页。
[3] 里尔克，《杜伊诺哀歌》，同前，第 43 页。

朗肖将之解释为内外的双重约束：在外是有限的目光，是充斥空间的堆积的对象；在内则是封闭的心灵，是确立"物我"分离的意识。于是，布朗肖问，是否有可能把外部和内部同时统一起来："外在空间已是精神内心"而"内心又是外在现实"[1]？里尔克的回答是肯定的，对他而言，这样的贯通就是"世界的内部空间"（Weltinnenraum），并且，通达这个空间要求实现一种转化，布朗肖称之为事物在人身上的"内在化"或"不可见化"："一切事物在我们身上变得内在，变得内在于它们自身：从可见变为不可见，又从不可见变为更不可见。"[2] 正如致于勒维的信所说："我们是不可见之物的蜜蜂。我们疯狂地采集看得见的蜂蜜，贮藏在金色的蜂箱里。"[3] 这"不可见化"的工作，布朗肖认为，就其实质而言，是在事物的消逝中保留事物；而这恰好是语言的功能（"言说，本质上就是化可见为不可见"[4]），更确切地说，是诗歌作为本质语言的天职（马拉美的沉默诗学已经印证了这点）。但同时，布朗肖也在肯定：转化是"死（mourir）的使命本身"[5]，实现转化的俄耳甫斯的歌声是"死（mourir）的纯粹运动"[6]。换言之，接近"死亡的空间"意味着对"死亡"甚至"死"本身进

---

[1] Maurice Blanchot, *L'Espace littéraire*, op. cit., p. 173.
[2] Maurice Blanchot, *L'Espace littéraire*, op. cit., p. 179.
[3] 里尔克，《杜伊诺哀歌》，同前，第 70 页。
[4] Maurice Blanchot, *L'Espace littéraire*, op. cit., p. 183.
[5] Maurice Blanchot, *L'Espace littéraire*, op. cit., p. 181.
[6] Maurice Blanchot, *L'Espace littéraire*, op. cit., p. 184.

行一次转化，而通过这样的转化，那个被布朗肖称为"双重死亡"的关键秘密就透露了出来。

布朗肖写道："在里尔克的体验里，死（mourir），不是死，而是转变死亡的事实。"[1] 这一定义不仅转变了死亡，而且改写了"死"的动作本身。诗人迈向世界内部空间的进程把一种死亡（或死）变成了另一种。首先是人"必有一死"的那种死亡，也就是，作为生存之终结的死亡，它是可见的死亡，里尔克说"只有我们看得见"它，但也"因为临近死，人们再也看不见"它；它是生存的极限，并因此造就了人的局限；它代表了黑暗的威胁，并构成了此在在世之"畏"的根源。在早年的《布里格手记》里，里尔克恰恰想把这样的死亡写在自己的名下：一种可被个体挪占并据为己有的死亡。但到了晚年，当诗人意欲表达神秘体验所打开的内部空间时，另一种死亡出现，布朗肖称这死亡为前一种死亡的"升华"或"净化"："死亡进入其自身的不可见性，从其昏暗面转向其透明面，从其可怕的现实转向其迷人的非现实，在这场过渡中，死亡是其自身的转化，并通过这转化成了不可把握者，不可见者，它是一切不可见性的来源。"[2] 由于不可见化也是内在化，故此不可见的死亡是那可见之死亡的"深处"（intimité），它可谓是"死亡中的死亡"；布朗肖又将之描述为"纯粹的

---

[1] Maurice Blanchot, *L'Espace littéraire*, op. cit., p. 189.
[2] Maurice Blanchot, *L'Espace littéraire*, op. cit., p. 191.

死亡，死亡的纯粹的透明性"[1]。那么，什么是死亡的纯粹性或透明性？纯粹或透明意味着死亡不再晦暗不明，其本质显露出来：在死亡中维持死亡之为死亡的东西得到了表达。那么，这个东西又是什么？

在分析最后一首《哀歌》的诗句"无限的死者"（die unendlich Toten）时，布朗肖刻意强调德文用词的模糊性，将之译成"无限地死了的"（les infiniment morts），从而把人的"必有一死"（mortel）变成了一个无限的状态。布朗肖说，人"略多于必死"（un peu plus que mortels），但意思并非人超过了必死的界限，变成了不朽。他紧接着解释道："万物易朽，但我们是最易朽的，万物流逝、变形，但我们欲求变形，我们欲求逝去，而我们的欲求就是这超出。"[2] 在这个角度上，布朗肖已把人之必死的倾向默认为"我们消失的敏捷，我们陨灭的秉性"[3]，因此，作为动词的"死亡"或者"死"（mourir）就等同于"消失""流逝"甚至"变形"，它没有标出一个终结或完成的时刻或节点，而是首先表示一种变化，一个过程，并且，根据布朗肖的说法，通过对此变化的欲求，人达到了其"多于必死"的状态，实现了其对于"流逝"（passer）的"超出"（dépassement）。但须注意，这种变化的欲求不是自寻毁

---

[1] Maurice Blanchot, *L'Espace littéraire*, op. cit., p. 192.
[2] Maurice Blanchot, *L'Espace littéraire*, op. cit., p. 181.
[3] Maurice Blanchot, *L'Espace littéraire*, op. cit., p. 181.

灭，不是死亡之欲，而应从里尔克诗歌的意义上被理解为对"流逝"或"变形"本身的欲求和肯定：不是经由流逝直达湮灭，不是借助变形得到完形，而是保持不断的流变，不停留和固守于一个定点，因为没有哪个点会成为终点；就像《致俄耳甫斯的十四行诗》(*Der Sonette an Orpheus*)的第十二首《欲求变形》(Wolle die Wandlung)所唱："封闭于停驻之中的，已是凝固物"，而变化"总是以开端结束，以终结开始"[1]。简言之，变化之欲就是坚持并投身于消逝的无始无终，而这样的"无始无终"已经是一种"超出"：虽然变化预设了一种初始形态和一种最终形态的差异，消逝则假定了从实存到空无的趋势，似乎得有一个开端和一个终结，好让它们的运动变为可能；但欲求所肯定的"无始无终"抹去了开端和终结的可能性，使得开始之前仍有开始，结束之后还有结束；如此的"仍"或"还"(encore)形成的无限扩张就是对一切设定的有限之过程的超出。这也是人"略多于必死"的蕴意所在：在必死之外，人还有必死，换言之，他在他的死亡中会不停地遭遇死亡，"死"是无限的。

那么，维持死亡之为死亡的东西，使得死亡永不结束的东西，就是这个无限的"死"。如果死亡是一种终结，一场消失，一个否定的行为，那么，它的本质恰恰是终结

---

[1] 里尔克，《致俄耳甫斯的十四行诗》，林克译，重庆：重庆大学出版社，2015年，第81页。

的一再开始,消失的反复出现,以及对否定本身的肯定。这也是布朗肖对"死"(mourir)一词的定义:"死"是"死亡"(mort)的根本力量,是对"死亡"的绝对肯定,是"死亡"内部一直回响的命令;它是死亡的蜕变,它把死亡作为终结的那个事实转化为死亡永不终止的状态,但同时,它也是蜕变后的另一重死亡,是作为本质的纯净、透明的死亡。所以,死亡的净化或内在化,无非是在死亡所象征的虚无中找到虚无本身的实存,发现否定自身对于自身的肯定。正如里尔克在1923年主显节致玛戈·西佐(Margot Sizzo)的信中写的:"生命总是同时说是和否,而它,死亡[……]乃是真正的说是者(der eigentliche Ja-Sager)。它只说是,在永恒面前。"[1]这个说"是"的死亡,它只对死亡本身,对死亡所化身成的那个"否",说"是"。

然而,布朗肖提醒我们:"这只发生在那个有能力言说的存在身上,正如言说只有在这个绝对的'是'里才是真正的言说和本质的言语,那样的言语把声音赋予了死亡的深处。"[2]也就是说,为了认识死亡的"是",为了察觉死亡的透明,必须要有转化,唯有人才能实施的转化;而在里尔克那里,这种打开内部空间的转化,其最典型的形式是语言,更确切地说,是诗,甚至是歌。因为"敞开就

---

[1] 里尔克,《穆佐书简》,林克、袁洪敏译,北京:华夏出版社,2012年,第300页。
[2] Maurice Blanchot, *L'Espace littéraire*, op. cit., p. 193.

是诗"[1]，世界的内部空间首先是诗歌的空间，是俄耳甫斯歌唱的空间，而诗人的职责是用诗抓住一切流逝中绝不逝去的东西，用歌为一切变形中永不变化的东西赋形，就像人作为有死的存在领悟到了死亡中的不死，死的无限。在此意义上，"死"和"诗"在一个围绕着否定性的纯粹之"是"上达成至高的统一，人作为有死的存在和人作为言说的存在之间产生了一种紧密的联系，或许就是海德格尔在《语言的本质》（Das Wesen der Sprache）里谈到的死亡和语言的那种"闪现出来，却仍未得思考"的本质关系[2]。由此也不难理解，作为歌声之本源的俄耳甫斯为何是一个"总在死去"的俄耳甫斯：布朗肖已经指出，不同于成形的天使，"俄耳甫斯是种种变形的行为，是消失的追求"[3]，他消失于消失，并在消失之前，"把声音赋予消失"[4]；所以，俄耳甫斯只在其消失，即死去的运动中歌唱，或不如说是"死亡在他身上歌唱"，他秉承着"死"与"歌"的神秘的一致。就这样，消逝之物化作永恒之歌，这不正是里尔克的墓碑上写的"玫瑰，哦，纯粹的矛盾"（Rose, oh reiner Widerspruch）吗？双重死亡的转化是一个纯粹的矛盾：当死亡的唯一终点成了死的无穷运动时，完结就成了永不完结，尽头就成了没有尽头，可能性就成了不可能性。

---

[1] Maurice Blanchot, *L'Espace littéraire*, op. cit., p. 183.
[2] Martin Heidegger, *Unterwegs zur Sprache, Gesamtausgabe*, Band 12, op. cit., p. 203.
[3] Maurice Blanchot, *L'Espace littéraire*, op. cit., p. 184.
[4] Maurice Blanchot, *L'Espace littéraire*, op. cit., p. 187.

不可能性

根据布朗肖对里尔克作品的回顾式阅读,诗人的"死亡之要求",在二十世纪初的二十多年时间里,从《布里格手记》到《杜伊诺哀歌》,从巴黎到穆佐,已经历了彻底的"蜕变"。这还可以用词语本身的多义来理解。关于《时辰之书》(Das Stunden-Buch)里的那声祈唤"主啊,赐给每人他自己的死吧"(O Herr, gib jedem seinen eignen Tod),布朗肖对上帝赐予的"死亡"提出了两种解读,分别对应着两种死亡的概念。第一种解读:上帝把属于每一个体的独一无二的、无可取代的死亡赐予个体,个体只有在属于他自己的死亡中才能获得自身的完满,死亡必须是"我"的死亡。第二种解读:布朗肖抽取德语"自己的死亡"(der eigen Tod),将之转译为"本然的死亡"(la mort propre)[1],意即真正的死亡,符合死亡之本性(Eigenschaft / propriété)或本质的死亡;这死亡不再属于个体了,而是属于无人,或属于死亡本身;因此,上帝赐予死亡,并非要把死亡还给个人,而是要把死亡还给死亡,让死亡在个体身上达到圆满,成其所是。但布朗肖也注意到,对晚年的里尔克来说,找到第二种死亡并不意味着抹去第一种死亡,相反,实现第二种死亡恰恰是为了完成第一种死亡。因为第二种死亡,若须借助于"神赐",其实就是通过"净

---

[1] Maurice Blanchot, *L'Espace littéraire*, op. cit., p. 194.

化"或"升华",必定发生于人的内心深处,与一切事物的内在转化相一致("死亡的空间"首先是一个内心转化的空间),它离不开心灵,离不开身为诗人的"我"的目光牵引,故而,它终将成为"我"的果实,转向"我"的死亡。里尔克的"死亡之要求",归根结底,乃是追求"本质地死"。但这是一个双重的要求:首先,当然是得到死亡的本质,按照死亡的本质去死;其次,如此本质的死亡应当成为"我"的本质,"我"要合乎"我"的本质去死。所以,里尔克最终还是为人的死亡保留了一个"我"的权利。虽然本质的死亡,在空间的转化中,应和着艺术的本源运动,要求内心的深处即是外部的敞开,使得消亡之中才有歌唱,从而再次消解了一切"我"的存在。但关于死亡本身的现象,"本然的死亡"无论如何落回到了诗人念念不忘的"得体的死亡"(la mort propre)上,里尔克绝不能容忍医院病床上像路旁枯叶一般被人随意扫去的死亡,如果他眼里有一种无名的或无人称的值得赞同的品质,那么,这样的品质将和死亡格格不入。在他看来,无人称的死亡,用布朗肖的话说,会是"低下的"或"始终不当的"[1];而消解了"我"的那种理想的无人称性(impersonnalité)只适合于艺术或诗歌的创作,但即便是用无人的目光打量世界的诗歌,其意义若不是提供尘世的慰藉、安顿命运的归宿,

---

[1] Maurice Blanchot, *L'Espace littéraire*, op. cit., p. 194.

换言之，若不是要人领悟一种本己地，因而欣然地死亡的可能性，又是什么呢？因此，在里尔克的"双重死亡"的名下，人要承担的其实只有一种死亡，那就是同时符合"死"之本质和"我"之本质的死亡；并且，只有"我"吸收了"死"，本质的死亡才有意义。就这一点而言，玫瑰的"纯粹矛盾"或许还不够纯粹。

那么，关于"双重的死亡"，确切地说，关于其中"本质的死亡"，布朗肖与里尔克在认知上的根本差异就在于"我"与"死"的关系，布朗肖更为彻底地解除了里尔克那里尚不忍心舍弃的"我"对于"死"的权力。在总结双重的死亡时，布朗肖写道："死亡是权力的极端，是我最固有的可能性——但死亡也从不降临于我，我从不能对它说是，我同它没有任何可能的本真关系。"[1] 所以，一边是作为人最本己、最本质之可能性的死亡，另一边则是同主体没有任何关系、不属于任何人的死亡。当黑格尔、尼采和海德格尔无一例外地把死亡视为人之权力和可能性的时候，布朗肖实施了一次倒转，把死亡变成了人的非权力和不可能性。他说，一旦"我"试图占有死亡，"我"同时也回避了它，错失了"那个使之本质地非本真和本质地非本质的东西"[2]。这里就有布朗肖对"死亡"的根本定义：（1）死亡是非本真的（inauthentique）；死亡并非"我"

---

[1] Maurice Blanchot, *L'Espace littéraire*, op. cit., p. 203.
[2] Maurice Blanchot, *L'Espace littéraire*, op. cit., p. 203.

之本己的东西,死亡是人的不可能性。(2)死亡是非本质的(inessentiel);死亡之本质的"死"是死亡的无尽,死亡是死亡自身的不可能性。现在,让我们分别来考虑这两种不可能性。

死亡是人的不可能性。首先应当注意布朗肖在何种意义上使用"不可能"(impossible)一词。巴塔耶曾将其1940年代的记述作品《诗之恨》(*La Haine de poésie*)改名为《不可能》(*L'Impossible*),并在重版序言里解释道:"诗歌只在反叛的暴力中才拥有强大的意义。但只有唤起不可能,诗歌才触及这一暴力。"[1] 对巴塔耶而言,"不可能"一词指示着诗歌得以开动的力量甚至是暴力,也就是与性欲的快感、与死亡的恐怖相通相连的世界,但那是一个被现实的利益、被劳作的关注所掩盖了的世界;如果死亡在人眼里是一种不可能,这只是意味着人拒绝赋予死亡积极的价值,拒绝把它纳入理性算计和科学测量的真理王国。在这个意义上,"不可能"意味着从人之精神的尺度中被排除出去。在他为布朗肖的《最后之人》所写的评论中,巴塔耶一开头就说:"在这个世界上,似乎没有什么逃避了我们的思想[……]只有死亡逃避了一种意图无所不包的精神的努力。"[2] 的确,人可以对世上的各种东西施加统治,但死亡在掌控之外,它超出了人性的界限,代表了不可通

---

[1] Georges Bataille, *Œuvres complètes*, tome III, Paris: Gallimard, 1971, p. 101.

[2] Georges Bataille, *Œuvres complètes*, tome XII, op. cit., p. 457.

达的外部。因此，巴塔耶的"不可能"规定的是对象与人的关系，一个不可能的对象恰恰是一个逃脱了人的占有之倾向和控制之权力的对象；在巴塔耶的记述里，"不可能"的每一次出现都流露着主体试图获得那个难以抓住的欲望客体时体会到的苦恼乃至无力的感受。

通过与诗歌所需的极端暴力相联系，巴塔耶在他对欲望客体的阴郁描述中使用的"不可能"一词完美地应和了布朗肖对"可能性"之范畴的讨论。在《伟大的拒绝》一文的第二部分"如何发现晦暗？"中，布朗肖先是引用了博纳富瓦的"未必可能"（improbable）概念作为语言所遗忘的"是"者的尺度，并将之定位于可能性与不可能性的交会处，然后开始了他对"可能性"之意蕴的分析。布朗肖并不排斥日常语境下的理解：当人们说某事或某物是可能的时，所说的对象就在逻辑上不受阻碍，且被科学或习俗所允许。于是，布朗肖认为，"可能性"其实是对事物之条件的规定，它提供的只是一个空洞的框架，还不直接地等同于真实（le réel）或实现（réalisation）；换言之，可能性本身总已经包含了"尚未"或"有待"的元素。布朗肖说，"可能性不是纯粹可能的东西，并且，它应被视为不那么真实的"[1]，它只是尚未可能或有待变得真实而已。所以，如果一个东西"是"（est）可能的，如果它有"存在"

---

[1] Maurice Blanchot, *L'Entretien infini*, op. cit., p. 59.

（être）的可能性，那么，这一可能性并不意味着该对象存在，而是超出了其存在，并赋予其存在之能力。存在的可能性首先是指存在的能力。而在法语中，"能力"（pouvoir）一词同时也指"权力"。因此，布朗肖把可能性确定为"存在（être）外加存在的权力（le pouvoir de l'être）"[1]。但当"权力"的概念介入时，布朗肖发觉，一种更加本质的关系就出现了，那就是"力量"（puissance）的关系，权力的实施总要以力量为基础，而力量的形成也必定包含了占有（possession）和挪用（appropriation）的行为，这最终导致可能性成为一种支配和统治的关系。以"死亡"为例：如果死亡是人作为有死之存在的可能性，那么，人就拥有死亡的能力，也拥有死亡的权力；人之为人就意味着"我能够死"，"我"支配并掌控着这个属于"我"且只属于"我"的死亡；"我"甚至把死亡变成了权力，世上的劳作就从这样的权力开始。所以，为了证明"死亡是人的不可能性"这一命题，就必须从根本上消解人与死亡之间的任何"力"的关系，并确认"我"并不主宰着"我"的死亡，而"我"的死亡也不属于"我"。但这一确认的努力很快就遇到了一个极端情形的反对，那就是自杀。

---

[1] Maurice Blanchot, *L'Entretien infini*, op. cit., p. 59.

自杀的败局

科耶夫在解释黑格尔的死亡概念作为自我意识之开端的时候已经指出,"人的死亡"可被视为一种"自杀"。根据他对黑格尔早期耶拿讲稿中的一段话的阅读,人只有通过以获得承认为目标的斗争才能成为人,而这样的斗争总是生死的斗争,但关键不是杀死他人,而是自我有意识地暴露在死亡的威胁之下:"正是通过在一场关于纯粹声誉的斗争中自愿地蒙受死亡的危险,人才达到了承认的真理。"[1] 那么,这种迎接生命危险、置自我于死地的做法,就使得人之存在表现为一场延迟的或间接的自杀,它彰显了人的"死亡之能力";当人"为了逃避任何给定的情境"运用这一能力时,自杀的举动就表现为一种"面对一切一般既定之物的纯粹或绝对的自由"。[2] 对此,科耶夫特意列举了俄国作家陀思妥耶夫斯基的小说《鬼》中的一个人物基里洛夫,而布朗肖在《文学空间》里分析死亡的可能性时也把基里洛夫作为自杀者的典型。工程师基里洛夫是一个无神论者,他坚定地追求自杀首先是为了宣告上帝的死亡。如同尼采的超人,基里洛夫想要取代上帝成为新的神祇,他说"我就是上帝",为此,他必须自杀。在饮弹自尽前,他同人激烈地争辩过,为其最后的行动寻找正当的理由。

---

[1] Alexandre Kojève, *Introduction à la lecture de Hegel*, op. cit., p. 570.

[2] Alexandre Kojève, *Introduction à la lecture de Hegel*, op. cit., p. 517.

他提供了一套关于自杀的推理：如果上帝存在，他会是一切意志的来源；他若不存在，一切意志就归于人；所以，人必须体现出绝对的意志，用其"一意孤行"来否定上帝的信仰。他决心自杀："我必须自杀，因为我的一意孤行的最充分的表现就是亲手杀死自己。"[1]但基里洛夫之前已经有许多人自杀了，他重复这一举动难道不是徒然平添一声枪响吗？正是面对这样的质疑，基里洛夫为他的自杀赋予了一种特别的意义，将其自我牺牲的这个夜晚变成了基督殉道一般决定人类历史的重要时刻。他声称，从未有人只是为了证明人能够自杀而自杀，自杀总是出于某个具体的原因；而他，只有他，仅仅是把自杀作为一个纯粹的理念而付诸行动。这就是加缪在《西西弗斯的神话》中命名的"逻辑的自杀"（suicide logique）："为了一种理念，一种思想而准备死亡，这是高级的自杀。"[2]从这个意义上说，基里洛夫的演绎已经超出了单纯的神学论争的范畴，进入了探讨死亡之本质的领域。在这场同神对峙的戏剧里，布朗肖强调，基里洛夫的根本赌注是人自杀的可能性：通过他对着自己的这一枪，基里洛夫将向世人一劳永逸地揭示人拥有决定自身之死亡的自由，人能够通过掌握自身的终结来支配其整个命运，人"会是实现了的总体性，会是

---

[1] 陀思妥耶夫斯基，《陀思妥耶夫斯基文集·鬼》，娄自良译，上海：上海译文出版社，2016年，第652页。
[2] Albert Camus, *Le Mythe de Sisyphe*, Paris: Gallimard, 1942, p. 144.

全体的实现，会是绝对"[1]。

诚然，基里洛夫的自杀是一个前所未有的惊人设想，它摒弃了从斯多葛派一直到尼采所宣扬的那种面对死亡的漠然镇静的态度：不同于拜图斯的妻子阿里亚，基里洛夫无意在自尽的壮举中证明死是一件无足轻重乃至不值一提的事，甚至也不是为了检验自己赴死的勇气和决心，而是把死亡本身变成了一个决定，用人决定死亡的至高权力来对抗上帝的威严。但布朗肖很快就指出，这不过是一个"疯狂的梦想"：基里洛夫的结局是"完全的一败涂地"。[2] 在小说中，基里洛夫心甘情愿地允许自己的死亡被人利用，他写下一份遗书顶替别人的罪行，虽然他声称自己不是畏罪自杀，但也没有人真正关心其纯粹自杀背后的雄心壮志。枪声响起之际，精心准备的死亡已经变质。这才是其自杀的可悲又荒诞的现实和真相。基里洛夫同上帝的崇高斗争最终成了一场低卑的闹剧，这时，他的死亡不再属于他，而是属于他所不屑的阴谋和事业；并且，他见不到自己的死亡，他没法知道反抗成果究竟如何；相反，他遇到的只是"韦尔霍文斯基这一毫无高度可言的强权的更为真实的形象"[3]。自杀的败笔就在于此：当"我"死时，"我"的死亡就从"我"的手中溜走了，"我"不再掌握着"我"

---

[1] Maurice Blanchot, *L'Espace littéraire*, op. cit., p. 122.

[2] Maurice Blanchot, *L'Espace littéraire*, op. cit., p. 126.

[3] Maurice Blanchot, *L'Espace littéraire*, op. cit., p. 126.

的死；自杀并不是用更为果敢的手段去占有死亡，而是更加情愿地交出死亡罢了。更确切地说，死亡的"最大矛盾"就在于，"我"和"死亡"并不能共存。一个仍然活着的人，从来不能真正地说出"我死了"：只要"我"还在，"死"就没有发生；反之亦然，"死"不过是"我"已不在的证明。在"我"与"死"之间，总有一道绝对的界限，将两者无情地分开。但凭借某种权力，"我"是否可以越过这道界限并触摸到"死"呢？如果说"我死了"是不可能的，那么，"我能够死"又是否可能呢？导演一场自杀的决心和行动难道不是这一"能力"甚或"权力"的真实展现吗？为了回答这些问题，布朗肖展开了一系列针对自杀之本质的分析。

从形而上的角度看，自杀似乎可被定义为一个否定存在的决定，但通过这一否定，按照基里洛夫的完美设想，人最终得以"是"其所是，重新肯定了其本真的存在；因此，自杀是一个"无存在之存在"（être sans être）的行动。任何把自杀作为人之权力的想法都不约而同地默认了这一从非存在到存在的转化。并且这一转化在根本上就是从不可能性到可能性的转化：此在的终结，人之存在的不可能性，通过其对此在之本己的归属，重新成为存在的本质的可能性。正如海德格尔解释的，死的可能性是"生存之根本不可能的可能性"[1]。而自杀就是这"至高可能性的时刻，其

---

[1] 海德格尔，《存在与时间》，同前，第301页。

中，人自身的不可能性以一种权力的形式来到了他身上"[1]。但如此的转化中仍有疏忽，布朗肖敏锐地发觉，自杀者对其能力的确信"在自杀的行为中肯定了自杀意图否定的东西"，所以"与否定相关者无法将否定具化为一个会从否定中得以免除的最终决定"。[2] 也就是说，如果自杀作为一种权力通过对存在的否定重新肯定了存在，那么，自杀所是的这一肯定就断然有别于死亡所是的否定，自杀作为一个决定或决定的行为并不等同于死亡本身，相反，当自杀意图通过死亡反过来把握那个被否定的存在时，自杀的姿态已经脱离了死亡。归根结底，自杀的全部力量和整个悖论在于：当"我"用最后的一击抹掉"我"的在场时，"我"只是在确定或为了确定"我"本身而已；"我"的确拥有否定自身之存在的权力，但"我"并不因此就能够抓住"我"的缺席，因为真正肯定"我"之缺席的永远不是"我"而是别人；"我"只是孤注一掷地假定并期盼"我"对在场的否定会换来"我"对缺席的肯定，但这终究还是"我"的假定；"我"并没有实质地触及缺席的权力，"我"的一切权力都归于"我"的在场。所以，自杀仍停留于生命的层面，而未踏入死亡的国度。这就是布朗肖在文本中反复提及的自杀对"本质之物"（l'essentiel）的回避。

如此的回避，作为追求死亡之权力的自杀所陷入的败

---

[1] Maurice Blanchot, *L'Espace littéraire*, op. cit., p. 124.
[2] Maurice Blanchot, *L'Espace littéraire*, op. cit., p. 128.

局，在布朗肖对死亡时间性的现象学建构中，得到了进一步的揭示。如果自杀象征着主体的权力，那么，这一权力必定是对主体之在场的确证，而主体的在场（présence），对布朗肖来说，只以"当下"（présent）为其时间上的可能之条件。任何一个主体都只能于当下确认其活生生的存在；因此，主体的权力只是当下拥有的权力，其施加的对象只能是当下直接在场的事物。就这一点而言，自杀是要把死亡作为当下在场的东西来掌控。布朗肖写道："通过自杀，我欲在一个确定的时刻杀死自己，我把死亡与此刻相连：是的，此刻，此刻。"[1] 在他看来，自杀的意志首先是一个时间的要求，自杀的权力首先是对死亡时辰的算计：死亡不再发生于不确定的未来，死亡就发生在可控制的此时此刻。所以，布朗肖说："自杀者是当下的伟大肯定者。我想要在一个'绝对'的瞬间杀死自己，那是唯一的瞬间，它将绝对地战胜未来，既不会流逝，也不会被超越。"[2] 在这个意义上，自杀是对当下之瞬间的特权化和永恒化；通过与主体的在场相重合的此刻的彻底完结，此刻一举超越了之前和之后的所有时间，尤其是把本属于未来的死亡时间提前凝聚到一个唯一的、确切的点上；这正是自杀者的巧妙意图："把未来作为死亡的神秘加以废除［……］为了让未来没有秘密可言，为了让它变得清晰可辨，为了让

---

[1] Maurice Blanchot, *L'Espace littéraire*, op. cit., p. 130.
[2] Maurice Blanchot, *L'Espace littéraire*, op. cit., p. 129.

它不再是难以破解的死亡的晦暗仓储。"[1]在根本上,这是把一种时间带向另一种时间,晦暗的死亡的时间变成了明晰的世界的时间,也就是劳作的时间;这意味着死亡成了劳作的对象,意即对死亡进行一种黑格尔式的否定,把死亡本身死亡化,其结果就是"剥夺了死亡的这一未来的部分,也就是它的本质,使之显得肤浅、没有厚度、毫无危险"[2]。自杀就这样回避了本质的死亡;因为本质的死亡恰恰处在未来的维度上。布朗肖明确地指出:"死亡从来不是当下的"[3],并且"死亡从来不和一个确定的时刻有关"[4]。只要死亡是主体的缺席,死亡就绝不会在主体在场之时发生,换言之,它绝不会真正地进入主体所支配的当下。对主体而言,死亡永远是当下之外的事情,它绝对地超出了当下,乃至于根本不可能有成为当下的那一刻。这也是为什么,布朗肖会把迎接死亡的情境比作一种绝望:不是克尔凯郭尔的"致死的疾病",因为那仍触及了死亡,而是一种没有死亡之希望的疾病,在那里,死亡"不再是尚未到来的东西,而是不再到来的东西"[5]。在布朗肖眼中,如此的未来(à venir),作为取消了到来本身的尚未到来,才是死亡的根本时间性。

---

1 Maurice Blanchot, *L'Espace littéraire*, op. cit., p. 130.
2 Maurice Blanchot, *L'Espace littéraire*, op. cit., p. 130.
3 Maurice Blanchot, *L'Espace littéraire*, op. cit., p. 130.
4 Maurice Blanchot, *L'Espace littéraire*, op. cit., p. 131.
5 Maurice Blanchot, *L'Espace littéraire*, op. cit., p. 128.

那么，对持守于当下之在场的主体而言，属于未来之缺席的死亡总是一种彻底他异的经验，它解除了同"我"有关的任何可能的权力关系，布朗肖称之为"不可把握的东西"："不以任何形式的关系同我相连［……］我对它没有什么权力，它对我也没有什么权力，因为它同我毫无关系。"[1]而在这一"无关系"或"非权力"的关系里，自杀的种种努力就表现为一个"跳跃"，它试图从谋划和决断的确信"过渡"到另一不确定的、非真实的领地，但这是一场徒劳的冒险，自杀者只是无限地接近而从不抵达死亡；面对身前的这道深渊，他所能做的只是不由自主地下坠；他是极度被动的。布朗肖甚至说，"欲求死亡的人并没有死"，而是"失去死亡的意志"，进入"黑夜的迷恋"并"死于一种无意志的激情"。[2]在这里，布朗肖使用的"激情"（passion）一词完美地对应于求死之人的"被动性"（passivité）：不同于意志，激情不属于主体，而恰恰昭示着主体的丧失。所以，在自杀乃至一切死亡中，"死"永远意味着进入这样一个被动的情境：不论"死"的动作是否由"我"发出，其承受者绝不是作为主体的"我"，而总是"非我"，总是作为他者的"另一个"或"某人"。正如布朗肖所说："从来不是我死了，而是'有人死了'，在一个永恒之'他'的中性和无人称性的层面上，总是自

---

[1] Maurice Blanchot, *L'Espace littéraire*, op. cit., pp. 129-130.
[2] Maurice Blanchot, *L'Espace littéraire*, op. cit., p. 131.

身之外有人死了。"[1] 自杀因此不可能了:"我杀死我自己"是一个不成立的公式,"我"没法把死亡给予"我自己",不如说是"我"把"我自己"完全地交给了死亡所敞开的中性和无人称性。自杀并不能证明死的能力,相反,它突显着"我"对于死亡的无力,透露着主体"把一种死亡错认为另一种死亡"[2]的疏忽或迷误罢了。

无限之死

在"有人死了"(on meurt)这一表述下,死亡已被布朗肖概括为某人的死亡,他者的死亡。死亡不会成为一种主体的经验,而只会对主体显现为他者或外部。至此,以临终关怀为己任的传统哲学所迷恋的那种作为个体独一性之标记的死亡就遭到了彻底的瓦解;死亡不再是个体之专有,而是个体性的泯灭,是重归于无名的状态。巴塔耶已将这无名状态描述为"普遍的消失":当人注视死亡时,他已被死亡吞没,并成了"我们"(nous);"我们"不是一个个"我"的总和,而是说出"我"的不可能性,是取代"我"的不可化约的整体;简言之,"我们"乃是空无的化身,是个体消失后留下的那一片沉默。[3] 布朗肖同样注意到了这普遍的维度,不过他强调说,"有人死了"的

---

1 Maurice Blanchot, *L'Espace littéraire*, op. cit., p. 323.
2 Maurice Blanchot, *L'Espace littéraire*, op. cit., p. 130.
3 Georges Bataille, *Œuvres complètes*, tome XII, op. cit., pp. 460-463.

普遍性还不是指死亡的一般化，而是对此一般化所依赖之框架的取消；比如，时间的框架。他写道："从'有人死了'的那一瞬间起，瞬间就被废除了。当有人死了的时候，'当'没有指定一个日期，而是不管什么日期。"[1]那么，"有人死了"在时间上的无名状态不只是说死亡的独一瞬间被纳入了集体的普遍时间，就好像随时随刻都有人离开这个世界一样；对"瞬间"的废除其实是对每时每刻的死亡瞬间的废除，即没有一个瞬间，哪怕是作为抽象形式的瞬间，会成为死亡的时刻。它指向一个更加根本的状态，非时间的状态：死亡不仅发生在"主体之外"（hors sujet），死亡更发生在"时间之外"。

《无尽的谈话》在探究不可能性作为非权力的关系时再次提到了这一丧失时间的经验。由于非权力陌异于任何作为权力持有者的主体性，布朗肖认为，对不可能性的经验总已经提出了另一尺度的迫求，那就是他者的尺度；而在时间上，未来或许是一个他者的尺度，但有关当下和未来之划分的一般话语并不能充分地证实未来之于当下的他异性，因为人有谋划的能力，人是"这样一种向着未来得到安置的存在，它总在自身的前头，即便落后了，它也抢先一步并迎候自身"[2]；换言之，有待实现的未来仍有落入权力之掌控的错觉和危险（例如，自杀）。所以，最根本

---

1 Maurice Blanchot, *L'Espace littéraire*, op. cit., p. 323.
2 Maurice Blanchot, *L'Entretien infini*, op. cit., p. 62.

的策略是取消对时间的此类划分，既无当下，也无未来；这就意味着时间失去了流逝（passer）和超出（dépasser）的可能，时间成了一个凝止的、无限的点，布朗肖称之为"缺场的时间经验"。这样的经验并不神秘，布朗肖说，这是每个人可以切身体会到的，其典型的形式就是"受难"或西蒙娜·薇依（Simone Weil）所谓的"苦厄"。根据布朗肖的分析，受难的实质是被动地承受主体难以承受的极限情境，其关键的规定有两个：一是所受的痛苦超出了可受的尺度；二是如此的痛苦不得不被持续地承受。前者使得受难者丧失了对于痛苦的权力，乃至于丧失了"我"的身份；后者则让受难的时间变成了时间的缺席。布朗肖的描写极为精彩：

> 时间仿佛凝止了，融入了它的间距。在那里，当下没有了尽头；一个无穷无尽的空洞的无限，苦恼本身的无限，把它和其他的一切当下分开，它就这样失去了任何的未来：一个没有尽头的当下，一个不可能作为当下的当下。受难的当下是当下的深渊，它被无限地凿空，但在如此的凿空中，又被无限地鼓胀，它根本地外在于由在场的掌控为人呈现的可能性。发生了什么？受难只是失去了时间，并让我们也失去了时间。[1]

---

[1] Maurice Blanchot, *L'Entretien infini*, op. cit., p. 63.

的确，这是一个没法停留的静止时间，而布朗肖仍用"当下"的形态来称呼它。但这个"当下"已是当下本身的消散，"即便只是一个过渡（passage），也并不流逝（passer）"[1]；它，确切地说，是一个持续不断、无止无尽的状态。于是，受难的时间作为时间的缺席意味着终结的不可能；在这个点上，布朗肖把受难和死亡联系了起来：如同受难，"死就是失去一个人仍可在其中获得终结的那种时间，并进入一种不可能死的死亡的无限之'当下'"[2]。因此，死亡的时刻"不只是此刻"，也不是任何一个时刻，而是时刻本身的死亡，是进入一直在开始并从未结束的"无时无刻"，而且"其开始已是重新开始"。[3] 就这样，从无人称性到非时间性，出现了死亡的第二种不可能性：终结的不可能性，或死亡自身的不可能性。死亡被进一步双重化了：关于死亡，不仅存在着专有和非专有、权力和非权力的区分，而且存在着完结和未完结、限制和无限制的差别。也正是为了强调那种永不完结的、不受限制的死亡与终结或否定意义上的一般死亡的不同，布朗肖将之命名为死亡（mort）的动词形式，也就是"死"（mourir）。在布朗肖的文本中，"死"一词总是相对于"死亡"而出现，它开启了死亡的另一维度，也进入了死亡的时间内部；布

---

[1] Maurice Blanchot, *L'Entretien infini*, op. cit., p. 65.
[2] Maurice Blanchot, *L'Entretien infini*, op. cit., p. 64.
[3] Maurice Blanchot, *L'Espace littéraire*, op. cit., p. 323.

朗肖的"死"的概念真正关注着死亡之为死亡的晦暗且神秘的一面，其关于"死"的种种话语正是对死亡之本质的探析。

早在《文学与死亡的权利》时期，布朗肖就论述了"死"与"死亡"的关系。在一个看似独立却仍与整个语境保持平行的段落里，"死"与"死亡"被清楚地当作两种不同的力量。首先，死亡从黑格尔的意义上被理解为一种否定性和可能性，它既标志着人开展劳作的能力，也暗示着人之有限的结局；作为"有死的存在"，人能够意识到死亡并运用死亡，而且只有意识到死亡并运用死亡的人才是真正的人；总之，死亡是人的特性和本质的规定：死亡"在我们身上是我们最人性的部分［……］人认识到死亡只因为他是人，而他是人只因为他是生成中的死亡"[1]。但布朗肖特别指出，这样的死亡，就其作为人之特性或本质与人共在而言，它"只存在于世界之中"："死亡同我们一起劳作于世。"[2]而死则刚好相反，因为死是"打碎世界"，它是"人的丧失"和"存在的消灭"；[3]也就是说，如果死意味着结束人之在世的存在，如果死意味着告别人之为人的状态，那么，死恰恰是抛弃死亡，抛弃人在世界之中才拥有的作为人之本性的东西。布朗肖写道："只要我活着，

---

[1] Maurice Blanchot, *La Part du feu*, op. cit., p. 325.

[2] Maurice Blanchot, *La Part du feu*, op. cit., p. 325.

[3] Maurice Blanchot, *La Part du feu*, op. cit., p. 325.

我就是一个终有一死的人，但，当我死时，我不再是人，我也不再终有一死，我不再能够死，而迫近的死亡令我恐惧，因为我看到了其所是：不再是死亡，而是死的不可能性。"[1]
在这严格的逻辑推导中，布朗肖揭示了"最后一刻的悖论"：倘若死亡是一条终结的界限，一道连接虚无的门槛，那么，这道门槛只在其不被跨越时才可见；一旦跨越了它，门槛就随之消失，界限就遭到了废止；结果便是原先设定的终结失去了其终结性。但未终结的状态里必定有某种东西在持续，那究竟是什么呢？为避免任何误解，读者不得不格外留意布朗肖得出的这一陌异的结论："死［亡］的不可能性。"如此的不可能性并不意味着死亡之反面的持续，即从死亡返回生命，或在死后获得生命，实现宗教所追求的永生或不朽；因为只要生命是以死亡为其终极的界限，死亡的不可能性作为这一界限的取消只能意味着生命的不再可能。在门槛被跨越并消失的瞬间，有一样东西保留了下来，那就是跨越的姿势，"死"的动作本身。当死亡作为终结在终结的实现里结束时，开动这一终结的东西，作为运动而非静止状态的终结之力，就一直持续了下去。"死"，可以说，逾越了"死亡"，因为在死亡之外它仍保持了死亡的可能："纵然死了，也还能够死。"[2]或许，这会是布朗肖后来所谓的"逾越的脚步"（le pas au-delà）。但就"死"

---

[1] Maurice Blanchot, *La Part du feu*, op. cit., p. 325.
[2] Maurice Blanchot, *La Part du feu*, op. cit., p. 325.

本身也是一种终结化而言，"死"所代表的永不终结的行动，又恰恰说明了其自身的不可能性："死"结束了"死亡"，但"死"本身不会结束，也不会如其名字所意指的那样把结束作为其目的；"死"的确预示了一种"死亡"，但那是它所终结的人的"死亡"之中或之外的另一"死亡"，一种永远不会到来并因此无尽延续的"死亡"。"死"，说到底，乃是"不死"，并且是死亡之中"死"本身的"不死"。于是，步入死亡最终成了这样一个公式：已经死了，仍然在死，绝不会死。那么，从语法的结构上看，"死"显然处于过去的完成和未来的不可完成之间，它一定是一个在当下发生的运动，但这个运动又把当下本身无限地拉伸直至永恒。这就是为什么，英译者们会用英文"死"一词（die）的现在进行时态 dying 来翻译法语的 mourir："死"总是一种"正在死着"，且这样的"正在"是一种脱离了世俗的经验时间的绝对状态；只有在这个意义上，死亡的当下作为无限之深渊的说法才有可能得到理解。

关于这一"不死"之"死"的情境，宗教传统中作为死后之惩罚的"诅咒"题材或许能提供一些更为形象的描述。"地狱"观念的可怕之处在于它设想了灵魂的不死，且由于这样的"不死"，罪人们遭受永久的折磨：他们的肉体已经湮灭，但他们仍不得不在烈火中经历一遍又一遍的死。他们死了还能够死，却得不到作为解脱的最终一死。

圆满的死亡成了值得追求的真正安息。甚至轮回中的重生也是以死亡的彻底完成为目标，因为注定受苦的生命仍是一个诅咒；只有"真正地死了"，布朗肖说，只有"在死中，人才是有福的人"[1]。虽然布朗肖承认"在地狱的层面上，人可以看到死亡的真正面容"[2]，但他无意宣扬任何神秘主义的学说；对他而言，地狱或轮回的诅咒，不过是对更根本的"死"之情境的映射，而伟大的作家已能够把古老的宗教图景转写为现代人的生存寓言。卡夫卡就是其中的典范。

布朗肖对"死"这一独特现象的发现也许要首先归功于他对卡夫卡的反复阅读。在他为卡夫卡写下的第一篇评论《阅读卡夫卡》（La lecture de Kafka）中，布朗肖已留意到了卡夫卡作品中死亡的模糊性。这模糊性的第一个表现就是超越性要以否定的方式来肯定自身。布朗肖指出，在卡夫卡的世界里，超越性的维度往往从不显现，但它反而更有力地影响并决定着人物的命运和行动。遥不可及的城堡主人，发明酷刑装置的前任司令官，建造万里长城的已故皇帝，这些不在场的人物才是整个事件运行的原始动力，而他们的终极化身乃是死了的上帝。卡夫卡揭示的权威之秘密在于，唯一不可战胜的权威必定是缺席的权威，当权威以缺席的方式在场时，它就显现了最大的威力。与阐释者们通常提供的关于现代体制之隐喻的观点不同，布

---

[1] Maurice Blanchot, *La Part du feu*, op. cit., p. 325.
[2] Maurice Blanchot, *L'Entretien infini*, op. cit., p. 270.

朗肖从这一秘密里看到了死亡的本质和真理。死了的上帝所拥有的权威恰恰证实了死亡的不可能性：他死了却又没有死，他在他的死中活着。如此的情形在布朗肖所钟爱的一则故事《猎人格拉胡斯》（Der Jäger Gracchus）里得到了更好的例证：伟大的猎手在追逐羚羊时从悬崖上跌落而死，他乘上驶往冥府的小船，却一直漂泊在人间；他说：

> "从此以后我就死了。"
>
> "可您现在还活着呐。"市长说。
>
> "在一定程度上，"猎人说，"在一定程度上我还活着。我的死神之舟迷了航，也许是转错了舵，也许是驾驶员一时心不在焉，或者让我家乡的美景转移了注意力，究竟是怎么回事我却不知道；我只知道一点，就是我留在了世上，而我的小船却从此航行在尘世的河流上。就这样，本来只想生活在山区的我，死后竟周游世界各国。"[1]

显然，格拉胡斯是没有办法结束死亡的死者的完美形象，"随着从冥府最深处吹来的风"，他永远地处在了生命和死亡之间的游荡地带，而这个地带，这条跨不过去的河流，也许才是"死"的真正空间。卡夫卡的叙事频频地利用着这个空间，并借之成功地颠倒了正常的世界：死亡不再是此世的生命结束之时才发生的事情，而是生命（vie，

---

[1] 卡夫卡，《卡夫卡全集》（第1卷），叶廷芳主编，洪天福、叶廷芳译，北京：中央编译出版社，2015年，第328页。

life，Leben）直接地成了死亡的后果，也就是一种"死后的生命"或"余生"（afterlife，Nachleben），布朗肖称之为"幸存"（survivance）："确实，我们没有死去，但因此我们也没活着，我们死了同时我们活着，我们本质上就是幸存者。"[1]在卡夫卡的"变形"主题里，布朗肖进一步看清了这一"幸存"的事实："他死去只是为了幸存。他离开了生存，但这是为了接受自己被贬为害虫并进入变形的循环。"[2]所以，格里高尔的悲惨不仅在于其身体的非人化，更在于他变成甲虫之后仍无法摆脱其生存的不幸状态；换句话说，"变形"是生命在死亡之后延续的方式，是重新打开受难的无限进程，在那里，受难者找不到任何脱身的可能，也看不到任何终结的希望；犹如置身宿命的牢笼，这是名副其实的灾难：唯一的出路，死亡，已经不可挽回地丢失。难怪卡夫卡会在笔记里说："我们的拯救是死亡，但不是这个死亡。"（Unsere Rettung ist der Tod, aber nicht dieser.）[3]卡夫卡式的"幸存"的生命只能处在这两个死亡之间：一个是终结生命的死亡，另一个则是作为拯救的死亡，但前者总已经发生，后者却遥遥无望，两者之间的这段等待的空隔（espacement）作为布朗肖意义上"死"的空间（espace）由此意味着："死亡结束了我们的生命，但没

---

[1] Maurice Blanchot, *La Part du feu*, op. cit., p. 16.
[2] Maurice Blanchot, *La Part du feu*, op. cit., p. 87.
[3] 卡夫卡，《卡夫卡全集》（第4卷），叶廷芳主编，黎奇、赵登荣译，北京：中央编译出版社，2015年，第64页。

有结束死的可能性；它作为生命的终结是真实的，而作为死亡的终结则是虚假的。"[1]这准确地印证了卡夫卡所揭示的"死亡的残忍"："它带来了终结时真正的痛苦，但未带来终结。"[2]所以，布朗肖强调，在卡夫卡的世界里"没有真正的死亡，确切地说，从没有终结"[3]，只有"死"的永不终结，正如没有什么真正的生命，唯一的生命只能是余留的生命，也就是幸存。卡夫卡笔下现代人生存的终极情境就在于此：当否定性丧失其绝对的维度并被模糊性取代之时，如同荷尔德林的诗歌所唱，"生即死，而死亦是一种生"（Leben ist Tod, und Tod ist auch ein Leben）[4]，然无论是生是死，人都无可避免地处在一种承受苦痛之强度的持续的时间内，哪怕不断地尝试逃离，也只是越陷越深，因此只能弃绝未来的一切期许，绝望是唯一的希望。

死亡与记述

在描述卡夫卡式人物的绝望并以此来定义无限之"死"的状况时，布朗肖反复地使用了"实存"（existence）一词，例如：格里高尔的存在状态"无法离开实存，对他来说，存在就是注定总要落回实存"[5]；而土地测量员 K 的矛盾在

---

1 Maurice Blanchot, *La Part du feu*, op. cit., p. 16.
2 卡夫卡，《卡夫卡全集》（第 4 卷），同前，第 64 页。
3 Maurice Blanchot, *La Part du feu*, op. cit., p. 87.
4 荷尔德林，《浪游者》，林克译，上海：上海文艺出版社，2014 年，第 235 页。
5 Maurice Blanchot, *La Part du feu*, op. cit., p. 17.

于"如果他努力、抗争、欲求,他就总显示出更多的实存"[1]。这里的"实存"首先是相对于通常所理解的作为否定之结果的"虚无"而言:因为死亡往往被视为彻底的终结,"一了百了"或"万事皆空";但只要格里高尔和K进入了"死"而得不到"死亡"的解脱,他们就仍以某种方式存在着,且不得不存在着,如此强制的、不可摆脱的存在就是"实存"。布朗肖说"我们无法走出实存,这一实存是未完成的",所以"实存无止无尽,它不过是一个未定者,从中,我们不知自己是否被排除了"。[2] 如果"死"不是虚无而是实存,那么,此时,在人之生存的层面上,实存才是恐惧的真正对象。在《文学与死亡的权利》里,布朗肖这样解释道:"实存令人害怕,不是因为死亡,死亡能够终结实存,而是因为它排除了死亡,因为它仍在死亡之下,它是缺席深处的在场。"[3] 由此,作为"死"的实存就和列维纳斯的"il y a"(有)的概念清楚地联系了起来。尽管布朗肖一直审慎地与其好友的这个概念保持着距离,但在同一页的注释里,他公开引用了《从实存到实存者》导论中的一段话来说明人对于实存的恐惧。在这段话里,列维纳斯提出了一种和死亡的畏惧一样甚至更加原始的"存在的畏惧"(l'horreur de l'être),并很快把存在和虚无纳入了更普遍的"实存"状态,也就

---

[1] Maurice Blanchot, *La Part du feu*, op. cit., p. 87.

[2] Maurice Blanchot, *La Part du feu*, op. cit., pp. 16-17.

[3] Maurice Blanchot, *La Part du feu*, op. cit., p. 324.

是"il y a"（有）的事实；正因为"il y a完全地持有着我们"，列维纳斯说，"实存包含了一个就连死亡也不会解决的悲剧"[1]。在"无实存者之实存"部分，这样的悲剧被形容为无处藏身："被交给某种不是'什么东西'的东西并受其折磨［……］畏惧所下的判决乃是陷入实存之'无路可出'的永恒现实。"[2] 所以，按照列维纳斯的说法，"畏是il y a发出的窸窣声响"[3]，不同于海德格尔的对死亡或纯粹虚无的焦虑，它是实存者在那个无处不在地包围自身的"实存"面前体会到的根本情绪，而其典型的形式是一种"黑夜的恐惧"。列维纳斯用极富诗性的笔调呈现了夜幕降临之际弥漫并向人侵袭的看似没有实体却充盈了一切的黑暗，对他而言，黑暗就是"il y a"的化身，是一切消失不见之后仍然存留的无法抹除的东西。有趣的是，为了从文学上例证黑夜所体现的"il y a"的力量，列维纳斯同样在一个注释里援引了布朗肖的作品《晦暗托马》，称它精彩地表达了"缺席的在场，黑夜，主体在黑夜中的溶解，存在的畏惧，存在在一切否定性运动中的重返，非现实的现实"[4]。的确，《晦暗托马》第二章的场景可以说建构了一种关于黑夜恐惧的现象学（"这夜似乎比任何的夜都更加地阴郁，更加地恐怖，仿佛它事实上诞生于一个思想的伤口［……］

---

[1] Emmanuel Levinas, *De l'existence à l'existant*, op. cit., p. 19.
[2] Emmanuel Levinas, *De l'existence à l'existant*, op. cit., p. 88.
[3] Emmanuel Levinas, *De l'existence à l'existant*, op. cit., p. 84.
[4] Emmanuel Levinas, *De l'existence à l'existant*, op. cit., p. 89.

这就是夜本身"[1]）。但透过黑夜的实存，列维纳斯其实已经看到了它与永不终结的死亡的关系。早在1941年10月一封写给布朗肖的信里，列维纳斯就吐露了他读完《晦暗托马》的感受，其中关于黑夜和死亡的思索极有可能暗示了布朗肖后来"死"之概念的一个隐秘来源：

> 黑夜，缺席的在场，这是我所用的表达法［……］对我来说，黑夜不是死亡，而是死亡的不可能性，和海德格尔相反，我认为畏惧是死的不可能性［……］"缺席的在场"既非某物的在场，也非某人的在场［……］它是本质地无名的——也就是，正如我所称呼的，il y a。[2]

尽管互文语境下的解读可以证实布朗肖的"死"和列维纳斯的"il y a"如何在那片吞没了托马的黑夜氛围中实现思的交融，但不可否认，《晦暗托马》本身已在理论的视野之外搭造了上演死亡的舞台，并且，显而易见，死亡构成了叙述的核心事件。从这个角度看，黑夜不如说是死亡的阴影，渗透主人公身体乃至文本的黑暗不只属于一个自然的环境；无论在什么地方，无论是在海水当中潜行或在廊道里头摸索，托马的行为都印证着同一件事，那就是，他已步入了死亡所打开的内在空间。纵然列维纳斯有理由

---

1 Maurice Blanchot, *Thomas l'obscur*, Paris: Gallimard, 1992, p. 17.
2 Emmanuel Levinas, « Lettre à Maurice Blanchot, 26 octobre 1941, Sur *Thomas l'obscur* », dans *Cahiers de l'Herne. Maurice Blanchot*, éd. Eric Hoppenot et Dominique Rabaté, Paris: L'Herne, 2014, pp. 307-308.

认为《晦暗托马》的黑暗是一种"实存"经验的写照，甚至在象征的层面上，同样可以说，作品中具化为黑夜的死亡乃是"实存"的另一形态，但布朗肖虚构作品中的死亡主题并不能被完全地化约为存在哲学的抽象化，相反，黑夜及其实存的特性只是布朗肖从文学上对"死"这一现象进行描绘的持续努力所（或许最早地）透露出来的一个方面而已。在长达半个多世纪的写作里，死亡的回声一直萦绕着布朗肖的虚构创作，尤其是那些被归在"记述"（récit）名下的作品。记述作为一个特别的文类事实上成了布朗肖试验其"死亡"之思想的专属场地，在那里，洞悉"死"之秘密的作家将能够以一种前所未有的方式讲述不可讲述的死亡经历，深渊似的死亡真正地被一束可见的光照亮，允许人们到它恐怖的腔膛中一探究竟。为此，记述的文本必须承受死亡，必须同死亡一起活着，必须留在死亡的内部，必须让死亡的时间达到词语所能容忍的极限，简言之，必须从死亡的种子或病菌植入生命之裂口的那一时刻起就永远地臣服于死之永恒的冲力，从此一直死下去。对布朗肖来说，记述首先是关于"死"的记述，是"在死亡当中死着"之人的记述。

布朗肖记述中的死亡可被概括为两个基本的场景。一个是日常的场景，是垂死者在生者的守护下离世的场景，那往往是病榻前的一次生离死别。如同阴性的"死亡"（la mort），垂死者会是一位女性：《晦暗托马》里的安娜，《死亡判决》里的 J，《最后之人》里无名的"她"。在临终之床上，她们向另一个人（托马或"我"或"他"）告别："她把脸转向他们，仿佛她想要看着他们直到最后一刻"[1]；"'现在，'她说，'看看死亡吧。'她用手给我指示着"[2]；"依旧一动不动，她突然问道：'是我正在死吗？是您吗？'"[3]。但告别总显得艰难而漫长，仿佛"死"是没法一下完成的动作；不仅垂死者在被动地挣扎，似有一股神奇的力量牢牢地保留着最后一口气息，而且生者也无助地发出召唤，像隔着忘川又把失散的魂魄叫了回来。安娜在落入幽暗前睁开了眼睛，这是"让几乎已战胜死亡的人最后一次望向被看之物的陷阱"[4]；身躯僵硬了的 J 在"我"的呼喊下重新醒来，"这已死的少女因我的呼唤而复活〔……〕我见到了一桩奇迹"[5]；年轻女子，"她"，如亡魂一般，消失了又回来，或者从未离开，在空无中相伴，"仿佛她在时间的一端，而我在另一端——但这是在同一个瞬间，在一种共同到场的并肩里"[6]。就这样，垂死者在生死之间来回往复；记述看似给出了一个心跳终止的结局，但不久，如缕未绝的话音又会响起，"死"的进程在挥之不去的低语

---

1 Maurice Blanchot, *Thomas l'obscur*, op. cit., p. 97.
2 Maurice Blanchot, *L'Arrêt de mort*, Paris: Gallimard, 1990, p. 49.
3 Maurice Blanchot, *Le Dernier Homme*, Paris: Gallimard, 1992, p. 103.
4 Maurice Blanchot, *Thomas l'obscur*, op. cit., p. 97.
5 Maurice Blanchot, *L'Arrêt de mort*, op. cit., p. 52.
6 Maurice Blanchot, *Le Dernier Homme*, op. cit., p. 105.

中继续。

另一个是极端的场景，处决的场景。或许是受卡夫卡的影响，审判和行刑的话题在布朗肖的小说中出现了好几次：《牧歌》里的异乡人因为逃婚受到鞭笞的惩罚，而惩罚最终成了死刑；《至高者》的结尾处，"她"对"我"举起了手枪，准备执行一次处决，然而"她的胳膊松了下来"[1]，故事于此戛然而止。但真正讲述处决的记述只有一部，那也是他最后的一部：《我死亡的瞬间》。在这个根据其亲身经历创作或记录的故事里，"年轻人"被纳粹军队逮捕，而就在枪声即将响起之际，"他"又幸运地被放走了。预期的死亡并没有如期而来，至少没有降临在叙述者本人身上，但记述留下了一句奇怪的话："我活着。不，你死了。"[2] 由此，枪决所代表的死亡的时刻以某种方式给"他"留下了永恒的烙印："他"没有死，"他"活着，但"他"活在"死"的无限空间内；从那个即将发生却没有发生的瞬间起，"死"就在"他"身上打开了一个通道，使得"他"不论身处何时何地，都将返回那个瞬间所昭示的独一事件的位置，重温一遍死亡的"轻盈感觉"[3]。

显然，布朗肖的死亡记述关注的是一种特殊的死亡经验。在纪念萨拉·科芙曼（Sarah Kofman）的一篇文章《出

---

1 Maurice Blanchot, *Le Très-haut*, Paris: Gallimard, 1988, p. 243.

2 Maurice Blanchot, *L'Instant de ma mort*, op. cit., p. 15.

3 Maurice Blanchot, *L'Instant de ma mort*, op. cit., p. 11.

生即死亡》（La naissance est la mort）里，拉库－拉巴特通过一种文学史的追溯，恢复了这一死亡经验的西方古典传统，并称之为"nekuia"。这个词在希腊语里原指一种召集鬼魂问卜的仪式，也就是"招魂"。但拉库－拉巴特的阐释依据的是荷马史诗《奥德赛》第十一卷的叙事：为了探寻归途，奥德修斯驾船驶入冥府，召来亡灵并同之交谈。因此，拉库－拉巴特说，这是"英雄向死者迈出脚步"，是"穿过死亡，下到地府"。[1] 这样的"经历"（expérience）和《伊利亚特》开篇的"愤怒"一同构成了西方世界的两个"原始场景"，谱写了西方对于死亡的记忆。如果"经历"的实质是一场地下世界的旅程，那么，"经历"的文学则是以一个地府归来者的口吻述说死后的见闻。当然，这最早是神话所热衷的冒险题材，正如帕斯卡尔·基尼亚尔在《沉默之舟》里写的，除了尤利西斯，"赫拉克勒斯、阿德墨托斯、狄奥尼索斯、俄耳甫斯、忒瑞西阿斯和阿基里斯都下落到冥府并返回。他们一回来就讲述他们所见的。他们尽其所能地用他们的言词叙述他们遇到的极其动人的面孔，古老的黑光，一切古老的情感"[2]。维吉尔的《埃涅阿斯纪》是此类型的另一典范。其后的继承者，从中世纪直到现代，包括了但丁的《神曲》，夏多布里昂的《墓畔

---

[1] Philippe Lacoute-Labarthe, *Agonie terminée, agonie interminable. Sur Maurice Blanchot*, op. cit., p. 122.
[2] Pascal Quignard, *La Barque silencieuse*, Paris: Seuil, 2009, p. 33.

回忆录》(*Mémoires d'outre-tombe*)，兰波的《地狱一季》，乔伊斯的《芬尼根守灵夜》(*Finnegans Wake*)，或许还有赫尔曼·布洛赫（Hermann Broch）的《维吉尔之死》(*Der Tod des Vergil*)。但拉库-拉巴特为这一"经历"增添了一个更为人世的方面，它不必发生在阴暗的地狱，也不必发出梦幻的呓语，它只需无限地贴近或惊险地掠过死亡的现实，用更通俗的话说，它会是一种"濒死体验"。从文学史的夹缝里，拉库-拉巴特搜出了两段插曲：蒙田在其《散文》中讲述的坠马昏迷的经历和卢梭在《孤独的散步者的梦》中记载的被狗撞晕的事故，它们都传达了死亡面前一种轻盈乃至迷狂的感受。而到了二十世纪，这一体验找到了其最暴怒、最疯狂的形象：安托南·阿尔托——在罗德兹的精神病院里，他被强制电击，险些丧命。最后，在这份清单的最后，拉库-拉巴特加上了布朗肖的《我死亡的瞬间》，那同样是一个与死神擦肩而过的画面。然而，一种更细致的考察应把布朗肖的其他记述也纳入其中，生离死别的场景毋庸置疑也属于濒死体验，甚至招魂的传统。在 1942 年的手记里，加缪曾评价《晦暗托马》里的托马和安娜是"一种新形式的俄耳甫斯和欧律狄克神话"[1]；据此，布朗肖死亡记述中生者对（垂）死者的凝望可被视为英雄（或诗人）游历地府并同亡魂打交道。的确，就像罗歇·拉

---

[1] Albert Camus, *Carnets*, tome II, Paris: Gallimard, 1964, p. 65.

波尔特认为的，《最后之人》第二部分的情境很可能是"死者的王国，阴影在那里游荡，寻找一个不可能的葬礼"[1]；而《死亡判决》的复活情节和裹尸布细节甚至以一种强烈暗示的方式让人想到耶稣的形象，由此唤起了招魂传统的基督教神学的维度，或者，用基尼亚尔的话说，那是一个沉默的维度，因为"耶稣像其他英雄一样落入地狱，但人们对耶稣的地狱一无所知，他［……］没有力量或勇气向生者叙述他对死者的拜访"[2]。不管怎样，通过大胆地置身于巴塔耶所说的"凝视死的人［……］向死亡敞开的凝视"[3]，一种，按照拉罗什福科（La Rochefoucauld）的断言，和面对太阳一样不可能的凝视，通过触及甚至穿透那道分开生者和亡者、此世和彼世的界限，布朗肖的记述已成功地在拉库－拉巴特界定的"nekuia"主题中占据了一个晚近的重要位置。但不同于之前的一系列变奏，这个位置也极有可能标志了最终异端的时刻。

复活与幸存

为了表明布朗肖的死亡记述如何在"招魂"，更确切地说，"涉死"的文学传统中成为一个最终的也是决定性的异端时刻，或许应该首先考察其记述中最具神话或宗教

---

1 Roger Laporte, « Présentation », dans *Revue des Sciences Humaines*, 1999/1, n° 253, p. 15.
2 Pascal Quignard, *La Barque silencieuse*, op. cit., p. 33.
3 Georges Bataille, *Œuvres complètes*, tome XII, op. cit., p. 460.

色彩的死亡事件，也就是，"复活"（résurrection）。从表面上，不难辨认出"复活"的本质情节：无论是俄耳甫斯从地府带回他的妻子，还是基督命令拉撒路从墓里爬起来，一种从死亡返回生命的不可思议的、非自然的逆向过程决定了整个事件。除了在理论写作中几次借用拉撒路的隐喻外，布朗肖的记述也从一开始牵涉了这一神学典故。《晦暗托马》曾用一种极为怪诞的笔调描写了主人公在午夜时分进入墓穴又出来的场景，但这不只是一个物理空间意义上的简单出入的运动，布朗肖所用的措辞明确地把整个过程当作了一次复活，而托马则是一个拉撒路的形象：在墓里他死尸般静止，在墓外他又如活人行走。然而，这个文本最迷人的地方在于，当托马身处死亡的非现实之中时，他还能感受到他四周的空虚，就好像死地的深处还有着生命，或不如说，这是一场"活埋"，他被埋在生死之间："他真地死了，同时又被死亡的现实所排斥。"[1] 由于墓中这一独特的死亡状态，当托马从泥土里挣扎出来时，读者有足够的理由怀疑那个站起来的人是不是一个成功重生的人，而诸细节的模棱两可的表述似乎颠覆了复活的真实性质：

> 他在窒息中找回气息。他在一间以沉默和不可渗透之黑暗囚禁他的牢狱里重新找到了前行、观看和呼喊的可能。他感到怎样怪异的恐惧，当他跨过最后的

---

[1] Maurice Blanchot, *Thomas l'obscur*, op. cit., p. 40.

阻碍,出现在其墓穴的窄门上,不是复活了,而是死了并确信自己同时挣脱了死亡和生命。他前行,一具着色的木乃伊[……]他前行,唯一真正的拉撒路,他的死亡复活了。[1]

在一篇研究布朗肖作品中"复活"问题的论文里,让-吕克·南希特别注意到了此段描写对传统的复活之主体的改写:"他的死亡复活了。"的确,读者应像托马一样产生"怪异的恐惧",因为当这个"唯一真正的拉撒路"从墓里走出来时,他"不是复活了,而是死了",或者说,行走的不是一个活过来的生命,而仍是一具尸体或"木乃伊"。南希极为准确地指出了两个同名的拉撒路——《晦暗托马》的拉撒路和《约翰福音》的拉撒路——在复活上的根本差异,他称之为"死亡"(la mort)之复活和"死者"(les morts)之复活的差异。死者的复活"是把死者带回到生命,是让生命在死亡已消灭它的地方重新出现。这是一个惊人的、奇迹的操作,它用超自然的力量取代了自然的法则"[2];而死亡的复活则是"一边保持死了,一边在死亡中前行"[3]。前一现象不难理解,因为它设定了生命和死亡不相混淆的分界,无论是死亡还是复活,都不过是从界限的一侧转向另一侧;但后者则完全不同,甚至比"神迹"更令人费解,

---

[1] Maurice Blanchot, *Thomas l'obscur*, op. cit., p. 42.
[2] Jean-Luc Nancy, *La Déclosion (Déconstruction du christianisme, 1)*, Paris: Galilée, 2005, pp. 135-136.
[3] Jean-Luc Nancy, *La Déclosion (Déconstruction du christianisme, 1)*, op. cit., p. 138.

因为其结构不再是生死对立的二元关系，而是重新制造了一种互融共存的模糊性，生命和死亡不是永不相遇的两面，而是表现为一种"共时性"：复活"不是返回生命，而是让死亡作为死亡活着"，更确切地说，是令"真正的拉撒路像让他的生命死去（meurt son vivre）一样让他的死亡活着（vit son mourir）"。[1] 这就是为什么，布朗肖会说，站到窄门上的托马"同时挣脱了死亡和生命"。其实，在生命和死亡之"共时性"的状况下，托马的"死"也一样挣脱了死亡和生命；墓穴里的"死"当然不是生命，但也不是纯然的死亡；它是像生命一样在死着的死亡，或者说，这是死亡本身在活着。因此，本质的"死"已经是一种"复活"了，只不过这种"复活"并不是恢复"活"（vivre），而是恢复"死"（mourir），严格地说，是恢复"活"在死亡当中的"死"，也就是，在死亡当中重新打开死亡作为死亡的可能性；对布朗肖而言，这一"恢复"或"重新打开"的动作本身就是死亡得以像生命一样在自身当中"活着"的方式。在这个意义上，布朗肖对托马复活的描写包含了一个假象，制造了一个错觉，让人以为只有像拉撒路那样从墓里出来的姿势才代表了一次复活的完成，但真正的复活并不需要"唯一的拉撒路"作为其化身，更不必把墓穴的开启当作其发生的条件；当复活作为"死亡的复活"或"复

---

[1] Jean-Luc Nancy, *La Déclosion (Déconstruction du christianisme, 1)*, op. cit., p. 138.

死"和无限的"死"相一致时，复活总已在死亡的墓穴中不停地进行；此时，就连"出来！"的神圣召唤也不会改变什么,墓外的拉撒路和墓中的拉撒路总是同一个拉撒路，甚至复活（résurrection）所要求的这一"出来"或"上升"（surrection）也不过是在墓穴里"进去"或"下落"得更深。这正是托马复活的异端性：圣经式复活的秩序被彻底颠倒了，复活不再是从幽暗的内部转向光明的外部，而是让内部的幽暗变得更为幽暗,并把幽暗本身作为可见性的基础，因此也就弃绝了超验的神圣之光。

另一个类似的复活场景出现在《死亡判决》里。在布朗肖所有的虚构作品中，《死亡判决》似乎备受评论者们的关注，一方面或许是因为其叙述语言的简明和故事情节的清晰，使得这部记述很大程度上为文本解读提供了言之有物的依据，但另一方面，切实的可读性当中仍保留着诸多值得玩味的谜团，除了日期信息所隐含的特殊背景激发的传记兴趣之外，最引人注目的莫过于第一部分讲述 J 的病情时突然发生的神秘复活。相比于走出墓地的托马，从病床上坐起的 J 更像拉撒路，而叙述者"我"则活像个基督。当 J 的身体僵硬得像"一尊雕像"时：

> 我俯身向她，用一阵高亢、响亮的声音呼唤她的名字；而立刻——可以说，不到一秒的间隔——她仍紧闭的口中就呼出一股气流，一声逐渐变轻的叹息，

一阵软弱无力的呼喊；几乎在同时——我对此肯定——她的胳膊动了，试图举起来。那会，眼睑还完全闭着。但，一秒钟后，或许过了两秒，它们突然睁开，并打开了某种可怕得连我也说不出的东西，那是生者所能接受的最可怕的目光，而我相信要是在那一刻我颤抖并体会到恐惧，一切都会消失，但我的温情如此巨大，以至于甚至没考虑过发生之事的独特性［……］[1]

后续的文字表明：J确似活了过来，她"痊愈"了。那么，"我"的呼喊不就重现了耶稣的强大口令吗？然而，读者必须"考虑发生之事的独特性"，必须小心翼翼地避开布朗肖的文本所设置的隐秘陷阱。在一篇解读该记述的文章《白夜》中，通过与皮埃尔·马多尔（Pierre Madaule）的研究《一项严肃的使命？》（*Une tâche sérieuse ?*）展开对话，罗歇·拉波尔特揭示了《死亡判决》叙述者表面的基督形象所遭遇的彻底颠覆："复活根本没有产生一种神圣的幸福"[2]，因为死者睁眼之际，"我"看到的是"某种可怕得说不出的东西"，"生者所能接受的最可怕的目光"。这目光甚至在看似与第一部分断裂的第二部分的女主角身上再次出现：我冒着黑暗寻找娜塔莉，突然察觉她的在场，看到了"她眼里这团死寂空无的火焰"[3]。但此时的娜

---

[1] Maurice Blanchot, *L'Arrêt de mort*, op. cit., p. 36.
[2] Roger Laporte, « Nuit blanche », dans *Critique*, n° 385, 1997, p. 216.
[3] Maurice Blanchot, *L'Arrêt de mort*, op. cit., p. 109.

塔莉身体像寒夜一样冰冷，以至让人怀疑这眼中的火焰发自一具死尸，确切地说，一具复活的死尸。恰恰是这目光可怕的非人性暗示了复活者并未返回正常的生命，相反，从死者眼中闪现的不如说是死亡本身的光芒。早前的一段病人和护士的对话点出了南希所界定的两种复活的差别："'您见过死亡吗？'——'我见过死人，小姐。'——'不，是死亡！'"[1] 通过一段电影的回忆，拉波尔特把护士未曾见过的这个死亡（la mort）大写成了"死神"（la Mort），于是，当叙述者凝视 J 或娜塔莉的空无眼神时，他就像哈姆雷特或抹大拉的玛利亚一样在看一颗骷髅头黑洞洞的眼孔，他瞬间瞥见了"死神"，或遭遇了"死"。对拉波尔特来说，"死神"其实是"死"（mourir）而不是"死亡"的人格化；"死神"形象的真正特点不在于它象征了毁灭的虚无和地狱的阴暗，而在于它一直游走在人间且不停止其步伐，也就是说，它能够以一种生命的形式支撑死亡的永恒运动，或干脆让生命承受死亡的无限反复，它因此是"生命与虚无这两个对立项之间"的"第三项"，而选择了它就意味着"游荡于一个找不着出路的痛苦的空间"，其中"死的希望被禁止了"。[2] 这正是《死亡判决》中复活的陷阱所在：虽然口中的气息和眼中的亮光无可置疑地预示了亡者从死亡中归来，但这样的"归来"（retour）

---

[1] Maurice Blanchot, *L'Arrêt de mort*, op. cit., p. 30.
[2] Roger Laporte, « Nuit blanche », op. cit., pp. 215-216.

本身已经属于亡者所陷入的"死"之"轮回"（retour）；这气息，这亮光，并非被掩埋了的生命对复活之祈求的回答，而是推动尸体行走并把它变成一个"活死人"的那股"死"之力量给出的允应。如同文末那个无比强大的词"来"（Viens），复活总是一声模糊的召唤，它对死者说"来"，但不是"来"到生命，甚至不是"来"到任何地方，而是以死者的身份一直在"来"，乃至于遗忘了其自身的死亡；于是，复活者失去坟墓，成了游荡于人间的鬼魂。这就是为什么，读者会不由自主地感到《死亡判决》字里行间弥漫着一种微妙的哥特式氛围。既非神话，也非神迹，复活是一个名副其实的鬼故事。

正如任何鬼故事都存在用所谓科学的方式加以祛魅的可能，J的苏醒，从某个更符合经验现实的角度看，也许会被视作一次"假死"；如此一来，它又与枪决的"濒死体验"相一致了，但仍属于拉库－拉巴特所划定的"nekuia"范畴：无限地接近甚至触及了死亡，并从中顺利逃脱。这一"死后余生"的经历通常有另一个名称："幸存"（survivance）。而雅克·德里达恰恰把"幸存"作为他分析《死亡判决》的入口，只不过他谈论的是其动词的形式："survivre"。在这里，必须首先承认汉语中的"幸存"远未传达原词"survivre"的全部意思：因为它既指人在宗教世界里死后继续存活（"余生"，死亡之后的生命［life-after-death］），也指人在世俗世界里侥幸避开了死亡（"缓刑"，生命之后的生命［life-after-life］）。但不论是否真地进入了死亡，关键都是生命没有因遇到死亡而停止。所以，有必要记住其更为贴切的英文译法：live on，活下去。即便如此，就像德里达指出的，通过词语的拆分游戏，围绕这样的"活"（vivre），"survivre"中的"sur"的多义性仍可以制造令人眼花缭乱的阐释之可能：在其相近的词族（on, super, hyper, over, über, above, beyond）里，"sur"可以表示同"vivre"的各种关系——既可以是"关于存活"，也可以是"在存活之上"，甚至是"超出存活"或"越过存活"……由此，德里达说："幸存（survie）可以是'还有（encore）生命'或'多于（plus）生命'和'好于（mieux）生命'，一种'更多之生命（plus-de-vie）'的悬停（suspens）。"[1]这既是语言本身的模糊性，也是幸存的"存活"（vivre）或"生命"（vie）之形态或方式的模糊性。但在《死亡判决》里，德里达注意到，幸存之"存"（vivre）的方式，也就是"sur"，首先是"关于"（sur）书名，"l'arrêt de mort"。确切地说，这其实是布朗肖自己在《诡步》的断片里提供的线索，而德里达视之为一个晚来的题注：

> 幸存：不是存活，或者，不是活着，将自身，没有生命地，维持于一个纯粹增补的状态，对生命进行

---

[1] Jacques Derrida, *Parages*, op. cit., p. 112.

> 替补的运动，而不如说是停止死，这样的停止没有停止它，相反，使之持续下去。"在言语的止界——不稳定之线——上言说。"仿佛它出席了死的穷尽：仿佛，白日远未结束之时，过早地开始的黑夜，怀疑它会不会成为黑夜。[1]

在这段谜样的文字里，布朗肖几乎推翻了之前关于幸存的全部思索，他明确地否认幸存是一个有关"存活"（vivre）或"活着"（vivant）的问题，更不用说是对生命本身的补充或替代了。换言之，幸存，"survivre"中的"sur"，在布朗肖眼里，恰恰是一种对生命之"多余"（surplus）状态的错误暗示，因为幸存绝不是把"更多"（plus）生命以"加号"（plus）的方式添到生命"之上"（sur）。相反，幸存之问题的核心是对死亡的操作，而这一操作就是文本中反复出现的"停止"一词："停止死"（arrêter le mourir），"停止没有停止它"（arrêt qui ne l'arrête pas）。恰巧，法语动词"停止"（arrêter）的名词形式同时也是记述标题中的"判决"（arrêt）一词。这立刻就把其讲述的死亡事件引向了一个极不稳定的层面，使得"l'arrêt de mort"分化为两个几乎对立的意思："死亡的判决"和"死亡的停止"。J的病中挣扎，可以说，是在这两个关于死亡的动作之间摇摆：一方面，她遭遇死亡，接受针对她的死亡判

---

[1] Maurice Blanchot, *Le Pas au-delà*, op. cit., p. 184.

决，不管那个判决或裁定是医生还是死神给她下达的；另一方面，她又从死亡中幸存，她的复活无异于让她身上正在或将要发生的死亡停止。所以，要是"arrêter"，如布朗肖所说，是"幸存"的独一姿势，那么，幸存似乎是一个生死不定的模糊状态，它意味着一种奇怪的超越，德里达称之为对"生"与"死"的同时越界（déborder）："给生与死各自补充一个惊跳（sursaut）和一个延缓（sursis），同时判定（arrêtant）死亡和生命，使它们终结于一个决定性的停止（arrêt），这停止既在终了什么，又在下达一个判决，一个陈述，一种言语或一种续语。"[1]这里的"续语"（surparole）即持续言说的言语：一旦言语成了"arrêter"的对象，那么，它只能是一种"欲止又言"的言语。这也是为什么，布朗肖反常地杜撰了一个词，"arrête"（止界），其用意不难揣测：他试图在这个词中把"arrêt"（停止，判决）和"arête"（棱，脊，鱼刺）结合起来，使之成为一道既切断、阻隔、中止言语又命令其继续的界限。就像界限不仅划定了一个人止步的范围，而且暗示了其被跨越的可能，"arrêter"也是一个既要止步又要跨越的姿态，这便是幸存的要义。的确，布朗肖定义的"停止"是一种"不停止死"，反而"使之持续"的停止，或不如说，这样的"停止"必须作为本身就不可译的"arrêter"，在停止死的同时，

---

[1] Jacques Derrida, *Parages*, op. cit., p. 142.

判定继续死，甚至是在判定（arrêter）死亡的停止（arrêt）时，停止（arrêter）死亡的判定（arrêt）。有必要留意布朗肖的措辞，他刻意避开了"生命"的介入，换言之，判定（arrêter）死亡不等于停止（arrêter）生命，而停止死亡（arrêter）也不等于判定（arrêter）生命。在根本上，幸存的"arrêter"从不把"生命"作为其宾语，它无关乎生命，也无关乎如何"活"，而只关乎如何"死"。虽然德里达清楚地意识到幸存"既不是生命，也不是死亡"，并且"既不对立于生命，也不等同于生命"，而是呈现了一种他异的关系，"既他异于同一，也他异于区分之差异"，但当他把这种超出同一与差异的关系命名为他自己的"延异"（différance），并强调幸存是"在一条既非截然对立，又非稳固一致的线上同时推迟生命与死亡"时，[1] 他显然没有舍弃幸存对于生命的延续。或许，当他把雪莱的《生命的凯旋》（The Triumph of Life）和《死亡判决》放到一起来阅读时，他已表明，他透过记述看到了"生"的意志，而不是"死"的力量。

不管怎样，德里达的分析仍准确地把握住了"幸存"本身对于生命和死亡的同时保留；这样的保留，带着"arrêter"的模糊性，直到他解读布朗肖的另一部作品《我死亡的瞬间》时，才彻底地把死亡作为其研究唯一的对象。

---

1 Jacques Derrida, *Parages*, op. cit., pp. 166-167.

在德里达对这篇短小记述的逐字逐句的细读中，正如文章开篇的两个概念"虚构与见证"（fiction et témoignage）所透露的，一次劫后余生之经历的回忆不可避免地面对着一个如何在虚构中见证乃至作证的难题，而它的核心正是死亡本身的事件如何能够作为一个"未经体验的体验"得以书写，也就是，主体能否在生命中真正地遭遇自身的"死"，并且他又该如何讲述或再现这一不可能的场景。仍旧是通过一种词语游戏，这一次德里达把幸存的形式命名为"持留"（demeure），并从布朗肖的文本中找到了该词播撒的痕迹。按照德里达的说法，法语的 demeure 一词以不同的语法形态在整个记述中出现了五次，"每一次出现都独一无二，没有任何随意重复的缺陷"[1]，分别是：

（1）作为动词原形："德国人保持队序，准备就这样一直（demeurer）一动不动，让时间停止"[2]；

（2）作为动词的简单过去时："在那里，他一直（demeura）藏身于他很了解的树丛"[3]；

（3）作为名词："因为，正如黑格尔对另一位朋友写道，法国人掠夺并洗劫了他的住所（demeure）"[4]；

（4）作为动词的未完成过去时："在枪声只差响起的时刻，留下（demeurait）了我不知该如何表述的轻盈

---

[1] Jacques Derrida, *Demeure. Maurice Blanchot*, Paris: Galilée, 1998, p. 102.
[2] Maurice Blanchot, *L'Instant de ma mort*, op. cit., p. 12.
[3] Maurice Blanchot, *L'Instant de ma mort*, op. cit., p. 12.
[4] Maurice Blanchot, *L'Instant de ma mort*, op. cit., p. 14.

感觉"[1]；

（5）作为动词现在时的第三人称单数："留下（demeure）的只是死亡本身所是的轻盈感觉，或者，更确切地说，从此一直悬而未决的我死亡的瞬间"[2]。

由此，德里达指出，布朗肖的记述事实上围绕着"demeure[r]"（住所／持留）展开。首先，幸存的故事离不开一个住所（demeure），也就是城堡；城堡既是事件发生的场景，也是主人公得以活下来的隐秘原因。其次，如同《死亡判决》里的"arrêter"，《我死亡的瞬间》的关键动作是更加明确的"demeurer"——"持留"。在一个直观的层面上，幸存可被简单地转译为一个人在本该死去的时刻"留下来"（demeure）或者"没有死"（dé-meurt），他"一直"（demeure）活着，甚至"仍"（demeure）"留"（demeurer）在其住所（demeure）当中。德里达甚至分析了其拉丁语词源"demorari"，其意义正是"等待"和"推迟"[3]。从而，"持留"首先意味着某一状态的纯粹保持和延续。但无论如何必须注意，在布朗肖的记述里，"持留"始终和"死亡的瞬间"紧密相关，更确切地说，这篇记述的重点绝不是主体或主体的生命和存在得到了持留，而是"死亡"作为一个不可持留的瞬间持留了下来。文本中出现的四个

---

[1] Maurice Blanchot, *L'Instant de ma mort*, op. cit., p. 15.
[2] Maurice Blanchot, *L'Instant de ma mort*, op. cit., p. 17.
[3] Jacques Derrida, *Demeure. Maurice Blanchot*, op. cit., p. 101.

动词形式的"demeurer"（或许，作为名词的 demeure，一个持留着的住所，已用其坚不可摧的在场，收留了持留行为的全部后果，它是持留者的最终去处，最终的处所［la dernière demeure］，意即，死亡在其中持留的坟墓）已经清楚地表明了这点。因为一个奇特的体验把四个"demeurer"串联了起来，而这体验恰恰也是"死亡之瞬间"的标志，甚至可以说，在那个瞬间，只有这样一种激情，一种体验："轻盈的感觉"（sentiment de légèreté）。的确，当行刑队"一直一动不动"时，年轻人就体会到"一阵极度轻盈的感觉"；而当他"进了远处的林子"时，他"仍怀着轻盈的感觉"；乃至于战斗结束时，甚至战争结束后，留下的也只是"轻盈的感觉"。在这条时间线上，从"枪声只差响起的时刻"开始一直到现在，"轻盈的感觉"从未消失，相反，它带着它"难以表述"和"不可分析"的特质，成了唯一持留的东西。而布朗肖同时明确地说，这感觉就是死亡本身，是"从此一直悬而未决的我死亡的瞬间"。所以，在记述的最后一句话里，幸存的秘密已显露无遗：幸存作为持留或持存，根本不是打断或停止正在发生或正在到来的死亡，好让生命能够延续，而是恰恰让死亡的终止不再可能，是让死亡"从此一直"（désormais toujours）保持在一个不停发生的状态，也就是让死亡的"瞬间"（instant）处于"悬而未决"（en instance）之中；这不是一劳永逸地取消"瞬间",而是悬置或推迟对于"瞬间"的审决(instance),使之进入"绵延"(durée)或"持续"(duration),这就是持留的时间,而且,正如德里达强调的,它脱离了任何的年代学或计时法,它是"不可度量的"[1]。在这个意义上,死亡的持留无异于让其瞬间变成永恒,也就是,打开一个死亡的无限进程,而这恰恰是布朗肖所说的"死"。

那么,复活也好,幸存也罢,在布朗肖这里,它们其实是对"死"的重新发现:复活是"死"的复活,幸存也是"死"的幸存。就它们完成了对死亡的顽固"停留"(停止[arrêt]和持留[demeure]),而没有"穿越"或"走出"死亡这一点来说,文学的"招魂"传统已然遭到了瓦解。(记述已成为一种新的死亡仪式,但不同于卡夫卡或阿尔托,它并不承受现代性的醒目创伤,肉体疼痛的激烈强度,相反,它返回了"安魂"的平静,让只剩下性别的无名者如古老的诸神一般活在人世的纯粹时空内。)究其根本,布朗肖的记述固然是以死亡的事件为核心,但作为事件的死亡已被"死"所取代。为了洞悉其记述的本质,有必要把"死"和"死亡"两个概念清楚地区分开来。或者也可以说,"死"是另一种死亡。在《我死亡的瞬间》里,作者反复暗示了存在着两种死亡:"死亡与死亡的相遇?"[2]以及:"仿佛

---

[1] Jacques Derrida, *Demeure. Maurice Blanchot*, op. cit., p. 109.
[2] Maurice Blanchot, *L'Instant de ma mort*, op. cit., p. 11

他身外的死亡从此只能和他体内的死亡相撞。"[1] 德里达把这两种死亡的相遇或相撞形容为一场死亡的相互追逐："一个在另一个前头［……］它们跑向彼此，追击彼此，遇上彼此［……］一个死亡追赶另一个死亡［……］自它驱赶另一个死亡起，就在追逐它，以便赶上它"，但在这场"赛跑"中，"死亡追着死亡是为了不看到死亡到来"。[2] 所以，一种是"身外的死亡"，是随时可能降临到主体身上的终结式的死亡，也是还没有到来的死亡；另一种则是"体内的死亡"，是总已经在主体身上开始并正在进行的"死"。后者既在等待尚未到来的前者，同时又在不断地推延甚至拒斥前者的到来，两者之间因此有一种"延异"（différance）的关系，确切地说，如此的延异本身就属于"死"的"持留"（demeure），它是一种"持久的延异"（différance à demeure）[3]。在根本上，"死亡"既不能开启"死"，也没法结束"死"，它只能作为一个不可能的结局向"死"本身到来，因此，"死亡"外在于"死"，"死"是一种"没有死亡的死"（mourir sans mort），或者是"没有死亡的死亡"（mort sans mort）甚至"死而不亡"（mourir sans mourir）。于是，记述的核心，"死亡的瞬间"，至少经历三次否定和反转，成为一个空核：

---

[1] Maurice Blanchot, *L'Instant de ma mort*, op. cit., p 15.
[2] Jacques Derrida, *Demeure. Maurice Blanchot*, op. cit., p. 128.
[3] Jacques Derrida, *Demeure. Maurice Blanchot*, op. cit., p. 128.

首先是本该确定的"死亡"(枪决)由于主体的幸存而被取消——死亡没有发生；

然后是未发生的死亡随着"轻盈的感觉"进入了"死"的持留——死亡已经发生；

最后是"死"通过瞬间的"悬而未决"排除死亡而成为"不死"——死亡不会发生。

就这样，从"死亡"到"死"再到"不死"，"死亡的瞬间"既是"死"的无限绵延，又是"不死"的绝对必然。这就是为什么，德里达会依照古法语"demeurance"杜撰出一个词，将布朗肖记述中的这次"死"的幸存命名为"demourance"，意即"持留的不死"。

但在这"死而不亡"的构设里，一个根本的难题已被提了出来，那就是记述作为事件之证词（témoignage）所要求的事实性或真理性如何体现？如果记述之所述的内核已形成了一个多重的真空结构，如果，不仅是死亡已被"demourance"拒之于外——就像德里达说的，"死亡遭到了禁止"："在 demourance 中持留且以轻盈的感觉为症状或真理的东西不是死亡本身，不是死亡的存在或本质或属性，不是事件本身，确切地说不是死亡之自身（soi-même 或 Selbst）。确切地说没有死亡"[1]——而且，就连"死"看起来也在"无死之死"（mourir sans mourir）的表述中

---

[1] Jacques Derrida, *Demeure. Maurice Blanchot*, op. cit., p 137.

接受了一种自身去本质化的规定，那么，"悬而未决"的就不只是"死亡"甚或"死"了，还有围绕着"死亡"，确切地说，围绕着以幸存的形式呈现为一个事件的"死"组建起来的整个记述的可靠性。换言之，如果作为记述之对象的事件本身是一个非事件，一个绝不发生的事件，一个"无事件的事件"，那么，在见证的层面上，记述就无法从事实性（actualité）或实效性（effectivité）的角度来为事件做担保，其证言的价值就陷入了一种不受决断的急迫。但德里达深刻地指出，在"X 无 X"（X sans X）的形式里，"无"（sans）已经代表了一种"虚拟性"（virtualité）或是"幽灵性"（spectralité）："它意指着那种超越了现实与虚构之对立的幽灵化的必然性。这幽灵化的必然性允许那未发生之事，在一定的条件下，在魅影（phantasma）的条件下发生，允许人们相信并未发生的事情顺利地发生。"[1]也就是说，事件之事件性，恰恰有可能在"无事件之事件"的"无"（sans）的构造里得到证实；确切地说，是在一个幸存的情境下，通过"死"与"不死"的无论如何都没法了断的共存关系（"我活着。不，你死了"），一种并非简单对立的关系，获得一种"缺席的在场"；它表明了事件于真实性和历史性之外的一个空无领域内存在的可能性，而"死"本身的公式"无死之死"（既是死也是不死，

---

[1] Jacques Derrida, *Demeure. Maurice Blanchot*, op. cit., p 123.

既非死也非不死）的"无"正是这一"空无"的本源。所以，如果记述对非事件的铭写还有意义，如果记述作为不可经历的死亡经历的证词还能成立，那么，对记述这一叙事形式的考察就不得不和其所述之事件的结构特征紧密联系起来，以此寻找一个超越真实与虚构、现实与潜在的绝对分界来书写"死"之现象（魅影）的"中性"空间。具体地说就是，不仅要研究记述到底以怎样的方式容纳并承担了作为事件的"无死之死"中"无"的维度，使它能够在"虚"的状况下发挥"实"的效力，而且要分析记述如何将这样的"无"具化于一种可见的叙事之形态，让"死"的非本质之本质与记述的本质达成一致。

记述的漩涡

的确，在内容的层面上，已不难看到记述与死之间的明显联系；至少在布朗肖那里，记述总是关于死的记述，而死又总要由记述来讲述。但只要所述的"死"总是一种"无死之死"，那么，在更深的层次上，记述的真正对象或目标（objet），那个通过在记述中"顺利地发生"（arriver à arriver）而规定了记述之本质的东西，与其说是"死"或别的什么符合"死"之性质的事件（复活或幸存），不如说是"死"这个在其发生的同时并未发生的事件所必定形成的无法消除的事实性之中空，也就是"死"或"事件"

的概念本身所先天地包含的一个自我否定的"无"的维度。就这一点而言，记述只有在其自身的文本内部生产出一个真空的结构，只有在叙述的中心打开一个悬置的空间，作为一个与事件之"无"相呼应的位置，才能完成对事件的叙述。而由于这一真空的存在、这一空洞的内核，围绕着它组建起来的整个记述事实上不得不在展开记述的同时消解记述，记述因此也总是反记述，总是非记述；并且，由于记述自身既在推动记述，又在阻碍记述，记述最终成了关于记述的记述，记述总已经是一种元记述，或者，也可以说是"无记述的记述"。

德里达曾不止一次从布朗肖出发，探讨了记述之定义或记述究竟有无文类（genre）归属的问题。在法文中，"记述"（récit）一词的使用，作为一个特定的术语而言，其含义是相对清楚的；虽然在叙事学的具体讨论里，学者们各自的指涉会有不同（例如，罗兰·巴特和热拉尔·热奈特的研究[1]），但它往往被统一地译成"叙事"或"叙述"，至少说明了它和讲述的行为或话语（或文本）有关，并通过讲述引出了一段故事或历史（histoire）。此外，它也是一种写在作品封面上的体裁名称，布朗肖的数本著作就印有这一标识；但要界定它并不容易，尤其是要明确地把它

---

[1] Roland Barthes, « Introduction à l'analyse structurale des récits », dans *Communications*, n° 8. 1966, pp. 1-27. Gérard Genette, « Discours du récit. Essai de méthode », dans *Figures III*, Paris: Seuil, 1972, pp. 65-273.

和"小说"（roman）区分开来，而布朗肖自己对其作品类型的多次易改（例如，《晦暗托马》从"小说"变为"记述"，而《死亡判决》则在重版时取消了"记述"）也反映了他在这一问题上的反复无常。但在德里达看来，记述在类型（genre）上的不确定恰恰是记述自身的一大特质，是它向文学的既定准则和写作模式发起的挑战。因此，记述首先涉及了"边界"（bord）的问题，定位的问题，或区分的问题。而分界的模糊性不只表现为文类的划归，更体现于记述的文本本身。对此，德里达提出一个颇为有趣的论断，他说，记述（récit）就是"重新引述"（ré-citation）。一方面，正如德里达在《不步》（Pas）一文开头指出的，布朗肖的记述中总有一种双重肯定的力量，"一种重述（répéter）、引述（citer）、诵述（réciter）的欲望"[1]；如《死亡判决》里"我"几次发出的"来"的召唤，就是乔伊斯式的"是，是"（yes, yes）的声音。另一方面，德里达注意到，布朗肖的记述内部往往存在着一种双重叙述的复杂情形，推动叙述的那个叙述主体总会产生重影（double）；例如，《我死亡的瞬间》里，"我"与"年轻人"的关系，甚至"我活着。不，你死了"里暗示的与"我"对话的另一个"我"和前一个"我"的关系；更简单地说，只要"我"在讲述关于"我"的故事，并把这故事置入引号，那么，

---

[1] Jacques Derrida, *Parages*, op. cit., p. 20.

一个"我"就通过"引述"另一个"我"来说话了,并且,这两个"我"所处的位置(topos)及其界限,可以说,就建构了整个记述的空间。但在布朗肖的全部记述作品里,德里达认为,还有一部作品提供了"引述"的第三个方面,那就是(文学的或社会的)法则和权威对于"引述"行为的要求,[1]它当然仍会引发分界的问题,不过这一次,受到外力强制的引述产生了一个更为典型也更为惊人的结构。因此,有必要在这里重新打开这个被德里达以相同的手法仔细解读了整整三次的文本(三次解读分别参见几乎同一年面世的文章《幸存》[Survivre]、《标题待定》[Titre à préciser]和《文类的法则》[La loi du genre],均收入《海域》[Parages]一书),那就是最早发表于1949年的作品:《白日的疯狂》。

《白日的疯狂》虽然十分简短,但其饱含诗性的话语暗藏着诸多引人深思的话题,任何一个平静的片段都有可能成为激烈探讨的入口。列维纳斯曾在《练习曲》(Exercices)中从极为哲学的角度尝试列举了几个可能的话题:死亡与意识的问题,视觉与疯狂的问题,主体与伦理的问题,语言与叙述的问题。[2]更不用说德里达只围绕其标题所展开的层层剖析了。[3]和其他好几部记述一样,这篇貌似"自述"

---

[1] Jacques Derrida, *Parages*, op. cit., p. 121.
[2] Emmanuel Levinas, *Sur Maurice Blanchot*, Montpellier: Fata Morgana, 1975, pp. 53-74.
[3] Jacques Derrida, « Titre à préciser », dans *Parages*, op. cit., pp. 205-230.

的文本也从头到尾以第一人称的口吻书写，并且其第一个词就是"我"（Je）。它这样开头："我不博学；我不无知。我知道欢乐。这说得太少：我活着，而这样的生命给了我最大的快乐。"[1] 然后，"我"讲述"我"的"疯狂"历险：在街上游荡，在图书馆工作，被人用玻璃扎伤眼睛，在医院接受治疗，遭遇化身为一个女性的法律，最后是接受讯问。而医生和精神病专家对"我"的讯问其实是要"我"讲述"发生了什么"。于是，就有这三段话组成的结尾：

> 我被问到：告诉我们"就在刚才"发生了什么。——一个记述？我开始：我不博学；我不无知。我知道欢乐。这说得太少。我告诉他们整个故事，他们听着，在我看来，还有兴趣，至少是在开始。但结尾出乎我们所有人的意料。"那是开始"，他们说。"现在专心述说事实。"怎么这样？记述结束了！
>
> 我不得不承认，我不能从这些事件中形成一个记述。我失去了故事的感觉；那在许多的疾病中发生。但这个解释只是让他们更为坚持。接着，我第一次注意到，他们有两个人 [……] 但因为他们有两个人，那么就有三个人，并且这第三个人始终坚信，我肯定，一个作家，一个在说话和推断上表现出色的人，总能够详细叙述他所记得的事实。
>
> 一个记述？不。没有记述，绝不再有。[2]

---

[1] Maurice Blanchot, *La Folie du jour*, op. cit., p. 9.
[2] Maurice Blanchot, *La Folie du jour*, op. cit., pp. 29-30.

暂且抛开讯问场景的诡异细节（比如，"有三个的两个人"），在这里让德里达着迷的恰恰是记述行为在权力秩序的要求下所呈现的基本结构特征，德里达称之为"深渊"（abyme）的结构。因为很明显的一个叙事策略就是，"一个记述？"后紧接着的话完全重复或"引述"了正文的第一句话，由此之前的所述就被纳入了"我"此时对"他们"讲述的"整个故事"；简言之，此前的记述在这里被揭示为另一个外在于它且说明它如何产生的记述的引述内容，类似于一场"戏中戏"，同时，它也是整个文本的一部分，几乎就是主体。但这一内含（inclusion）的结果还要更为复杂，尤其是把"边界"或"边缘"（bord）的概念也考虑进来。德里达首先预设，一个完整的记述文本往往有两个根本的边界，也就是开头和结尾，他分别称之为上边界（bord supérieur）和下边界（bord inférieur）。而在《白日的疯狂》里，由于"内含"的发生，开头的句子得以在临近结尾处完全重复了一遍；但德里达指出，鉴于引号的缺失，此处的重复还不能算严格意义上的引述，而只是重新开启了一段记述。这就意味着，整部作品的正式开头被强行带到了后头，导致了一个奇怪的局面，德里达把它形容为一次塌陷，或者，借用生物学的术语，这是一个"内陷"（invagination）。简单地说，通过重复"整个故事"，记述的开头被定位到了文本当中，那条本应区分外部和内部的"上边界"不再保持在顶层，而是向下凹陷，甚至接近底层。这就"在连续的线性秩序内部，在空间或时间的序列性内部，在可以客观化的拓扑学或年代学内部，标志了一种无法想象、无法再现、无法定位的塌陷"（《文类的法则》）[1]。内陷的上边界也如同一个褶子（pli）或内褶，它是"外鞘在内部形成的回褶，是外部边界向形式内部的反向再次敷贴，而外部随后在内部打开了一个口袋"（《幸存》）[2]；这就意味着"内陷吸收了边界并内化了外表层［……］外表层已变成内表层"（《标题待定》）[3]；内外关系已经颠倒，上边界不仅趋向下边界，而且把外边界（bord externe）变成了内边界（bord interne）。但这只是第一个内陷。

另一方面，应当注意作为下边界的最后一句话所包含的重复："一个记述？不。没有记述，绝不再有。"这诚然是面对记述的要求传达了一个拒绝记述的决心，或至少是一个否认记述的承诺：记述已经不再可能了。但记述可能过吗？在倒数第三段里，"我"曾以"一个记述？"开头，重复了一遍故事，却被告知"要专心述说事实"；显然，"我"的记述失败了，至少没有让权威感到满意。由于"我"根本没有能力"形成一个记述"，而只是被认为应像"一

---

[1] Jacques Derrida, *Parages*, op. cit., p. 251.

[2] Jacques Derrida, *Parages*, op. cit., p. 133.

[3] Jacques Derrida, *Parages*, op. cit., p. 227.

个作家"那样组织并细述事实,所以,记述从一开始就不可能;这也解释了"一个记述"后面为何出现问号:问号恰恰是记述之终结的标志。也就是说,最后一句的"一个记述?"并不是对倒数第三段的"一个记述?"的重复,相反,"一个记述?"第一次出现就已经完成了对最后结局的引述。因此,真正的结尾不是在最末,而是被提前到了文本当中,这就使得原本作为外边界的下边界也向内部凹陷,朝顶层方向弯曲:"这一次,下边界打开口袋以回归文本的身体"(《文类的法则》)[1];于是,外表层"仍是内表层的一部分"(《标题待定》)[2]。内外关系再次发生颠倒;由此,在完全相反的方向上形成了第二个内陷。

那么,上下边界的内收所同时引发的这两个"内陷"之间又保持怎样的关系?对此,德里达准确地标出了让两条边界发生变形的前后两个对应的重复点的位置,其中,上边界的重复点为 A—A',下边界的重复点为 B—B',于是,可以在文本中清楚地看到:

A:"我不博学;我不无知〔……〕"
B:"一个记述?我开始:"
A':"我不博学;我不无知〔……〕"
B':"一个记述?不。没有记述,绝不再有。"[3]

---

[1] Jacques Derrida, *Parages*, op. cit., p. 252.
[2] Jacques Derrida, *Parages*, op. cit., p. 227.
[3] Jacques Derrida, *Parages*, op. cit., p. 252.

由于上边界下沉的最低点在下边界上升的最高点之下，两条边界事实上已在共同的内陷中发生了重合："第二个内陷根据一个交织的形象穿越了第一个内陷"[1]；这就形成了所谓的"边界的双重交织的内陷"（double invagination chiasmatique des bords），其示图如下[2]：

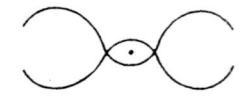

记述的秘密就藏在这双重交织的内陷部分，也就是 B 和 A' 之间的文字："一个记述？我开始：我不博学；我不无知。我知道欢乐。这说得太少［……］"正如内陷的成因已经透露的，这段话，既是对开头的重复，也是对结尾的重复；但就结尾的重复出现在开头的重复之前而言，开端和终结的关系值得再度深思。"一个记述？"或许是对记述之要求的反问，"我"并不确定自己能不能提供记述，因此只能用重复来开始，也就是不得不回到最开头；记述必定成为一种引述。如此的返回不仅意味着要求或命令的落空，不仅意味着合乎法则的记述并不可能，而且暗示了终结也不可能；因为这样的记述一旦结束，就会被再次要求重新讲述，而"如果'我'或'他'继续讲述他已讲述的，他最终会不断地回到这个点上并重启开头，也就是，

---
[1] Jacques Derrida, *Parages*, op. cit., p. 228.
[2] Jacques Derrida, *Parages*, op. cit., p. 252.

从一个在开头之前的结尾开始"[1]。就这样，终结也会是开端，"双重交织的内陷禁止在阅读中察觉一个开端和一个结局的不可分的边界"[2]。最终，作为引述的记述既没有开端，也没有结局。换言之，它不再有任何标出内外之分的边界。与此同时，如果开端和终结不再可辨，那么，以先后次序为标准的线性模式就不再适用，这让记述的重复本身失去了其所依据或引用的原文或底本：不再是后面的文本引述前面的文本，甚至也不是前面的文本引述后面的文本，而是同时相互引述，或者，也可以说是相互包含。"在记述（récit）的重新引述（ré-citation）里［……］不可能说出哪一个引述了另一个，哪一个形成了另一个的边界。每一个都包含另一个［……］每一个'记述'都是另一个的组成部分，也让另一个成为其自身的组成，每一个'记述'既大于自身，又小于自身，既包含自身，又不包含自身，在等同于自身的同时又绝对地异质于其同名物。"[3] 如此一来，不仅没有办法知道记述何时开始，又何时结束，无法确知记述（记述所述的事件，记述所是的事件）到底发生了没有，而且，由于其引述的内容只是无尽的相互重复、自身重复和相互包含、自身包含，所以，就连此处的记述是否构成一个记述也落入了疑问。记述作为引述必然

---

[1] Jacques Derrida, *Parages*, op. cit., p. 251.
[2] Jacques Derrida, *Parages*, op. cit., p. 228.
[3] Jacques Derrida, *Parages*, op. cit., pp. 134-135.

导致记述在实质的内容层面的无效化，记述在重复一切的同时又什么也没说；这就是为什么，它会遭到法则的否认。在 B—A' 的区间内，引述的省略表明，这部分记述在整个文本中的地位类似于一片真空，以至于其再度重复的结果也只能是"没有记述，绝不再有"。记述宣告了"没有记述"（pas de récit），"无记述"（sans récit）；所以，它总是对自身的质疑，总隐含了一个问号，总是从问号开始（"一个记述？我开始［……］"），甚至还没开始就完成了对其自身的取消和抹除。就这一点而言，记述同时意味着其自身的可能与不可能，记述总是无记述的记述（récit sans récit）。正如德里达说的："一切都是记述，又没有什么是记述（Tout est récit, et rien ne l'est）［……］这两个命题，记述（récit）和无记述（sans-récit）的奇怪结合，就属于记述本身的秩序。"[1] 从中，德里达推出了一个本源性的结构，他称之为"记述在解构中的结构"（structure de récit en déconstruction）[2]，并且它属于记述作品乃至一切的文本，因为只要记述是"对其可能性和不可能性的同时再次引述，双重交织就能够出现于任何文本，不论它是否具有叙述的形式"[3]。在这个意义上，"双重交织的内陷"是一个双重的场所：一方面，它是记述的可能性，是记述的建构，是

---

[1] Jacques Derrida, *Parages*, op. cit., p. 254.

[2] Jacques Derrida, *Parages*, op. cit., p. 135.

[3] Jacques Derrida, *Parages*, op. cit., p. 135.

让记述一再开始的隐秘源泉,是永不停歇的记述运动的发起中心;而另一方面,它是记述的不可能性,是记述的解构,是一个毁灭记述的"深渊",一个吞噬记述本身的无底黑洞。

在内陷的示图中央,德里达特意画了一个黑点,他说这是记述的主体"我"在非线性的重叠叙事中的位置,它代表了"一只眼睛,一个视点"[1]。如果结合《白日的疯狂》所内含的光学隐喻,那么,这个视点,作为记述的绝对内核,即"记述"和"无记述"同时发生的点,可以说,也是一个盲点,是那个让一切观看得以可能却又绝对致盲的白日。或者,借用德里达在论述"无"(sans)的情形时提出的另一个巧妙的说法,这只眼睛,也是一次眨眼,确切地说,是眨眼的瞬间,"无时间的时间":"眼睑闭上了,但几乎没有闭上,只是诸瞬间里的一刹那,而它关闭的其实是眼睛,视线,日光。但没有一次眨眼的暂止或间隙,什么也不会被清楚地看见。"[2] 所以,眨眼既是闭眼不看,也是看的行为得以可能的条件。如同"无记述的记述",双重交织的内陷所形成的这只眨动的眼睛是一次"无观看的观看",甚至就是"无"(sans)本身的意象。那么,这空无之眼,不也是某些自然运动的静止中心吗?比如:风中的眼,"台风眼";或者,水中的眼,漩涡。

漩涡,这个在航海者眼里充满危险的意象,应让人

---

[1] Jacques Derrida, *Parages*, op. cit., p. 253.
[2] Jacques Derrida, *Parages*, op. cit., p. 245.

沉默与死亡：布朗肖思想速写

想起《未来之书》开篇关于"塞壬歌声"（le chant des Sirènes）的经典论述。根据尤利西斯的神话，海妖塞壬的歌声代表了可怕的诱惑，它会把水手引向其致命的腹地，把船只带入那个"在每一词语中打开"并"召唤听到歌声的人向着其消失"[1]的深渊，也就是，漩涡。但布朗肖的阐释呈现了一个与荷马截然不同的图景（这显然借鉴了卡夫卡的笔记《塞壬的沉默》），向人重新揭示了歌声的真正本质：

> 塞壬用她们的不完美的歌声——那只是一段尚未到来的歌声——把水手引向了歌唱将真正开始的空间。这个位置一被抵达，就发生了什么？这个位置是什么？它是这样一个位置，在那里，留下的唯一的事情就是消失，因为在这个源头和起源的领域里，歌声比在世上的其他任何地方更加彻底地消失了［……］仿佛音乐的母地是唯一完全缺乏音乐的位置，一个贫瘠干旱的位置，那里的沉默烧焦了一切通向它的道路。[2]

所以，诱惑的终点是欲望的消泯，危险的尽头是安然的平静；简言之，歌声的起源是沉默。这意味着什么？当然不是神话的单纯祛魅。在匆忙地赋予任何寓意之前，不得不考虑的一个问题是：尤利西斯与塞壬的相遇意味着什么？对布朗肖来说，同塞壬及其歌声的相遇，不只是一个

---

[1] Maurice Blanchot, *Le Livre à venir*, op. cit., p. 10.

[2] Maurice Blanchot, *Le Livre à venir*, op. cit., pp. 9-10.

历险的事件，更是这样的历险所化身的事件之记述的发生，或不如说是小说的诞生。（正如拉库－拉巴特已经指出的，历险，经历 [expérience]，原本就是一个航海的术语；[1] 而尤利西斯的海上漂泊正是西方文学的开端。）如同歌声扰乱了英雄的视听，使航行偏离了正轨，把平淡的旅程变成一场意外的游戏，又让审慎的宿命进入一次自由的运动，叙事（narrative）的展开，或小说（roman）情节的前行，布朗肖认为，也是由记述推动的；记述就是那个把故事卷入其中的漩涡。但关于记述，仍有几个基本的限定。首先，记述不等于整个故事，布朗肖说，记述只是"一个独一插曲的记述"[2]，即只是对遭遇塞壬的记述。其次，记述所是的这一插曲既非故事的开端，也非故事的结局，而是位于故事的内部，通过制造一种离心力（"偏离就是其深刻的歌声"[3]）来影响甚至引领故事的整个进程，因为起点总已预置好了，但终点会由于偏离陷入不确定，而恰恰只有出于不确定或偶然，对终点的追寻、对运动的完成才有必要且值得叙述。最后，记述不同于日常的叙述，虽然记述的存在就是为了让故事的叙述得以可能，并且内含于甚至呼应着这样的叙述，但布朗肖指出，两者存在根本的区别。如果叙述是指"经历过某件已经发生的事情并在随后把它

---

[1] Philippe Lacoute-Labarthe, *Agonie terminée, agonie interminable. Sur Maurice Blanchot*, op. cit., p. 121.
[2] Maurice Blanchot, *Le Livre à venir*, op. cit., p. 13.
[3] Maurice Blanchot, *Le Livre à venir*, op. cit., p. 13.

讲述（raconter）"[1]，那么，叙述再现的就是一个具有真实依据且在日常世界里发生过的事件；但记述的对象，布朗肖说，"是一个例外的事件，这个事件逃离了日常时间的形式，也逃离了惯常真理的世界"[2]，也就是说，记述所述的"例外事件"（événement exceptionnel）绝不属于叙述所关涉的事件秩序，因为那是一个符合现实维度的秩序，而"例外事件"的首要特征恰恰是对现实性的打破。只有从这一点出发，布朗肖对塞壬歌声的重新阐释才有可能得到理解。正如歌声的起源是沉默，是一切声音的消失，诱使叙述之舟向着不确定却又迷人的前景展开冒险的记述，作为叙事的本源，同样是叙事的缺席。在《无尽的谈话》里，"叙事的声音"作为"中性的声音"的论断或许可被视为塞壬歌声和记述的结合：记述就是"从这个让作品沉默的没有位置的位置出发，说出了作品"[3]；记述就是叙事之声的沉默。但这里已不必重复语言与沉默的话题，而应在另一个层面上看到叙事之沉默所透露的记述与事件的关系。如果脱离日常秩序的"例外事件"的叙述已是叙述的沉默，那么，记述的使命就不是去叙述这个事件（叙述总是不可能的），而是要"成为"（être）这个事件；正如布朗肖自己定义的：

---

[1] Maurice Blanchot, *Le Livre à venir*, op. cit., p. 13.

[2] Maurice Blanchot, *Le Livre à venir*, op. cit., p. 13.

[3] Maurice Blanchot, *L'Entretien infini*, op. cit., p. 565.

下篇　死亡的记述

> 记述不是对一个事件的叙述，而是这个事件本身，是这个事件的临近，是这个事件被召唤着展开的所在，一个依旧尚未到来的事件，但通过它的磁力，记述本身可以希望成为现实。[1]

在这里，"例外事件"的去现实化首先表现为它在时间上的不在场：它还未发生，正在到来，有待实现。所以，记述，确切地说，并没有形成什么事件，而是给事件留出了空位，或不如说，是给整个叙事保留了一个未知的、不确定的空间；只有向这个虚无的空间走去，叙事的现实才能在其外部建立起来。这便是布朗肖说的"记述的秘密法则"。在这个意义上，记述作为事件也就意味着：这一尚未到来的事件不过是叙事本身的事件，更准确地说，它是对"无叙事"（sans narration）本身的叙事，是让叙事的"尚未发生"得以发生。但在哪里发生？对布朗肖而言，这样的发生（avoir lieu）最先在"想象"（l'imaginaire）中找到其位置（lieu）：从事件到叙事，从尤利西斯到荷马，这一变形的过程，布朗肖说，就是"从真实的歌声到想象的歌声的转变"[2]；也唯有在麦尔维尔的想象中，亚哈与白鲸之间真实地发生于书中的相遇，才已经发生。但想象的实质，布朗肖认为，是打开了与经验时间完全不同的另类时间，其首要的性质，是取消了事件之发生所倚仗的那个"当下"

---

[1] Maurice Blanchot, *Le Livre à venir*, op. cit., p. 14.
[2] Maurice Blanchot, *Le Livre à venir*, op. cit., p. 16.

（présent）的瞬间："经验的迷人图像在某个确定的时刻到场了，而这样的到场并不属于任何的当下，甚至摧毁了它看似将自身引入其中的那个当下。"[1]一旦把事件从当下解放出来，事件就只能发生于过去或未来。但作为回忆或预言的叙事仍属于经验的时间维度，因为它把事件锚定于曾经或今后的某一时刻，"发生"仍是"当下的发生"。但在记述提供的另类时间里，当下是事件的缺席，同时也是事件的"无限运动的开启"，也就是说，从当下出发，不论是在过去还是在未来，事件都在不断地发生，不是某时某刻才发生，而是一直在发生，以至于其发生的开始和结束再也不可能分得清楚，结束就是开始，前世亦是来生，所以，"发生"既是已经发生，也是尚未发生，时间的形状从线形变为环形："总是尚未到来，总是已经过去，总是处于一个开端［……］作为轮回，作为永恒的重新开始而展开。"[2]这是一个转动不息又保持中空的漩涡，内部是绝对无事件的真空地带，但恰恰是它带动了外部无始无终的共时化的生成运动。记述也是一样：其中心必定形成一个塌方，让正常叙述的一切尝试落空，且唯有如此，其制造的向心引力才允许外围的文字违抗并扰乱现实的时间流，产生永恒反复的记述循环；如同漩涡或黑洞是一个逃离稳定空间的隐秘出口，记述也是一条篡改平直时间的诡异曲

---

[1] Maurice Blanchot, *Le Livre à venir*, op. cit., p. 17.
[2] Maurice Blanchot, *Le Livre à venir*, op. cit., p. 18.

线，筹划目标的人世生活不愿相信它的存在，但文学虚构的话语无时不把它发明出来。在这里，布朗肖的"塞壬的歌声"和德里达的"双重交织的内陷"显然共享着同一个结构，同一种时间性。然而，记述的时间性也是死亡的时间性。

死亡的时间

回到《我死亡的瞬间》。如果这是一篇记述，那么，它的漩涡在哪里？其位置不难确定：只要整个场景的组建紧紧围绕着一次针对"年轻人"也就是"我"的枪决，那么，行刑队的枪声就是塞壬的歌唱，而"我"的死亡则是随之打开的深渊。但枪声并未响起，死亡也未如期上演，引导紧张叙事的那个核心事件是一个沉默的、缺席的事件，它甚至没有在行文中留下什么痕迹（只有轻描淡写的"对他做了个走人的手势"），或许算得上一段记忆的空白。然而，在这一空白前后，时间已经发生扭曲，其标志就是反复出现的"轻盈的感觉"，那感觉一直持留下来，既是曾经的"我"所持怀的心境，也是此刻乃至以后的"我"永远无法摆脱的体验，在记述的文本里，它已超越所有的时态，成为唯一的也是永恒的事件。正如《塞壬的歌声》所说："事件颠倒了时间的一致性［……］在变形的时间中［……］不同时间的迷狂同时发生了。"[1]然而(再一次需要说"然而"):"轻盈的感觉"又被命名为"死亡的瞬间",死亡的体验,未经体验的体验;如此,死亡的瞬间,这个从未存在的"瞬间"(instant),也是一次"审决"(instance),一次"停止"(arrêt)的"判决"(arrêt),它持留成了永恒的绵延,而死亡,那一刻没有也不可能遇到的死亡,在那一刻之外催生出了"一直悬而未决"的死亡状态。于是,一个相似的结构出现了:死亡无疑是一个悬空的点,一个不可能由"我"自己来确证的盲点,但在除却那个点的余下所有时空内,死亡不分先后、不分始终地持续发生,以至于"我"能够且总在见证"我"的死亡了。那么,这样的死亡不也是一个漩涡吗?在这漩涡中,死亡不已经是其自身的记述了吗?

"我活着。不,你死了。"这句话同时揭示了记述和死亡的一致结构,一个以"我死亡的瞬间"(instant de ma mort)为中心的漩涡式的时间结构。只有在这样一个掏空了当下,又让过去和未来相互交错以至融为一体的结构里,才有可能说某人在一种共时的状态下既"活着"又"死了"。但不同于线性时间对生死的分划,即真实的生命到了某一点上会被未知的死亡所截断并终止,在这里,恰恰相反,确知的死亡从各个方向涌入生命之不实的点,哪怕那个点

---

[1] Maurice Blanchot, *Le Livre à venir*, op. cit., p. 18.

被命名为"死亡的瞬间",可事实上,那个瞬间是死亡的空点,是死亡一旦进入就遭到取消的"无死亡"时刻,因此它是生命得以喘息并自证的唯一机会,但同时它也是生命受到死亡的绝对威胁而倾向于自我否认的灭点。或者,也可以这样说:只有在那个瞬间,当"我"确定地说这是"我死亡的瞬间"时,"我"才用当下在场且直接属于"我"的唯一时刻抵御了死亡的未知,"我"得以证实"我"的非死,"我"敢说"我活着"。但同时,在那个瞬间,"我"也通过说"我的死亡",以一种自我毁灭的方式召唤着"我"所不知的死亡,或不如说,"我"通过对一个不可能见证因此也不可能发生的"我的死亡"采取一种迎接和直面的姿势,通过对"我"自身下达一个虚拟式否定的命令,通过把"我"此时此刻独一无二的在场假定或悬置为一个虚位(non-lieu)、一个魅影,而在时间中察觉一个全然他异(autre)的维度,一种由死亡所开启的永恒的可能。从此,"我"就陷入了死亡的空间,而"我"遭遇的是另一种"死亡",不再是"我的死亡",而是无名的、持续的"死",不论是在那一瞬间之前,还是在那一瞬间之后,"死"都占据了一切,甚至都不再有"我",所以,暂且只能说"你",说"你死了","你"已经死了,并且,将已经死了。

正是这一切构成了"我死亡的瞬间",一个在严格的现实意义上从来没有也绝不会有的瞬间。它不显现"我的死亡",甚至不显现任何的事件,其唯一的作用是通过它的无所显现来给死亡,给那个不再属于"我",而是属于另一个"我",属于"非我",属于"你"或属于任何人的死亡,留出一片塌陷的空间,从而让"我"透过这个时间中陷落的空洞,得以蓦然地窥见死亡的面容,也就是那个总在游荡不息的死神:无止亦无尽的"死"。死亡的时间,作为和记述的时间相一致的漩涡,自此意味着:当下的瞬间总是一个真空,是死亡的禁区和不可能;但围绕那个瞬间,其实就是围绕每一个当下,过去和未来形成了永恒轮回的圆环,且在这圆环中,"死"必然会反复地发生。所以,在《灾异的书写》里分析并回应塞尔日·勒克莱尔(Serge Leclaire)的作品《我们杀了一个孩子》(*On tue un enfant*)时,布朗肖一开始就抛出了这么一个他自己也承认"逃避理解"的概念:"不可能的必然的死亡"(la mort impossible nécessaire)[1]。就像德里达说的,"不可能性"与"必然性",它们之间没有任何由"和"或"但"建立的关系,而是在死亡中"相互指涉并相互共同包含,永远地服从彼此并归于彼此"[2]。死亡是不可能性,"同时"又是必然性。但更准确的说法应把"死亡"和"死"区分开来:死亡是不可能性,而死是必然性。或者说:"死"在当下是不可能性,在过去和未来则是必然性。死亡的漩涡,最终,

---

1 Maurice Blanchot, *L'Écriture du désastre*, op. cit., p. 110.
2 Jacques Derrida, *Demeure. Maurice Blanchot*, op. cit., p. 57.

乃是"死"的漩涡。

如果，正如布朗肖对自杀的几番论证已经表明的，自我意志所主宰的"当下"（présent）总已经从"死"的时间维度里遭到了严格的驱逐，那么，"死"的不可能性已毋庸赘述；但"死"的必然性还需更为清晰的说明。在时间层面上，"死"的必然性似乎指定了过去和未来的双重向度。仍是在关于勒克莱尔的评论中，布朗肖特别提到了精神分析学的"两次死亡"的理论。第一次死亡是对"幼儿"（infans）的谋杀，即对"原初自恋再现"（représentation narcissique primaire）的破坏。勒克莱尔写道："要被杀死的孩子［……］就是原初自恋典型的再现［……］原初自恋再现完全称得上是幼儿。它没有也绝不会说话。恰恰当人开始杀死它时它才能够开始说话。恰恰当人继续杀死它时，它才能继续真正地说话并欲望。"[1] 所以，为了摆脱幼童状态，为了走出"幼儿的灵薄狱"，为了能够进入语言并开始欲望，人不得不杀死那个作为原型的、位于潜意识之中的自我；这是一次已经发生且在时间上完全无法切实追溯的死亡，布朗肖称之为一个"不被定位也不可定位的事件"[2]，一场人自身已不再可能通达的永远属于过去的死亡。第二次死亡是生物学的、"有机的"死亡，是通过

---

[1] Serge Leclaire, *On tue un enfant. Un essai sur le narcissisme primaire et la pulsion de mort*, Paris: Seuil, 1975, p. 22.
[2] Maurice Blanchot, *L'Écriture du désastre*, op. cit., p. 111.

毁灭肉体和精神而真正结束生命的死亡，是一个尚未到来但也一定会到来且正在到来的事件；这是未来的死亡。而在这两次死亡之间，是生命，是存活的时光，但也是"死"的时间。根据勒克莱尔的说法，只要人还活在语言的秩序内，只要人还遵从欲望的法则，他就不得不持续第一次死亡；虽然"'杀死孩子'并维持对原初自恋再现的毁灭是每个人的使命"，但这紧迫的使命"不可能完成"，因为孩子无法从根本上被消除，因为无意识是不可磨灭的："原初自恋再现和任何无意识典型一样不可磨灭。"[1] 所以，布朗肖说，第一次死亡是对"不可毁灭者的毁灭"，因而是一次"持续不断的完成"[2]，意即无法结束的死亡，也就是"不可能的必然的［必要的］死亡"："死"。由此，第一次死亡只此一次就永远地给整个生命投下了不可驱散的阴影，在那之后的每时每刻，人只能活在早已发生且一直持续的死亡里，只能以"死"的方式活着。从这个角度看，"死"其实是"死亡"的余波，是"死亡"本身的"幸存"和"持存"。并且，就那个"死亡"已经发生了而言，"死"的时间性最终指向了过去；即便其持续中总有一个迎向未来的维度，那个未来，也仍旧是"过去"的到来。布朗肖曾在一个片段中写到了这来临的死亡的急迫："死，绝对地说，

---

[1] Serge Leclaire, *On tue un enfant. Un essai sur le narcissisme primaire et la pulsion de mort*, op. cit., pp. 25-26.
[2] Maurice Blanchot, *L'Écriture du désastre*, op. cit., p. 111.

乃是持续不断的急迫，然而生命由此通过欲望得以延续。总已经发生之事的急迫。"[1] 德里达指出，那个制造持续之急迫的"总已发生之事"（ce qui s'est toujours déjà passé）就是已经发生的死亡："将要到来的，正在向我到来的，是将已经发生的事情：死亡已经发生。"[2] 换言之，"死"的发生必定采取一个"已经"（déjà）而非"尚未"（pas encore）的形式，因此，不管其时态如何（不管是"曾已经"还是"将已经"），"死"永远都是对那个遥远而绝对的第一次发生的死亡的重复。

然而，勒克莱尔的"第一次死亡"仍是精神分析意义上的，布朗肖对它的借用只是为了说明"死"何以成为生命之持续的状态：因为只有确定"第一次"所具有的这样一个在时间上"已经"的绝对先在性（antériorité）的维度，才有"持留"（demeurer）甚至下达"死亡判决/死缓"（l'arrêt de mort）的可能。简言之，"死"的必然性，归根结底，不过是"已经发生的死亡"的确定性。而对布朗肖来说，这个"已经发生的死亡"，显然不是心理结构内部注定要经历的"去幼儿化"过程，即便有这样一个过程，有一个不得不被杀死的孩子，布朗肖认为，其本身也已经陷入了"死"。因为"死"是比主体所能经受的任何死亡（不论是精神的还是肉体的死亡）还要古老的事件，"死"超出

---

[1] Maurice Blanchot, *L'Écriture du désastre*, op. cit., p. 70.
[2] Jacques Derrida, *Demeure. Maurice Blanchot*, op. cit., p. 60.

沉默与死亡：布朗肖思想速写

了主体，外在于主体，也陌异于主体，在每个主体获得生命之前，"死"就已经存在、已经发生了。布朗肖甚至写道："'我'在出生之前死去。"[1] 在这里，加了引号的"我"恰恰暗示了一个不可能的主体，因为"死"不需要任何主体，"我"只是作为虚设的主体才存在，唯一的主体只能是"死"本身。所以，布朗肖要说的无非是"在我出生之前，死已经发生"。相比之下，勒克莱尔的观点，"我们从出生的时刻起就必须经历"[2] 的"第一次死亡"，仍顽固地依托于一个主体的身份，而且其发生也正是为了塑造并维持这个主体。这也解释了，为什么勒克莱尔认为"第一次死亡"会和"第二次死亡"发生混同（混同的后果，在他看来，就是遮蔽了我们"最紧迫的要求"：朝向语言和欲望的诞生，以及对失去幼儿的哀悼[3]），因为两次死亡都基于主体性，在他看来，死亡就是主体性的泯灭，只不过他要强调的是，两次死亡的主体并不相同，但不论哪一次，死亡始终被视为主体的可能性（虽然勒克莱尔也否认自杀的无效，但这恰恰是鉴于第一次死亡的持续已经是一种"自杀"的形式了；换句话说，"死"就是"我"对"幼儿再现"的杀死，是自我在潜意识中拥有的权力）。而在布朗肖这里，当"死"

---

[1] Maurice Blanchot, *L'Écriture du désastre*, op. cit., p. 157.
[2] Serge Leclaire, *On tue un enfant. Un essai sur le narcissisme primaire et la pulsion de mort*, op. cit., p. 13.
[3] Serge Leclaire, *On tue un enfant. Un essai sur le narcissisme primaire et la pulsion de mort*, op. cit., p. 13.

脱离主体，成为外部的无名力量时，"第一次死亡"和"第二次死亡"必定没有本质的不同，正如第一次在生命诞生之前就发生了，第二次不仅结束了生命，而且在生命结束之后也还在持续（卡夫卡式的无限之死已表明了这点）。所以，就"死"本身而言，并不存在所谓的"第二次死亡"，只有"第一次死亡"，并且，这"第一次"也只发生了一次；"死"永远只是那唯一一次"死亡"的持续和后续。那么，不再有降临于主体的死亡了，不管是自我意识的主体（"我思"），还是原始自恋的几乎不可通达的主体（"幼儿"）；也不存在任何针对主体的"杀死"（tuer）或"自杀"（suicider）的可能，因为，就像布朗肖对勒克莱尔的追问所透露的，要被杀死的孩子，在活着之前，就已经死了："我们试图杀死的是死婴"[1]。

就这样，"死"的时间性最终只剩下一个向度，那就是过去，一个不可能在真实的历史时间中加以追忆的绝对的过去。罗歇·拉波尔特从布朗肖自己的文本中提取了一个概念，称这个"比一切过去还要遥远的过去"为"古老者，极其古老者"（l'ancien, l'effroyablement ancien）。[2] 根据拉波尔特的统计，布朗肖在其作品中至少七次使用了这一表述，虽然其形容的对象（至少表面上）并不全部和"死"直接相关，但拉波尔特认为，它恰好划定了布朗肖对时间

---

[1] Maurice Blanchot, *L'Écriture du désastre*, op. cit., p. 112.
[2] Roger Laporte, *Études*, Paris: P. O. L., 1991, p. 17.

性问题的根本思考,即大写的外部(le Dehors)的时间。那么,不妨跟随拉波尔特的脚步,以一种跳跃的姿势,对布朗肖文本中几个和"死亡"一样古老的现象作一番简要的审视。

在《恰当的时刻》里,"我"描述了一阵"无边的、独特的痛苦":"仿佛它触及我不是在此时此刻,而是在数个世纪之前并且持续了数个世纪,它包含某种完成的,彻底死了的东西[……]我只是被一种恐惧的感受,还有这些话穿透:'但重新开始了吗?又来了!又来了!'"[1] 这始于"数个世纪之前"的痛苦显然是过去的痛苦,并且以"又来了"的方式一直持续。从中,拉波尔特看到了"古老者"的第一层特征。他认为,不同于通常的时间再现模式,即过去(le passé)只能表现为曾经存在之物(ce qui fut)的印记或记忆,而无法在当下到场,布朗肖的"绝对的过去"不是坠入或回溯一个已然结束的("完成的,彻底死了的")事件,而是"矛盾地包含了一个未来,这个未来会在另一个未来上敞开,而那另一个未来又会在下一个未来上敞开,如此无穷无尽"[2];也就是说,过去和当下乃至未来不但不是互斥的,反而实现了共存,形成了一个"永恒轮回"(Éternel retour)的圆环。过去不只是未来(à venir),而且是"再次到来"(revenir);不只是"开始",而且是"重新开始"。所以,"绝对的过去",并不代表一个"失去的时间"(temps

---

[1] Maurice Blanchot, *Au moment voulu*, Paris: Gallimard, 1993, p. 14.
[2] Roger Laporte, *Études*, op. cit., p. 19.

perdu），或者，就像布朗肖在分析西西弗斯时说的，不是"时间的缺席"，而是"永恒之反复的过度"。[1]

那么，这个既绝对地先在又无限地到来的"过去"会是柏拉图在《斐多篇》中提到的那个可由灵魂通过回忆唤起的永恒"理念"吗？拉波尔特认为，《追忆似水年华》(*À la recherche du temps perdu*) 其实追随了《斐多篇》的神话，普鲁斯特试图用书写把失落的昔日乐园从遗忘的废墟中拯救出来，但这在"追忆"中失而复得的已逝时光绝不是布朗肖的"过去"，因为，他说，对那个过去的任何回忆都是"根本不可能的"。拉波尔特指出，回忆的时间性建立在"过去——现在——未来"的线性次序之上："对每个人来说，一个事件并不总已过去，因为，不论是否经历过，事件首先是未来的，然后是当下的，最后才变成过去。"[2] 但布朗肖的"过去"完全打破了事件发生的这一先后性，拉波尔特写道，在这个"过去"之前，"没有任何的当下［……］过去是总已经过去了的"。[3] 用布朗肖的话说，就是"超出时间的时间"[4]，也就是在一切开端之前就开始了的时间。这样一个过去的时间，"根本地摆脱了一个会在它之前的当下，因此是绝对的"，同时，它也是不可企及、不可回溯、不可追忆的，因为在那个时间里，只有已经发生的过去，

---

[1] Maurice Blanchot, *L'Entretien infini*, op. cit., pp. 261-262.
[2] Roger Laporte, *Études*, op. cit., p. 28.
[3] Roger Laporte, *Études*, op. cit., p. 28.
[4] Maurice Blanchot, *L'Espace littéraire*, op. cit., p. 331.

而"没有任何当下在场的东西";或者说,已经发生的过去是如此地古老,使得"你已提前丧失了那从未当下到场者的一切记忆"。[1] 排除在场的一切当下时态,只保留永恒的过去式,并且不让那一过去式成为缺席的象征:这就是布朗肖对"极其古老者"所下的第二层定义。

然而,如果不是记忆式的重现,如果当下的到场永不可能,"古老者"的轮回反复又意味着什么?对此,布朗肖使用了一个词语,"下坠"(chute)。在他看来,每一次重新开始并不是把久远的已经发生之事带入当下,不是让"古老者"在此刻苏醒并现身,而是,相反地,事件一旦发生就让其立即"坠入"过去,使每一个当下不可挽回地"落入"那不再有任何当下的古老时间的深渊。《诡步》几次写到了这"脆弱的下坠",并把诱发坠落的引力称为"古老者"在时间上的绝对过去所具有的"不可挽回性"(irrévocabilité):

> [……]不可挽回者因此绝不是或不只是这样的事实,即已经发生的已永远地发生:它或许是一个——我承认,奇怪的——手段,以此,过去警示我们,它是空无的,而它所指定的到期——无限的、脆弱的下坠——这个让事件,如果有什么事件,一个接一个落入其中的无限深的坑,仅仅意味着坑的空无,无底的

---

[1] Roger Laporte, *Études*, op. cit., p. 29.

深度。它是不可挽回的,不可磨灭的:不可抹除的,只是因为没有什么铭刻于其中。

不可挽回性会是这样的滑移,通过眩晕,它在一瞬间,在离当下最遥远的地方,让"刚刚发生之事"坠入非当下的绝对。

刚刚发生之事,由于不可挽回性,会滑移并立刻(没有比这更快的了)坠入"极其古老者",那里没有任何当下到场的东西。不可挽回性,由此看来,会是在时间中废除时间的滑移或脆弱的下坠[……]它抹除了所谓的时间尺度并将一切埋入非时间[……][1]

紧随的另一段文字再次强调,"下坠"取消了当下的在场,甚至是曾经亲历的当下:

如果,在"极其古老者"中,从没有任何当下在场的东西,如果,事件刚一发生,就通过绝对的、脆弱的下坠,立刻落入其中,正如不可挽回性的指示向我们宣告的那样,那是因为(我们冷酷的预感由此而来)我们自以为曾亲历过的事件本身不再也从未和我们或任何东西有过一种在场的关系。[2]

由于向着"古老者"的不可挽回的下坠,事件本身,在布朗肖看来,甚至都来不及进入当下的在场关系,"立刻"的下坠使得其"发生"只能是"已经"而不是"正在"。所以,

---

[1] Maurice Blanchot, *Le Pas au-delà*, op. cit., p. 24.
[2] Maurice Blanchot, *Le Pas au-delà*, op. cit., p. 25.

永恒轮回，作为"再次到来"（revenir），不过是无可挽回地重新"回归"（revenir à）过去；它不是在当下用事件来重建历史的时间性，而是把事件遣送回时间之外的非时间性。倘若如此，不仅过去发生了的事件没有过当下到场的可能，就连未来还未发生的一切事件也总已被提前卷入了"古老者"的绝对过去之维度。这便是为什么，拉波尔特指出，对布朗肖而言，"灾异"（désastre）的概念属于过去："'已经'或'总已经'是灾异的标记，是历史性之历史的外部：我们在经历它之前就将经历它。"[1] 或者，就像《灾异的书写》开篇说的，即便将要发生却还未发生的灾异构成了急迫，发出了威胁，暗示了未来，灾异也"总已经过去"并且"没有任何未来"。[2] 如果灾异的到来不是来到任何人的当下，而是来到无人的非时间维度，来到绝对的过去，那么，同灾异的关系就不是朝向未来的预示或期待；并且，由于灾异所落入的时间坑洞是"无底的深度"，所以记忆也一样不可能。唯一的可能，拉波尔特指出，就只有"遗忘"了："同灾异的正当关系不能是柏拉图式的回忆，而是，恰好相反，遗忘，唯有遗忘'同最古老者相关，同来自岁月深处而从未被给出过的东西相关'。"[3] 正如布朗肖自己说的："灾异处于遗忘的一边，无记忆的遗忘，

---

[1] Maurice Blanchot, *L'Écriture du désastre*, op. cit., p. 68.
[2] Maurice Blanchot, *L'Écriture du désastre*, op. cit., pp. 7-8.
[3] Roger Laporte, *Études*, op. cit., p. 29.

尚未留痕者的静止回撤。"[1]如此的遗忘，既是对过去的遗忘，也是对未来的遗忘，既是对记忆之物的遗忘，也是对不可追忆者的遗忘，但因此也是对遗忘本身的记忆，对不可追忆者的记忆（这已是另一个话题了）。它根本地表明了"古老者"所开启的时间（"外部的时间"）是一个永恒的逆流，既不是从古至今的向前发展，也不是周而复始的轮回重现，而是不断地逆向复归一个不可追忆的本源。在这个意义上，"古老者，极其古老者"作为非时间事实上是对一切时间的清除。它之所以允许过去、当下和未来在"重新开始"中无所区分，乃是因为它同时排除了三者的到场；它并不是和未来相对的过去——那个过去和未来一样都是空无："过去（空无），未来（空无），被当下的伪光所照"[2]——而是空无性本身唯一可能的指向。这是其第三层含义。

如果"古老者，极其古老者"的非时间的时间性所包含的三层意义可用一个公式来总结，那么，就像拉波尔特提示的，这个公式会在一个"步伐"中得到表达，一个试图跨越界限，试图越界或僭越的步伐，而那道界限，就是日常的时间秩序里把过去和未来分开的当下。对布朗肖来说，这个"步子"（pas）的注定失败，其跨越所遭遇的坚定的"不"（pas）字，恰恰是"古老者"的非时间性本身在时间经验内部的显现。"当下"，布朗肖说，是"时间

---

[1] Maurice Blanchot, *L'Écriture du désastre*, op. cit., p. 10.
[2] Maurice Blanchot, *Le Pas au-delà*, op. cit., p. 23.

的间隔，一段不可逾越的间距"，它是"不可能跨越的，因为它总已被跨越"。[1] 于是，"间隔"（laps）成了"失足"（lapse），成了"当下的深渊"，它通向了"极其古老者"，把全部的时间引向了时间外部；在这一刻，对瞬间的跨越也是对时间本身的僭越，而结果就是："时间只剩下这条线，一条尚未跨越、总已跨越、无论如何不可跨越的线。"[2] 这条聚全部时间于一体的线，就这样完美地展示了"古老者"的阴影下所发生之事件的三个维度：过去的"总已"，未来的"尚未"，当下的"不可"。

那么，同属于这"古老者"之（非）时间的"死"，也就意味着：死已经发生在过去，死将要发生在未来，死不可能发生在当下。"死"似乎应和了一个轮回的要求，但"死"的"重来"只是因为"古老的死亡"已绝对地发生。所以，面对死亡，不是面对每个人命中注定的最终的死亡，而是面对所有人都不可能面对的唯一的古老的死亡；它虽属于过去，但它不可追忆；它虽已经发生甚至再次到来，但它始终不可体验，乃至于它在过去好像没有发生，而在未来也不会发生一样："未来的空无，那儿死亡有我们的未来。过去的空无，那儿死亡有它的坟墓。"[3] 这，在根本上，会是一种"无体验的体验"，一种"无关系的关系"。那么，

---

[1] Maurice Blanchot, *L'Écriture du désastre*, op. cit., p. 163.
[2] Maurice Blanchot, *Le Pas au-delà*, op. cit., p. 22.
[3] Maurice Blanchot, *Le Pas au-delà*, op. cit., p. 26.

面对如此的"死"（如果它还允许"面对"的话），又该采取何种姿势呢？或许并不需要什么姿势，只需知道如何打开并进入"死"所在的时间，因为在那个非时间的时间里，"轮回的要求［……］空无的未来，空无的过去，帮助我们迎接那总已过去了而且过去了也不留下什么痕迹的死，我们总要从未来的无限空无中把它等候，但不在当下等候，当下只是向着深渊的双重下坠［……］"[1]。或许，从未来的空无中等待过去，等待空无的过去到来但不来到当下，就是"死"的时间性塑造出的值得深思的奇怪姿势。因此，学会"死"就是学会"亲历"（vivre）"死"并"活"（vivre）在"死"中，就是学会体验"死"的无可体验的时间，或者说，就是学会同空无的时间打交道，不是为了捕捉、占据或填补这个永恒的空无，这个由当下敞开且在过去和未来皆一样的空无，而只是为了保持它的无限敞开，追随它的无限下坠，迎接它的无限悬临；最终，是为了无限地返回并无限地接近它的本源，时间的本源，也是生和死的共同本源："古老者，极其古老者。"一旦找到并围绕着那个点，不只是生存，不只是时间，还有生存和时间中的一切姿态、一切运动、一切劳作、一切创造，都获得了无穷的潜能和无尽的涌现。这也是为什么，在德里达和拉波尔特都喜欢引用的一段文字里，当布朗肖再次回应"活"在"死"

---

[1] Maurice Blanchot, *Le Pas au-delà*, op. cit., p. 151.

中的生命所不得不面对的一个时间性的迫求时，他会指定一个可能的模式，并称之为"书写"。或许，通过其喃喃低语，书写不只传达了语言在沉默中的死亡，书写还承担了所有人生命中的"死"。或许，作为这样一个时间的容器，书写不也是生存的最根本伦理？或许，为了给这冗长的（如死一般无止尽的？）话语带来最终的解脱（"让我从太过冗长的言语中解脱"[1]），仍有必要引述此段文字：

> 死意味着：你已经死了，死于一个不可追忆的过去，死于一次并不属于你的死亡，你因此既不知道它，也未亲历过它，但在其威胁之下，你相信自己被召唤着去亲历，你自此从未来等待它，建构一个未来好让它最终得以可能，就如同某种将会发生且将属于经历的事情。
>
> 书写就是不再把总已经过去了的死亡定位于未来，而是同意经受死亡，但不让死亡到场或使自身向着死亡到场。书写就是明白死亡总已经发生，哪怕它还未被经历，并在它所留下的遗忘中，在踪迹中认出它来；那踪迹抹除了自身，召唤一个人把自己从宇宙的秩序里排除出去，在那里，灾异让真实变得不可能，又让欲望变得不可欲［……］[2]。

---

[1] Maurice Blanchot, *Le Pas au-delà*, op. cit., p. 187.
[2] Maurice Blanchot, *L'Écriture du désastre*, op. cit., pp. 108-109.

结语
黑夜的诗学

结语　黑夜的诗学

不论是文学的沉默，还是死亡的记述，布朗肖的写作所围绕的思想领域总指向或邻近一个模糊或非显明的对象，那正是黑夜提供的一种特别的晦暗体验。黑夜已然成了这场无止尽的速写所不可避免地陷入的最终境地，尽管在光线的缺失中，执笔的手仍将继续……

无需过分精确的统计，在布朗肖的文本中，"黑夜"（la nuit）是一个广泛散播的词。从记述文本到批评文本，"黑夜"总会在看似不经意的地方留下印记。虽然在绝大多数情况下，"黑夜"并不构成其所在之文本的主题（比如，在记述作品里，它很可能只是人物行动的基本场景；而在批评作品里，它往往是"晦暗性"的一个隐喻），但这些琐碎的用法，或多或少，都暗含着一个思想的前提；这个应被首先揭示出来的前提就是"白日"和"黑夜"的划分。但这样的预设难道不是多此一举吗？因为日夜的二分是再清楚不过的常识：白日之后是黑夜，黑夜之后又是白日，人就生活在这一最基本的时间节奏里。然而，必须马上指出，布朗肖所描述的"白日"和"黑夜"绝不是简单的自然现象，而是用这简单的现象来指代一系列相互对立的概念："语言"与"沉默"、"生命"与"死亡"、"在场"与

"缺席"、"明晰"与"晦暗"、"理性"与"疯狂"……这些概念无疑构成了布朗肖文学和哲学之思的最根本基面。在《存在与中性》的首章"黑夜的现象学观念"里,马尔莱纳·扎哈德尔(Marlène Zarader)以几乎相同的方式将"白日"和"黑夜"归入了两个截然相对的一般情境,一个是主体能够认知并加以支配的"可能性"的领域,另一个则是去主体化的无法认知且不受支配的"不可能性"的领域。他写道:

> 白日是什么?白日没有谜题。因为它和光相连,它准许了事物的在场,用一种认知把握住它们[……]作为可能性的领域,它也是权力的王国。从白日中诞生了支配时间、绘制历史、建造世界的人。黑夜则更加神秘,因为它更加简单。从中只敞开了空虚。关于深渊、隐晦和黑暗,关于毁灭和恐怖的一切词汇,都被用来描述它,却无法成功地勾勒它。作为无形式的领域[……]它首先和虚无相连。而虚无则难以穷尽。[1]

正是在这日夜二分的框架下,"黑夜"的难题才慢慢浮现了出来。诚如扎哈德尔在界定两者时指出的,白日是"光"和"权力"的世界,它能够被清晰地描述和定义,但黑夜作为其反面,则难以准确地加以勾勒,它意味着认知和把握的权力在其身上失效。所以,黑夜显得既"简单"

---

[1] Marlène Zarader, *L'Être et le Neutre. À partir de Maurice Blanchot*, Lagrasse: Verdier, 2001, p. 43.

又"神秘"：黑夜好像只是一片空虚，从中什么也看不到，但又似乎网罗了各种可能，隐藏着无尽的秘密……总之，它是一个含混不清的领域，因此它往往不被谈论，而人们也不愿谈论它，甚至禁止谈论它。黑夜就这样被排斥在以语言为代表的智性建制之外，它象征着一种对确定之知识和明晰之真理的挑战，从而被当作不可知、不可谈、不可写的东西从一切世间的活动中打发掉了；它属于那个与昭然显著、井然有序的地上世界平行的昏暗、混沌的"地下世界"。

然而，这样一个难以言说且不被发掘的"地下世界"却吸引了布朗肖的目光。在布朗肖的那部让人想起了卡夫卡《城堡》（*Das Schloß*）的小说《亚米拿达》的最后，就出现了一个"地下"（sous-sol）的空间，它和尚未到来的"黑夜"一样被视为主人公的归宿。小说中，托马先是被年轻男子劝说进入黑暗的地下：那里"您不再服从昼夜的交替［……］在温柔的黑暗里，您的行动有绝对的自由［……］说那里的黑夜黑得彻底且令人痛苦是完全不对的。稍作适应，一个人就能很好地辨别出一种光亮，它穿过阴影散发出来，美妙地吸引着眼睛"[1]。然后，年轻女子也请求托马等待黑夜的降临："不要灰心，拿出魄力注视到来的黑夜吧［……］当黑夜包围你的床时［……］我也会变得真正

---

[1] Maurice Blanchot, *Aminadab*, Paris: Gallimard, 2004, p. 271.

美丽。现在,这虚假的白日夺走了我大量的魅力,而我会在那幸运的时刻显出我本然的样子［……］在你呼唤下,黑夜会公正地待你,而你的忧虑和疲劳也会消失不见。"[1] 在劝诱的话语中,地下的世界和降临的黑夜在本质上并无区别,它们一同向那个不堪白日之重负的迷途者发出了生活于其中的邀请。在这里,黑夜呈现出另一番面貌,不再阴暗、模糊,也不再令人畏惧、痛苦,而是给出了清晰可见的"光亮",同时,既流露出"美丽",又彰显着"公正"。反倒是"白日"被斥责为"虚假",成了蒙蔽和痛苦的根源。

日夜形象之寓意的这一颠倒在短篇记述《白日的疯狂》中有着更为明显的体现:在那里,黑夜的诱惑变成了白日的仇恨。正如其标题所指示的,这是一篇关于"白日"的记述,它把主人公的主要行动限定在一套"白日"的秩序内:知识(图书馆)、技术(医院)、法律(精神病院)、权力(警察局)。但在这套秩序建构的场景里,找不到什么真正幸福的时刻,"我"所述的文字充满了不安、苦涩、疑虑和疲倦,尤其是,其核心乃一起失明的残酷事件。"我"的眼睛被刺伤了,而这一视觉的受难就成了"白日之疯狂"的缩影:"渐渐地,我确信我直视着白日的疯狂。这就是真相:光发疯了,光明失去了全部的理性,它疯狂地攻击我,失了控制,没有目的。这个发现一下子咬穿了我的生命。"[2]

---

[1] Maurice Blanchot, *Aminadab*, op. cit., pp. 280, 285-286.
[2] Maurice Blanchot, *La Folie du jour*, op. cit., p. 19.

结语 黑夜的诗学

列维纳斯曾在其评论中认为,布朗肖所谓的"白日的疯狂"反映了现代思想内部一场深刻的精神危机:如果说"白日"的形象代表着认知和意识的清晰性,以及它们所追求的知识和真理的透明性,那么,"疯狂"一方面是指思想对理智之明晰性的疯狂欲望,另一方面则是指这样的明晰性反过来对思想本身构成的致伤性,列维纳斯称之为"致伤的透明"(la transparence qui blesse)。因为思想一旦开始探究那种让一切变得可见的理性之"光"的透明性,一旦开始直视"光"的来源,它就会遭遇失明的疯狂,因为它最终找到的,或是理智无法解释的"不可同化的形式",或是"'失了控制且无目的'的逻辑形式"。[1] 这些理性的绝对法则,这些看似肯定性、必然性和自明性的东西,恰恰构成了理性自身的盲点,如同一个人在正午直面太阳时获得的体验。换言之,白日的理性,虽然可以通过划定界限,把非理性的黑夜排斥到外部,但其内部已然包含了一种黑夜,一种由那样的排斥本身折射出的局限性或有限性所引发的盲目之风险。在这个意义上,白日,甚至可以说,奠基于黑夜:白日的明晰性和稳固性其实建立在它对某个未知之黑夜的遮蔽或回避之上,而理性之根基的每一次动摇,运思之法则的每一次改写,都是在白日之确定性的中心或深处打开了一个不确定的黑夜。

---

[1] Emmanuel Levinas, *Sur Maurice Blanchot*, op. cit., p. 65.

这也是为什么，一个在知识、技术、制度的理性化上达到巅峰的世纪，一个在物质生产和观念创造上全面繁盛的世纪，会成为一个贫乏、悲惨的"黑夜时代"。在著名的《诗人何为？》（Wozu Dichter?）一文里，海德格尔正是以"世界黑夜"（Die Weltnacht）一词来指示时代的贫困："世界黑夜弥漫着它的黑暗［……］世界黑夜的时代是贫困的时代。"[1] 然而，世界的黑夜化不只是由于荷尔德林发现的"诸神远去"的身影或尼采宣告的"上帝之死"的空位；在根本上，接受白日秩序的统治同时也意味着迎接黑夜秩序的挑战，而理性的白日之光照耀最为强烈之际，也是反思理性本身之疯狂的黑夜考验最为迫切之时。正如尼采的查拉图斯特拉所说，"黑夜也是一个太阳"，在这个由致伤的光芒造就的黑夜时代到来之后，对白日之真理的确信最终成了对黑夜之秘密的探寻，或不如说，对黑夜秘密的探寻不得不像白日知识的研究一样进行，要在盲目中重新学会"看"的能力，即《亚米拿达》所谓的"注视到来的黑夜"并"辨别出一种光亮"的本领。

黑暗中的光亮会是一束"暗光"（noire lumière）。这是列维纳斯在概述布朗肖的思想时使用的矛盾修辞："暗光，来自底下的黑夜，瓦解世界的光。"[2] 因此，布朗肖的黑夜

---

[1] Martin Heidegger, *Holzwege*, *Gesamtausgabe*, Band 5, Frankfurt am Main: Vittorio Klostermann, 1977, p. 269.
[2] Emmanuel Levinas, *Sur Maurice Blanchot*, op. cit., p. 23.

结语　黑夜的诗学

体验，确切地说，是一种"暗光的美学"，它要完成一场"黑夜的转向"，不只是从白日转入黑夜，还要在黑夜里进得更深，直到把黑夜当作一个和白日一样的世界，在弃绝一种可见之光的同时找到另一种不可见的光。虽然布朗肖的虚构作品，或许是出于其生命所直观到的一种独特的黑夜体验，早早地宣告或预示了这一探寻"暗光"的使命，但对此的理论化工作则在其批评文本中迟缓又持久地进行，最终从整体上形成了一个逐渐打开黑夜的进程。在此，不妨以三个时期的几个核心文本为标志，将其逻辑的演化分成三个阶段，每个阶段都确定了一个意蕴不同且逐步深入的"黑夜"概念。而且，这些文本都围绕着神话的阐释展开，确切地说，它们分别阐释了三个均以悲剧收场的爱情神话。其实，在布朗肖看来，爱情就是一种只发生于黑夜的关系，爱的真理唯在黑夜中才得见证：爱之激情的奥秘无法被理性的清醒日光所照透，它代表着那种无视并僭越一切白日之法则的疯狂，爱总是"疯狂的爱"（amour fou）。这便是布朗肖选择爱情神话来谈论黑夜的原因。让我们依次打开三个文本，审视三个神话。

　　第一个文本：《费德尔神话》（Le mythe de Phèdre），出自1940年代的《失足》。在这篇对拉辛的悲剧《费德尔》（Phèdre）的解读中，布朗肖分析了费德尔的形象，尤其是剖析了她的欲望。费德尔是雅典王忒赛的妻子，却爱上了忒赛和阿玛宗族王后昂底奥帕所生的儿子依包利特。这不伦的情欲被她长久地压抑于心，羞于启齿，饱受煎熬；而在忒赛之死的流言传来之际，她终于忍不住向依包利特吐露真情，却遭到了后者的拒绝，由此开启了悲剧的大门：依包利特耻于面对这孽恋及其引发的诬陷，愤然出走身亡，而费德尔则在愧疚和羞耻中饮鸩自尽。布朗肖认为，整部戏剧的核心冲突其实是费德尔的乱伦欲望与世间的伦理法则的冲突，当她向旁人（侍女厄诺娜）吐露内心的欲望时，悲剧的齿轮就无可挽回地开动了。究其根本，布朗肖指出，这场冲突是黑夜和白日的冲突：费德尔的隐秘欲望代表了一个沉默的黑夜，而允许言谈与交流之可能性的伦理秩序则象征着一个公开化的白日。为了达成她的爱，费德尔不得不把这丑闻般的黑夜带向白日，将欲望的秘密诉诸言语，但结果就是毁灭：除了死亡，她别无出路（甚至完全没有出路，因为纵然落入冥府，她也无脸面对先祖）；就连她欲望的对象，依包利特，也因此殒命了。她的爱被彻底地摧毁，这恰恰说明，白日没有黑夜的容身之地；黑夜一旦走向白日，黑暗就被日光驱散，黑夜亦不复存在。因此，黑夜只能保持为一个不可见的秘密，将自身持守于永恒的沉默，黑夜只能遁入黑夜："我能藏身何处？遁入地狱黑夜！"（《费德尔》，第 1277 行）[1] 而爱，在这个意义上，

---

[1] Jean Racine, *Phèdre*, Paris: F. G. Levrault, 1827, p. 57.

结语　黑夜的诗学

只能是一种绝望，一种无力的疯狂，或者，用布朗肖的话说，一种"黑夜的激情"（la passion de la nuit）：

> 费德尔，不再服从白日，而是服从黑夜的真理［……］她来自黑夜［……］费德尔的激情是一种诞生于黑夜的激情［……］一种她无法于光天化日下追求的欲望［……］她晦暗的爱背叛了一切使之可行的东西，只试图在不可能中抓住自身［……］费德尔的激情召唤终极的崩溃作为其结局。它需要一道深渊将之消耗。它迫求毁灭。它一无建树。它的帝国乃是灭绝［……］她是对白日之光明的至高冒犯［……］如果有什么罪行，那也是她的罪行。她欲揭示属于黑夜的东西。她陷入了神秘之揭示的苦恼。[1]

这个不仅无法与白日共存，而且冒犯白日，因而必须加以驱逐的黑夜，是布朗肖发现的第一个黑夜。这个黑夜是白日的纯粹反面，它是光的消失，永不被揭示，绝不会显现。但它不可见的存在，恰恰是为了巩固白日，是为了给白日充当其扩张的尺度和边界。费德尔的晦暗欲望招致了毁灭，但毁灭之后是人伦的重建：依包利特的恋人，其家族宿敌的后代，阿丽丝，被忒赛接受为女儿。于是，黑夜作为一个禁忌就被纳入白日，其欲望的悲剧只能证实白日法则的合理，只能重新树立白日建制的权威。正如布朗

1　Maurice Blanchot, *Faux pas*, op. cit., pp. 82-84.

肖后来说的："第一个黑夜仍是白日的一种建造。正是白日造就了黑夜［……］黑夜只谈论白日，黑夜是白日的预感，是白日的保留和深度［……］黑夜只是作为界限和不应逾越之物的必要界限才被接受和承认［……］或者，黑夜是白日终将驱散的东西［……］而且是白日想要挪占的东西［……］黑夜变成白日，使得日光更加丰盛［……］白日是白日和黑夜的整体；辩证运动的伟大诺言。"[1]

所以，这个黑夜不只是赫拉克利特残篇中与白昼相对的黑夜，它更是黑格尔在其耶拿讲稿中描述的著名黑夜，"世界的黑夜"（die Nacht der Welt）："人就是这个黑夜，这个空洞的虚无，它在其简单性当中包含着一切［……］这黑夜，本性的内部［……］纯粹的自我［……］当你看着一个人的眼睛时，你就看见了这个黑夜。"[2]科耶夫曾明确地指出，这个黑夜的浪漫意象正是黑格尔对人之"现实性"（Wirklichkeit）和"定在"（Dasein）的"否定性"本质的命名，因为人只有凭借一种"虚无"的否定力量才能发起改造世界的活动，确切地说，他通过"虚无的虚无化"，即通过否定虚无，来进行创造："人在'扬弃'存在之物和创造不存在之物时成为虚无着的虚无（Néant qui néantit）。"[3]也就是说，黑夜作为白日的否定只是为了通

---

[1] Maurice Blanchot, *L'Espace littéraire*, op. cit., pp. 219-220.
[2] G. W. F. Hegel, *Jenenser Realphilosophie II. Die Vorlesungen von 1805-1806*, ed. J. Hoffmeister, Leipzig: F. Meiner, 1931, pp. 180-181.
[3] Alexandre Kojève, *Introduction à la lecture de Hegel*, op. cit., p. 574.

过人的否定能力再次成为白日；黑夜最终服务于白日，它是白日所象征的那个统一性的绝对之"一"（l'Un）的一部分，是总体化的辩证运动当中一个被扬弃的短暂进程。那么，这就是黑夜的第一层逻辑："辩证－否定"的逻辑。

第二个文本：《俄耳甫斯的目光》（Le regard d'Orphée），出自1950年代的《文学空间》。在这个堪称经典的文本里，布朗肖重新阐释了俄耳甫斯与欧律狄克的希腊神话。相传歌手俄耳甫斯为见亡妻欧律狄克深入地府，用真情打动了冥王，后者允许他把妻子领回人间，但途中不得回头去看欧律狄克；怎奈俄耳甫斯终究没有忍住，掉转头来，而欧律狄克瞬间化为乌有；俄耳甫斯在最后一刻遭遇了失败。布朗肖认为，俄耳甫斯把欧律狄克从地府带回人间的过程是一个从死亡走向生命的过程，也是一个从黑夜走向白日的过程。而这个过程，在布朗肖来看，乃是艺术创作的隐喻，因为创作就是实现灵感，把不存在的东西变成存在，将不可见的东西转为可见。然而，由于俄耳甫斯的回首姿态，由于他要拥抱欧律狄克的欲望，欧律狄克被永远地留在了黑夜里。那么，此时的问题就不再是通过否定黑夜来走向白日并实现黑格尔式的顺理成章的辩证转化了，此时的问题是直面欧律狄克所处的黑夜，并在这一直面中肯定黑夜。而这个被直面、被肯定的黑夜，也不再是那个否定性的黑夜，它是布朗肖发现的第二个黑夜。在和这个文本相邻的前一篇文章《外部，黑夜》(Le Dehors, la Nuit)里，布朗肖清楚地区分了两个黑夜，他说："在黑夜里，一切皆已消失。这是第一个黑夜[……]但当一切皆已消失于黑夜之时，'一切皆已消失'显现出来。这是另一个黑夜。黑夜是'一切皆已消失'的显现。"[1] 这第二个黑夜，"另一个黑夜"(l'autre nuit)，或不如说"他夜"，是黑夜本身的显现；确切地说，它是对第一个黑夜所是的隐藏本身的揭示。第一个黑夜是完全不可见的，它一旦可见就变成了非黑夜，变成了白日。但第二个黑夜，"他夜"，是黑夜作为黑夜的可见性；它不是白日，而是在黑夜中看见的那个不可见的黑夜，它是不可见者本身的可见性。如果俄耳甫斯迈向人间的脚步是第一个黑夜朝着白日的运动，那么，他回头凝望欧律狄克的姿势则是第一个黑夜向着第二个黑夜的打开，或者说，是黑夜作为黑夜本身在黑夜里显现出来。欧律狄克的形象就是第二个黑夜，对此，布朗肖写道：

> 她是黑夜之本质作为他夜靠近的瞬间[……]当俄耳甫斯转向欧律狄克时，他摧毁了作品，作品立刻瓦解了，而欧律狄克也回到了黑暗；黑夜的本质，在他的注视下，显示为非本质。他就这样背叛了作品、欧律狄克和黑夜。但不转向欧律狄克也是背叛[……]因为他的运动并不想让欧律狄克处于其白昼的真理和

---

[1] Maurice Blanchot, *L'Espace littéraire*, op. cit., p. 213.

结语　黑夜的诗学

日常的欢愉当中，而是欲使之陷入其黑夜的晦暗，陷入其疏远，欲使其身体封闭，面容遮掩，这运动想要见到她，不是在她可见之时，而是在她不可见之际，不是作为一个熟悉之生命的亲密，而是那作为毫不亲密者的陌异，不是让她活着，而是让她死亡的完满活在她身上。[1]

在布朗肖看来，俄耳甫斯的回首并不是一种"过失"的表现，而是，相反地，为了完成其本质的使命："在黑夜里注视黑夜所掩饰的东西，注视他夜，那显现出来的掩饰。"[2] "掩饰之显现"这个说法同样印证了布朗肖对于作品的定义，正如他在同一本书的《艺术作品的特征》（Les caractères de l'œuvre d'art）里指出的，作品就是释放物的晦暗元素，成为"那隐藏并保持封闭者的绽放"[3]。那么，这第二个黑夜也可被视作海德格尔的"大地"（Erde）：的确，欧律狄克从此只能归属于大地，幽暗的地府。但不同于海德格尔，欧律狄克重返世界的努力终告失败，大地并不能向世界敞开，或不如说，大地只能向大地内部的世界敞开，向那个"地下世界"敞开，而如此的敞开便成就了其绽放的光亮。所以，如果作品只是坚持世界化的显现，一味迫求白日式的可见，那么，作品的完成只能完全失去其晦暗的本源。为了避免这一厄运，"转身"的姿势必不可少：

---

[1] Maurice Blanchot, *L'Espace littéraire*, op. cit., pp. 225-226.

[2] Maurice Blanchot, *L'Espace littéraire*, op. cit., p. 227.

[3] Maurice Blanchot, *L'Espace littéraire*, op. cit., p. 300.

只有面向黑夜的深处，朝着死亡的底部，才有可能保留那一本源，获知它的本质。这是布朗肖从俄耳甫斯的故事里读出的基本寓意。

由此，对这第二个黑夜，我们更应想起列维纳斯在《从实存到实存者》中提及的黑夜经验，"il y a"的经验："黑夜就是il y a的经验。当万物的形式消融于黑夜时，黑夜的晦暗，既非对象，也非对象的性质，蔓延如在场一般［……］普遍的缺席反过来也是一种在场，一种绝对无法回避的在场。这在场并非缺席的辩证对应物，而我们亦不凭借思想就将其把握。"[1] 他夜，第一夜所是之缺席的在场，恰恰证实着这个经验。它使黑夜从纯然的虚无状态重新转入了一种不可否认的存在状态，"il y a"或"有"的状态，那是黑夜抛开了辩证对立的逻辑，对它自身作出的肯定。那么，这就是黑夜的第二层逻辑："存在－显现"的逻辑。

然而，俄耳甫斯的转身依旧错失了欧律狄克，他想要注视的第二个黑夜撤入了更深的黑夜。这似乎在暗示，黑夜本身的显现仍不可能注视；黑夜所是的隐藏刚在黑夜里显现出来，就开始了自身隐藏。由于这样的回撤和隐藏，布朗肖才会说，黑夜的本质变成了"非本质"(l'inessentiel)。但"非本质"的黑夜，至少在这个文本里，事实上，还没有得到命名和分析；而这未得分析的黑夜，已经是第三个

---

[1] Emmanuel Levinas, *De l'existence à l'existant*, op. cit., p. 82.

结语　黑夜的诗学

黑夜了。

第三个文本：《俄耳甫斯，唐璜，特里斯坦》（Orphée, Don Juan, Tristan），出自1960年代的《无尽的谈话》。正如其标题所显示的，这个文本一共包含了三个神话：俄耳甫斯与欧律狄克的神话，唐璜的神话，以及特里斯坦与伊索尔德的神话。但此处的讨论将聚焦于最后一个神话。在一开篇，布朗肖就指出，把俄耳甫斯与欧律狄克分开的地狱，也是让特里斯坦与伊索尔德别离的时间。在它们共同设定了偏转和远离的意义上，后一神话的阐述可以说是对前一个文本的续写。根据约瑟夫·贝迪耶（Joseph Bédier）在二十世纪初创作的小说体传奇的叙述，英勇的骑士特里斯坦帮助他的国王迎娶金发佳人伊索尔德，而在特里斯坦护送伊索尔德返航的途中，早已暗生情愫的俩人误饮了一瓶令人痴心相恋的药酒，从此坠入爱河无以自拔。俩人隐秘的恋情引起了国王的猜忌，他们被迫逃离，在森林里相濡以沫。悲苦的生活最终令他们心生悔意：伊索尔德回到了国王身边，而特里斯坦则远走他方，娶了另一位双手如玉的伊索尔德为妻。在各自虚设的婚姻里，他们挂念彼此；尽管关山阻隔，但他们的激情未减。在思恋的不安中，特里斯坦受伤殒命，而闻讯赶来的伊索尔德也死在了他的怀中。在这个神话里，布朗肖认为，爱情只能采取黑夜的形式，只能在夜晚悄无声息地发生：显然，两个不应在一起的人

257

无法在白日展示他们的激情，他们首先是被白日的秩序远远地隔开；然而，即便夜间相会，他们的爱情也无法完满；为了爱的延续，他们必须一再地分开，只有在这分开的间距里，他们才找到了爱的真正源泉，恢复了其激情的能量。诚然，黑夜是两情相悦的秘密时间，是厮守盼望的漫漫时光；但不要忘了，黑夜也会抹去他们的面容，隐藏他们的在场，瓦解他们之间的关系，让爱之欲望的对象变得不可见，使爱之相遇的亲密变得不可能：夜幕里，特里斯坦向伊索尔德卧房的每一次"跳跃"都是这一不可能性的见证。

所以，如同俄耳甫斯错失了欧律狄克，转身面对地狱的茫茫幽暗，特里斯坦和伊索尔德的爱情本身就是这一片永恒的黑暗，从中，可以辨识出三个黑夜。第一个黑夜是他们秘而不宣的恋情，是其激情的否定和隐匿。第二个黑夜则是他们的恋情躲避世人目光的方式，是其夜间无形的相聚，其激情之隐匿本身的显现。而第三个黑夜是他们恋情的消解：通过相互远离，相互遗忘，他们从彼此的生活中缺席，由此，激情之隐匿的显现变得不可见，而他们得以相聚于其中的那个黑夜，撤入了一个更深更广的黑夜，在那里，他们不再亲近，不再熟知，而是成了彼此的陌生人，但正是在这陌生的关系里，隔着无限的距离，他们的爱情和欲念实现了永存。简单地说，第一个黑夜是宫中幽会的日子，是白日禁忌下隐藏的片刻欢愉；第二个黑夜是

结语　黑夜的诗学

世外生活的岁月，是白日之光和尘世之眼无法洞察的密林深处展露无遗的无名艰辛；第三个黑夜是劳燕分飞的时刻，是黑幕降临之际身旁无人相依的空虚所不断唤起的遗忘和这样的遗忘所形成的相思相忆之欲。所以，对布朗肖而言，第三个黑夜乃是第二个黑夜的回撤所打开的远离的空间，也就是，爱情的欲望和欲望的对象之间无限的距离：

> 驱使着特里斯坦的那种欲望，不是一种能够清除间距并跨越缺席，甚至跨越死亡之缺席的冲动。欲望乃是产生吸引的分离本身，是变得可感的间距，是返回在场的缺席。欲望就是这样的返回，那时，在黑夜的深处，一切已经消失，而消失成了浓密的阴影［……］欲望之人还进入了那个以遥远为亲近之本质的空间，在那里，把特里斯坦和伊索尔德结合起来的东西，也是把他们分开的东西［……］特里斯坦在其中游荡的那个欲望空间就是对黑夜的欲望［……］他们从绝对之分离的间隔中成形，并为那样的间隔赋形；他们各自是没有尽头的黑夜，既不在黑夜中融合，也不在黑夜中统一，而是被黑夜永远地驱散了［……］这些情人不仅通过其美丽的在场，也通过缺席的致命吸引，而触摸彼此［……］他们给出了一种绝对亲密的印象，但那样的亲密又是绝对不亲密的，他们可以说沉迷于外部的激情，沉迷于完美的爱欲之关系［……］他们分开了，但只是为了重聚；他们彼此远离，但他们在

如此的远离中统一，跨过这段距离，他们不断地召唤彼此，倾听彼此，并返回到彼此的亲近［……］当分离的绝对性成为关系，分离就不再可能。当欲望被不可能性和黑夜所唤醒，欲望就的确可以终结，一颗空洞的心也可以从中转离；在如此的空洞和如此的终结中，在如此已然饱足的激情里，正是黑夜本身的无限继续欲望着黑夜，那是一种不考虑你我的中性的欲望。[1]

当黑夜所是的分离成为两个恋人之间唯一的关系时，他们对彼此就显现为他们之间的距离，唯有如此，他们才能够如布朗肖所说，在彼此的不在场中触及彼此，在关系的不成形里形成关系。那么，这个既让恋人们分开又让他们结合起来的距离的本质是什么？关键就在于，这个距离既不是否定化，也不是"有"的给予，而是一种"陌生化"，或不如说"他异化"：分离的结果是他们成为彼此的生人，相互的"他者"（l'Autre）。而这样的"他者"意味着一种"陌异性"（étrangeté）或"差异性"（différence）的关系，也就是说，第三个黑夜不再等同于之前的任何一个黑夜，不论是通过否定还是通过显现的方式，它都无法作为一个"同者"（le Même）返回黑夜的某一状态，不论那是其肯定的状态，还是其隐藏的状态。第三个黑夜并不意味着再次否定第二个黑夜所显示的爱之关系，也不意味着它比第

---

[1] Maurice Blanchot, *L'Entretien infini*, op. cit., pp. 280-287.

二个黑夜在爱的关系上隐藏得更深；第三个黑夜毋宁说意味着在第二个黑夜之外，打开一个非同质的、非连续的、非重复的空间，使得欲望的对象，即爱的主体一度试图加以肯定或使之显现的晦暗之物，变成主体不论是在日光下还是在夜幕里都无法把捉或掌控的东西，进而，它让爱的主体丧失了其自身的权力，并让围绕那一权力生成的一切已知的、亲熟的、切近的关系变成绝对未知的、陌生的、遥远的关系。

正如后来的《不可言明的共通体》在评述杜拉斯的记述《死亡的疾病》（这部作品同样把整个故事置入黑夜，男人和女人只在夜间形成了一个"爱"的共通体，它终将随着黑夜的消逝而消失，但它首先在黑夜的庇护下消失于人物之在场的消解）时，借用列维纳斯的观念指出，这是一种由"不对称性"（dissymétrie）或"非相互性"（irréciprocité）构成的自我和他人之间的伦理关系："'我'和'他者'并不活在同一时间里，从不（同时）在一起，因此无法同时代［……］爱情关系的相互性［……］排除了简单的依存，排除了那种让他异者（l'Autre）和相同者（le Même）相互混合的统一［……］激情乃是陌异性（étrangeté）本身［……］激情，不可避免地，仿佛不顾我们地，把我们抵押给了一个他者。"[1] 主体和他者的关系并不平等：他者并非另一个

---

1 Maurice Blanchot, *La Communauté inavouable*, Paris: Minuit, 1983, pp. 71-74.

与"我"一样,以至于可以与"我"结合或同一的主体;他者不如说是"我"与"他"之间不可还原的距离,这距离使得"他"不仅永远在"我"之外,与"我"不同,而且还始终在"我"之上,使"我"对之负有绝对的责任,意即,"我"对他者没有任何权力,只能是他者对"我"持有权力。如此,特里斯坦向着伊索尔德的一跃才变成了克尔凯郭尔意义上"致死的一跃":爱情是朝向死亡的跳跃,因为爱的对象,那个永远在爱的主体之上并要求主体为之献身的他者,会把解除主体一切权力和可能性的死亡作为其终极的形象。如此,恋人们的永恒别离,死亡所实现的阴阳两隔的绝对距离,才成为爱情的明证,乃至于可以说,爱总要求持守这个距离,意即,面朝地府,走入黑夜。

然而,这是第三个黑夜。可以说,从白日到黑夜的转化,已变成了从自我到他者、从相同到他异、从权力到非权力、从可能性到不可能性的过程;并且,这一过程的本质是实现无尽的他异化,它要求不断地向外部敞开,不仅逾越主体,更要逾越主体之外的他者,以一直朝向那个永远在外的他者,那个始终产生分离的距离。所以,第三个黑夜不只是白日的他者,它更是黑夜自身的他者,是黑夜的外部,或黑夜的黑夜,甚至"他夜的他夜"。黑夜之黑夜化不只意味着在白日的背面打开一个黑夜,也不只意味着在背面的黑夜内部打开一个更纯粹的黑夜;黑夜之黑夜化在根本上意味着在每一个陌异于白日的黑夜之外打开一个更为陌异的黑夜，让黑夜成为永恒之外部的敞开。由此，"黑夜的激情"也成为"外部的激情"（passion du dehors）或"中性的欲望"（désir neutre）。那么，这就是黑夜的第三层逻辑："他异－外部"的逻辑。

总之，布朗肖的第三个黑夜在白日和黑夜、肯定和否定的对立关系之外找到了一种"中性"的关系，在黑夜所是的消失之显现的自身领域之外发现了一个"他者"的领域，从而展示了一个极少有人窥见的至深至暗的黑夜。这个黑夜，我们最早在《晦暗托马》中听到了那只化身为夜的黑猫对它的预告："我已比黑暗更暗。我是黑夜的黑夜。"[1] 而到了晚期的《灾异的书写》，那个"比黑暗更暗"的夜，最终成了"缺乏黑暗的夜"，"白夜"（nuit blanche）；可这个白夜仍是无光的黑夜："夜，白夜——这就是灾异，这缺乏黑暗的夜，没有光将之照亮。"[2] 可以说，布朗肖对黑夜的思索大抵上就沿循着"黑夜——他夜——白夜"这一演化的路线。而作为最终结论的"白夜"，由于它既缺乏黑暗，又缺乏光明，所以绝不等同于任何作为自然现象的白夜；或不如说，它从根本上并不指示任何存在之现象或事实之状态，而是指定了一种思维的方式，它是对布朗肖在"黑夜时代"面前所召唤的一种能够向着黑夜予以回

---

[1] Maurice Blanchot, *Thomas l'obscur*, op. cit., p. 37.
[2] Maurice Blanchot, *L'Écriture du désastre*, op. cit., p. 8.

应的姿势的命名。对布朗肖而言，通过一种时代的改变，世界已陷入了以技术的理性之光为代表的白日和以上帝退场的空缺为代表的黑夜所构成的两极争执的现代性困境，并且，该困境内部的纠缠事实上是由白日的力量所发起和主导，因为白日的每一次强化都加剧了日与夜之间的争执：技术之光越亮，其投下的虚无化的阴影也就越深（其典型的例子是集中营和原子弹）；而为了躲避阴影的恐怖，人又再次求助于日光，于是形成了一种恶性循环。显然，在如此对抗的困境下，白日和黑夜均无法为人提供一条合理的出路。但布朗肖提出的策略，恰恰是在黑夜中弃绝对白日的回返，更彻底地转向黑夜。具体地说，如同人寻求爱的实现，这是把通常不可忍耐的黑夜（第一个黑夜，"世界的黑夜"，费德尔的暗恋）和注定把握不住的黑夜（第二个黑夜，"他夜"，俄耳甫斯的回首）重新建构为一个超越了日夜困境并允许人在其中开展行动的外部空间：白夜（第三个夜，特里斯坦和伊索尔德的相互守望）。然而，布朗肖的"白夜"不是日与夜之间的一种妥协或调谐，如同半明半暗的黄昏。布朗肖的"白夜"首先仍诞生于夜幕内部，"无光将之照亮"；同时，凭借一系列类似于"失眠"和"守夜"、"等待"和"耐心"的姿势，布朗肖认为，人能够让这个无光的夜"缺乏黑暗"，也就是，凝视黑暗，并将黑暗之黑暗性视为一种全然的陌异性或他异性，进而使得黑夜的"比黑暗更暗"实质地变成了"陌异于黑暗"，意即，黑暗的缺乏其实就是黑暗本身的陌异化，是黑暗的无路可出的情境向着无限可能和无限他异的外部领域敞开。在这个意义上，列维纳斯曾指出的布朗肖美学的"暗光"，用一种同样形象的方式讲，或许就源于黑夜内部的陌异化运动所引发的一种陌异于黑暗自身的黑暗对于黑暗自身的驱散，源于那他异的黑暗同这黑暗自身的持续碰撞和摩擦；或者，那束"暗光"，正是从黑夜发动的他异化运动所成功打开的一道通往外部空间的裂隙里透照进来。虽然白夜的暗光不再是任何可见的光，而是寻求可见或显现的现象学式考察所倚赖的一切光（包括日光乃至星光）的熄灭，但按照布朗肖的逻辑，恰恰是在这样的熄灭所唤起的面向黑暗之陌异性的姿态里，隐含着克服黑夜时代之危险的唯一可能的希望。这也是为什么，白夜作为"灾异"会被布朗肖称为一份礼物，被他视作一个至高的或极限的法则。在布朗肖那里，暗光的美学总已从深处承担了一项救赎的任务。

参考文献

中文书目

乔治·巴塔耶：《内在体验》，尉光吉译，桂林：广西师范大学出版社，2016年。

乔治·巴塔耶：《不可能》，尉光吉译，重庆：西南师范大学出版社，2019年。

白轻编：《文字即垃圾：危机之后的文学》，赵子龙等译，重庆：重庆大学出版社，2016年。

贝迪耶：《特利斯当与伊瑟》，罗新璋译，北京：人民文学出版社，2003年。

萨缪尔·贝克特：《无法称呼的人》，余中先、郭昌京译，长沙：湖南文艺出版社，2013年。

莫里斯·布朗肖：《不可言明的共通体》，夏可君、尉光吉译，重庆：重庆大学出版社，2016年。

莫里斯·布朗肖：《从卡夫卡到卡夫卡》，潘怡帆译，南京：南京大学出版社，2014年。

莫里斯·布朗肖：《等待，遗忘》，鹜龙译，南京：南京大学出版社，2015年。

莫里斯·布朗肖：《黑暗托马》，林长杰译，南京：南京大学出版社，2014年。

莫里斯·布朗肖：《来自别处的声音》，方琳琳译，南京：南京大学出版社，2016年。

莫里斯·布朗肖：《那没有伴着我的一个》，胡蝶译，南京：南京大学出版社，2015年。

莫里斯·布朗肖：《死刑判决》，汪海译，南京：南京大学出版社，2014年。

莫里斯·布朗肖：《未来之书》，赵苓苓译，南京：南京大学出版社，2015年。
莫里斯·布朗肖：《文学空间》，顾嘉琛译，北京：商务印书馆，2003年。
莫里斯·布朗肖：《无尽的谈话》，尉光吉译，南京：南京大学出版社，2016年。
莫里斯·布朗肖：《亚米拿达》，郁梦非译，南京：南京大学出版社，2016年。
莫里斯·布朗肖：《在适当时刻》，吴博译，南京：南京大学出版社，2015年。
莫里斯·布朗肖：《灾异的书写》，魏舒译，吴博校译，南京：南京大学出版社，2016年。
莫里斯·布朗肖：《至高者》，李志明译，南京：南京大学出版社，2016年。
莫里斯·布朗肖：《最后之人》，林长杰译，南京：南京大学出版社，2014年。
莫里斯·布朗肖，米歇尔·福柯：《福柯/布朗肖》，肖莎等译，郑州：河南大学出版社，2014年。
雅克·德里达：《文学行动》，赵兴国等译，北京：中国社会科学出版社，2000年。
米歇尔·福柯：《词与物：人文科学考古学》，莫伟民译，上海：上海三联书店，2001年。
米歇尔·福柯：《声名狼藉者的生活：福柯文选1》，汪民安编，北京：北京大学出版社，2016年。
马丁·海德格尔：《存在与时间》，陈嘉映、王庆节合译，熊伟校，陈嘉映修订，北京：生活·读书·新知三联书店，2006年。
马丁·海德格尔：《荷尔德林诗的阐释》，孙周兴译，北京：商务印书馆，2000年。
马丁·海德格尔：《思的经验》，陈春文译，北京：人民出版社，2008年。
马丁·海德格尔：《在通向语言的途中》，孙周兴译，北京：商务印书馆，2004年。
荷尔德林：《浪游者》，林克译，上海：上海文艺出版社，2014年。
黑格尔：《精神现象学》（上卷），贺麟、王玖兴译，北京：商务印书馆，1996年。
阿尔贝·加缪：《加缪手记：第一卷》，黄馨慧译，杭州：浙江大学出版社，2016年。

参考文献

阿尔贝·加缪：《西西弗神话》，沈志明译，上海：上海译文出版社，2013年。

卡夫卡：《卡夫卡全集》（第1卷），叶廷芳主编，洪天福、叶廷芳译，北京：中央编译出版社，2015年。

卡夫卡：《卡夫卡全集》（第4卷），叶廷芳主编，黎奇、赵登荣译，北京：中央编译出版社，2015年。

卡夫卡：《卡夫卡全集》（第5卷），叶廷芳主编，孙龙生译，北京：中央编译出版社，2015年。

亚历山大·科耶夫：《黑格尔导读》，姜志辉译，南京：译林出版社，2005年。

兰波：《兰波作品全集》，王以培译，北京：作家出版社，2012年。

拉辛：《拉辛戏剧选》，张廷爵、华辰译，上海：上海译文出版社，1985年。

埃马纽埃尔·列维纳斯：《从存在到存在者》，吴蕙仪译，南京：江苏教育出版社，2006年。

伊曼努尔·列维纳斯：《时间与他者》，王嘉军译，武汉：长江文艺出版社，2020年。

伊曼纽尔·列维纳斯：《总体与无限：论外在性》，朱刚译，北京：北京大学出版社，2016年。

里尔克：《布里格手记》，陈早译，上海：华东师范大学出版社，2015年。

里尔克：《杜伊诺哀歌》，林克译，重庆：重庆大学出版社，2015年。

里尔克：《里尔克诗全集·第一卷》（第一册），陈宁译，北京：商务印书馆，2016年。

里尔克：《穆佐书简》，林克、袁洪敏译，北京：华夏出版社，2012年。

里尔克：《致俄耳甫斯的十四行诗》，林克译，重庆：重庆大学出版社，2015年。

马拉美：《白色的睡莲》，葛雷译，广州：花城出版社，1991年。

莫里斯·梅洛-庞蒂：《眼与心》，杨大春译，北京：商务印书馆，2007年。

莫里斯·梅洛-庞蒂：《世界的散文》，杨大春译，北京：商务印书馆，2005年。

莫里斯·梅洛-庞蒂：《知觉现象学》，姜志辉译，北京：商务印书馆，2001年。

让-吕克·南希：《解构的共通体》，夏可君编校，郭建玲、张建华等译，上海：上海人民出版社，2007年。

帕斯卡尔：《思想录》，何兆武译，北京：商务印书馆，2015年。

乔治·斯坦纳：《语言与沉默：论语言、文学与非人道》，李小均译，上海：上海人民出版社，2013年。

茨维坦·托多洛夫：《批评的批评：教育小说》，王东亮、王晨阳译，北京：生活·读书·新知三联书店，2002年。

陀思妥耶夫斯基：《陀思妥耶夫斯基文集·鬼》，娄自良译，上海：上海译文出版社，2016年。

瓦莱里：《瓦莱里散文选》，唐祖论、钱春绮译，天津：百花文艺出版社，2006年。

瓦莱里：《文艺杂谈》，段映虹译，天津：百花文艺出版社，2002年。

王嘉军：《存在、异在与他者：列维纳斯与法国当代文论》，上海：上海社会科学院出版社，2019年。

汪民安编：《生产》（第二辑），桂林：广西师范大学出版社，2005年。

汪民安编：《生产》（第五辑），桂林：广西师范大学出版社，2008年。

汪民安编：《生产》（第六辑），桂林：广西师范大学出版社，2008年。

维特根斯坦：《逻辑哲学论》，贺绍甲译，北京：商务印书馆，1996年。

夏可君：《变异的思想》，长春：吉林人民出版社，2007年。

夏可君：《解构与思想的未来》，长春：吉林人民出版社，2007年。

朱玲玲：《走出"自我之狱"：布朗肖思想研究》，上海：上海人民出版社，2021年。

外文书目

Giorgio Agamben, *Quel che resta di Auschwitz. L'archivio e il testimone*, Torino: Bollati Boringhieri, 1998.

Georges Bataille, *Œuvres complètes*, tome III, Paris: Gallimard, 1971.

Georges Bataille, *Œuvres complètes*, tome V, Paris: Gallimard, 1973.

Georges Bataille, *Œuvres complètes*, tome VII, Paris: Gallimard, 1976.

参考文献

Georges Bataille, *Œuvres complètes*, tome X, Paris: Gallimard, 1987.

Georges Bataille, *Œuvres complètes*, tome XII, Paris: Gallimard, 1988.

Samuel Beckett, *L'Innommable*, Paris: Minuit, 2004.

Maurice Blanchot, *Aminadab*, Paris: Gallimard, 2004.

Maurice Blanchot, *Après coup*, Paris: Minuit, 1983.

Maurice Blanchot, *Au moment voulu*, Paris: Gallimard, 1993.

Maurice Blanchot, *Celui qui ne m'accompagnait pas*, Paris: Gallimard, 1993.

Maurice Blanchot, *Chroniques littéraires du Journal des débats: avril 1941-août 1944*, ed. Christophe Bident, Paris: Gallimard, 2007.

Maurice Blanchot, *De Kafka à Kafka*, Paris: Gallimard, 1994.

Maurice Blanchot, *Écrits politiques. 1953-1993*, ed. Eric Hoppenot, Paris: Gallimard, 2008.

Maurice Blanchot, *Faux pas*, Paris: Gallimard, 1971.

Maurice Blanchot, *La Communauté inavouable*, Paris: Minuit, 1983.

Maurice Blanchot, *La Condition critique. Articles, 1945-1998*, ed. Christophe Bident, Paris: Gallimard, 2010.

Maurice Blanchot, *L'Amitié*, Paris: Gallimard, 1971.

Maurice Blanchot, *La Folie du jour*, Paris: Gallimard, 2002.

Maurice Blanchot, *La Part du feu*, Paris: Gallimard, 1949.

Maurice Blanchot, *L'Arrêt de mort*, Paris: Gallimard, 1990.

Maurice Blanchot, *L'Attente l'oubli*, Paris: Gallimard, 2000.

Maurice Blanchot, *Lautréamont et Sade*, Paris: Minuit, 1963.

Maurice Blanchot, *Le Dernier Homme*, Paris: Gallimard, 1992.

Maurice Blanchot, *Le Livre à venir*, Paris: Gallimard, 1986.

Maurice Blanchot, *L'Écriture du désastre*, Paris: Gallimard, 1980.

Maurice Blanchot, *L'Entretien infini*, Paris: Gallimard, 1969.

Maurice Blanchot, *L'Espace littéraire*, Paris: Gallimard, 1988.

Maurice Blanchot, *Le Pas au-delà*, Paris: Gallimard, 1973.

Maurice Blanchot, *Le Très-haut*, Paris: Gallimard, 1988.

Maurice Blanchot, *L'Instant de ma mort*, Paris: Gallimard, 2002.

Maurice Blanchot, *Henri Michaux ou le refus de l'enfermement*, Tours: Farrago, 1999.

Maurice Blanchot, *Thomas l'obscur*, Paris: Gallimard, 1992.

Maurice Blanchot, *Une voix venue d'ailleurs*, Paris: Gallimard, 2002.

Christophe Bident, *Maurice Blanchot. Partenaire invisible*, Seyssel: Champ Vallon, 1998.

Christophe Bident and Pierre Vilar, ed. *Maurice Blanchot. Récits critiques*, Tours: Farrago and Léo Scheer, 2003

Christophe Bident, ed. *Blanchot dans son siècle*, Lyon: Parangon, 2009.

Gerald L. Bruns, *Maurice Blanchot: The Refusal of Philosophy*, Baltimore and London: The Johns Hopkins University Press, 1997.

Albert Camus, *Carnets*, tome II, Paris: Gallimard, 1964.

Albert Camus, *Le Mythe de Sisyphe*, Paris: Gallimard, 1942.

Albert Camus, *Œuvres complètes*, tome I, Paris: Gallimard, 2006.

Jacques Derrida, *Adieu à Emmanuel Levinas*, Paris: Galilée, 1997

Jacques Derrida, *Le Passage des frontières. Autour du travail de Jacques Derrida*, Paris: Galilée, 1994.

Jacques Derrida, *Marges. De la philosophie*, Paris: Minuit, 1972.

Jacques Derrida, *Demeure. Maurice Blanchot*, Paris: Galilée, 1998.

Jacques Derrida, *Parages*, Paris: Galilée, 2003.

Jacques Derrida, *Chaque fois unique, la fin du monde*, Paris: Galilée, 2003.

Michel Foucault, *Dit et écrits. 1954-1988*, tome I, ed. Daniel Defert and François Ewald, with Jacques Lagrange, Paris: Gallimard, 1994.

Michel Foucault, *Les Mots et les Choses*, Paris: Gallimard, 1966.

Carolyn Bailey Gill, ed. *Maurice Blanchot: The Demand of Writing*, London and New York: Routledge, 1996.

Kevin Hart, ed. *Clandestine Encunters: Philosophy in the Narrative of Maurice Blanchot*, Notre Dame: University of Notre Dame Press, 2010.

Kevin Hart, ed. *Nowhere Without No: In Memory of Maurice Blanchot*, Sydney: Bagabond Press, 2003.

Kevin Hart, *The Dark Gaze: Maurice Blanchot and the Sacred*, Chicago: The University of Chicago Press, 2004.

Kevin Hart, ed. *The Power of Contestation: Perspectives on Maurice Blanchot*, Baltimore: The Johns Hopkins University Press, 2004.

G. W. F. Hegel, *Jenenser Realphilosophie I. Die Vorlesungen von 1803-1804*, ed. J. Hoffmeister, Leipzig: F. Meiner, 1932.

G. W. F. Hegel, *Jenenser Realphilosophie II. Die Vorlesungen von 1805-1806*, ed. J. Hoffmeister, Leipzig: F. Meiner, 1931.

Martin Heidegger, *Erläuterungen zu Hölderlins Dichtung, Gesamtausgabe*, Band 4, Frankfurt am Main: Vittorio Klostermann, 1981.

Martin Heidegger, *Unterwegs zur Sprache, Gesamtausgabe*, Band 12, Frankfurt am Main: Vittorio Klostermann, 1985.

Martin Heidegger, *Aus der Erfahrung des Denkens. 1910-1976, Gesamtausgabe*, Band 13, Frankfurt am Main: Vittorio Klostermann, 1983.

Mark Hewson, *Blanchot and Literary Criticism*, New York: Continuum, 2011.

Leslie Hill, ed. *After Blanchot: Literature, Criticism, Philosophy*, Newark: University of Delaware Press, 2005.

Leslie Hill, *Blanchot: Extreme Contemporary*, London and New York: Routledge, 1997.

Michael Holland, *Avant dire. Essais sur Blanchot*, Paris: Hermann, 2015.

Michael Holland ect., ed. *Cahier. Maurice Blanchot 1*, Dijon: Les presses du réel, 2011.

Michael Holland ect, ed. *Cahier. Maurice Blanchot 2*, Dijon: Les presses du réel, 2014.

Michael Holland ect, ed. *Cahier. Maurice Blanchot 3*, Dijon: Les presses du réel, 2014.

Michael Holland ect, ed. *Cahier. Maurice Blanchot 4*, Dijon: Les presses du réel, 2016.

Michael Holland ect, ed. *Cahier. Maurice Blanchot 5*, Dijon: Les presses du réel, 2018.

Eric Hoppenot and Alain Millon, ed. *Emmanuel Levinas Maurice Blanchot Penser la différence*, Paris: Presses universitaires de Paris Ouest, 2009.

Eric Hoppenot and Alain Millon, ed. *Maurice Blanchot et la philosophie*, Paris: Presses universitaires de Paris Ouest, 2010.

Eric Hoppenot and Dominique Rabaté, ed. *Cahiers de l'Herne. Maurice Blanchot*, Paris: L'Herne, 2014.

Pierre Klossowski, *Un si funeste désir*, Paris: Gallimard, 1963.

Alexandre Kojève, *Introduction à la lecture de Hegel*, Paris: Gallimard, 1947.

Philippe Lacoute-Labarthe, *Agonie terminée, agonie interminable. Sur Maurice Blanchot*, Paris: Galilée, 2011.

Roger Laporte and Bernard Noël, *Deux lectures de Maurice Blanchot*, Montpellier: Fata Morgana, 1973.

Roger Laporte, *A l'extrême point. Proust, Bataille, Blanchot*, P. O. L., 1998.

Roger Laporte, *Études*, Paris: P. O. L., 1991.

Serge Leclaire, *On tue un enfant. Un essai sur le narcissisme primaire et la pulsion de mort*, Paris: Seuil, 1975.

Emmanuel Levinas, *De l'existence à l'existant*, Paris: Vrin, 2013.

Emmanuel Levinas, *Humanisme de l'autre homme*, Montpellier: Fata Morgana, 1987.

Emmanuel Levinas, *Sur Maurice Blanchot*, Montpellier: Fata Morgana, 1975.

Emmanuel Levinas, *Totalité et infini. Essai sur l'extériorité*, La Haye: Martinus Nijhoff, 1961.

Karmen MacKendrick, *Immemorial Silence*, New York: State University of New York Press, 2001.

Ian Maclachlan, *Marking Time: Derrida Blanchot Beckett Des Forêts Klossowski Laporte*, Amsterdam and New York: Rodopi, 2012.

Stéphane Mallarmé, *Œuvres complètes*, ed. Henri Mondor and G. Jean-Aubry, Paris: Gallimard, 1945.

Maurice Merleau-Ponty, *La Prose du monde*, Paris: Gallimard, 1969.

Maurice Merleau-Ponty, *L'Œil et l'Esprit*, Paris: Gallimard, 1964.

Maurice Merleau-Ponty, *Phénoménologie de la perception*, Paris: Gallimard, 1945.

Richard Millet, *L'Enfer du roman. Réflexions sur la postlittérature*, Paris: Gallimard, 2010.

Alain Millon, ed. *Maurice Blanchot, entre roman et récit*, Paris: Presses universitaires de Paris Ouest, 2013.

Jean-Luc Nancy, *Demande. Littérature et philosophie*, Paris: Galilée, 2015.

Jean-Luc Nancy, *La Communauté affrontée*, Paris: Galilée, 2001.

Jean-Luc Nancy, *La Communauté désœuvrée*, Paris: Galilée, 1999.

Jean-Luc Nancy, *La Communauté inavouable*, Paris: Galilée, 2014.

Jean-Luc Nancy, *La Déclosion (Déconstruction du christianisme, 1)*, Paris: Galilée, 2005.

Jean-Luc Nancy, *Le Sens du monde*, Paris: Galilée, 1993.

Jean-Luc Nancy, *Maurice Blanchot. Passion politique*, Paris: Galilée, 2011.

Brice Parain, *Petite métaphysique de la parole*, Paris: Gallimard, 1969.

Brice Parain, *Recherches sur la nature et les fonctions du langage*, Paris: Gallimard, 1942.

Brice Parain, *Retour à la France*, Paris: Grasset, 1936.

Jean Paulhan, *Œuvres complètes,* tome I, Paris: Gallimard, 2006.

Pascal Quignard, *La Barque silencieuse*, Paris: Seuil, 2009.

Ellie Ragland-Sullivan and Mark Bracher, ed. *Lacan and the Subject of Language*, London and New York: Routledge, 2014.

George Steiner, *Language and Silence. Essays on Language, Literature, and the Inhuman*, New York: Atheneum, 1986.

Michel Surya, *L'Autre Blanchot. L'Écriture de jour, l'écriture de nuit*, Paris: Gallimard, 2015.

Tzvetan Todorov, *Critique de la critique. Un roman d'apprentissage*, Paris: Seuil, 1984.

Steven Ungar, *Scandal and Aftereffect: Blanchot and France Since 1930*, Minneapolis: University of Minnesota Press, 1995.

Paul Valéry, *Tel quel*, Paris: Gallimard, 2014.
Paul Valéry, *Variété I et II*, Paris: Gallimard, 2016.
Paul Valéry, *Variété III*, Paris: Gallimard, 1936.
Paul Valéry, *Variété V*, Paris: Gallimard, 1944.
Marlène Zarader, *L'Être et le Neutre. À partir de Maurice Blanchot*, Lagrasse: Verdier, 2001.

图书在版编目（CIP）数据

沉默与死亡：布朗肖思想速写 / 尉光吉著. -- 上海：上海文艺出版社, 2024（2024.10重印）
（拜德雅·赫柏文丛）
ISBN 978-7-5321-8995-3

Ⅰ. ①沉… Ⅱ. ①尉… Ⅲ. ①莫里斯·布朗肖—文学思想—研究 Ⅳ. ①I565.072

中国国家版本馆CIP数据核字（2024）第063673号

发 行 人：毕　胜
责任编辑：肖海鸥
特约编辑：马佳琪
版式设计：张　晗
内文制作：重庆樾诚文化传媒有限公司

书　　名：沉默与死亡：布朗肖思想速写
作　　者：尉光吉
出　　版：上海世纪出版集团　上海文艺出版社
地　　址：上海市闵行区号景路159弄A座2楼201101
发　　行：上海文艺出版社发行中心
　　　　　上海市闵行区号景路159弄A座2楼206室　201101　www.ewen.co
印　　刷：上海盛通时代印刷有限公司
开　　本：850×1092　1/32
印　　张：9
字　　数：159千字
印　　次：2024年6月第1版　2024年10月第2次印刷
Ｉ Ｓ Ｂ Ｎ：978-7-5321-8995-3/I.7085
定　　价：58.00元
告　读　者：如发现本书有质量问题请与印刷厂质量科联系　T：021-37910000